| 北京市文联文学艺术创作扶持专项资金项目 |

金豆罗

陈奉生 著

作家出版社

目　录

第一辑

北望燕山 __ 003

司马台长城 __ 018

望京楼上 __ 024

问道鬼谷庐 __ 031

独石口记 __ 036

第二辑

一棹潮河远 __ 045

但饮一瓢白河 __ 058

遥远的共工城 __ 065

狐奴山，大地上的一粒稻米 __ 073

密云运河 __ 077

碧水润京华 __ 087

渔水谣 __ 104

鲤鱼、麦子及牝牛河 __ 112

飞过北纬四十度的候鸟 __ 119

第三辑

安澜　安澜　安危澜 __ 131

老家的青瓦房 __ 144

挂在树梢上的暖__147

月如邮戳__150

无法替母亲老去__153

云蒙之子__157

娘娘榆__160

九搂十八杈__163

大地的滋味__167

说　蝉__177

铁蝈蝈__186

稻草人肩上的乌鸦__190

蚌与珠__195

种莲记__198

白菜的白__201

掌心里的小米__205

第四辑

牦牛背上的玉树__213

鹅　泉__224

古井与西邵渠__227

崖　蜜__239

金巨罗__249

后　记__269

第一辑

北望燕山

一

燕山，密云，金叵罗。

2020年9月1日，密云水库建成六十周年。北京电视台的直播镜头，从燕山山脉的溪翁庄西北边海拔近千米的龙云涧主峰，那镌刻着纪念北京奥运会三十余层楼高的"中国印"摩崖石刻缓缓摇下，360度纵览着云蒸霞蔚、气象万千的水库全景，俯瞰着或远或近的村庄。镶嵌在群峰之间的水库，碧波万顷，浩瀚缥缈；尖岩村、溪翁庄、白河主坝、鱼街、走马庄、金叵罗，那些被青翠的山林、丰收的田野环抱着的村庄，就像珍珠一般散落在水库周边，历历在目。

一幅"江山如此多娇"的画卷徐徐展开——

有"燕山明珠"之称的密云水库，是燕山清澈的眸子。她那深邃的眼神，深情地注视着水库周边村庄的变迁。镜头勾动着大家的目光，走进尖岩村、溪翁庄和金叵罗村。金叵罗名字本身就很新奇、很吸引人，给人以无限的想象。咋就取了这个名呢？村民讲,村子周围浅山环绕,村口向西敞开,正好对着"中国印"。整个村子的造型就像一把金灿灿的大笸箩,而且这一带还盛产金黄的谷子,在村民心里,就是象征幸福和希望的金笸箩,久而久之,就简化成了金匚罗。

金匚罗形成于宋辽时期,有着千年的历史。现有一千多户,三千多口人。十多年前,村子环境又脏又乱,街巷七拐八拐地不规则、不齐整。甚至,外人头一次进村,很容易迷路。雨天,满街是泥,人走在街上刺溜打滑。城市的诱惑,让村里的年轻人告别了父母面朝黄土背朝天弯腰驼背的身影。变得又穷又破的金匚罗,被邻村人讥笑为"金破罗"。

北京奥运会后的第四个年头,土生土长且事业有成的伊书华回村当支部书记。他认定,村容村貌都是一些外在的东西,内在的东西是人——人才是乡村的本质。而人的思想、观念一变,村里有些事情,很容易就改变了。回归到根本就是——"人"和"地",即:"土地的坚守""土地的革命""土地的觉醒"。

土地、种植乃乡村之本。金匚罗村抓住契机,进行土地流转,盘活"沉睡"的土地,先后成立樱桃合作社、农业种植合作社和民俗旅游合作社。金匚罗农场有四百五十多亩地,职工六十多人,村民以资金或以土地参股率达百分之百,成为共同致富的"宝地"。毗邻金匚罗的飞鸟与鸣虫农场,是金匚罗农场的升级版。农场的创始人,是京城来的两位女硕士,她们探索用绿色的环保理念经营农业。

农场主要种植谷子、玉米、高粱、白薯、大豆和各种蔬菜。金匚罗的谷子,清朝时曾作为贡米,色泽金黄,颗粒饱满,紧实；熬粥不用放碱，就可起三层米油皮儿；饭煮熟之后，香气扑鼻，"一家做饭十家香"。具有特色的"贡米打包饭"，是京郊"一村一品"的特色农产品。

村里老人经常念叨：只要种地，就会长庄稼，玉米就会半夜拔节响，月亮地里掉栗子。金叵罗人与土地的亲密，在新时代有了更深入的拓展，以旅带农，以旅促农，改变了金叵罗千百年来土里刨食的生产方式，渐渐兴起农旅融合的民宿，凸显着"文化感"与"在地感"，它既有乡村的烟火之气，又有匠心独运的文化内涵。

金叵罗村原有十个生产队，来自城市的"创客"，成立了金叵罗第十一队，城里来的建筑师、音乐达人、亲子达人、文化学者、大学教授等多方人士成为十一队的新农人。11即1+1，城+乡在一起，也代表着新农人的两条腿和新思维。他们不是乡村的过客，而是新乡村建设的参与者和推动者。专家们针对金叵罗产业存在的诸多问题，集专家之智、专家之力，共同出谋划策，成为金叵罗产业发展创新的"引擎"。

村委会墙上陆续挂上了"全国一村一品"示范村、"全国美丽休闲乡村"、"全国乡村旅游重点村"等金闪闪的奖牌。金叵罗正在成为一个名副其实的"聚宝盆"。

燕山起伏连绵，那里有着一个又一个"金叵罗""银叵罗"，它们仰望着燕山，依傍着燕山，倾听着潮河、白河的涛声，一代又一代人的生活，构成了一个个村庄的历史。如今，它们探索着乡村振兴、城乡结合发展的新路径，如众星拱北斗一样拱围着北京，谱写着祖国新山乡巨变的歌谣，装点着新时代的壮美山河。

二

燕山，是古都北京之根，也是北京一个个村镇之根。读懂燕山，无论生活在市区还是乡村的北京人，才能知道：我们从哪里来？我们是谁？我们到哪里去？

燕山何以得名？许多人问，燕山与燕子有关系吗？燕山得名还真的和燕子有关。《诗经·商颂》云："天命玄鸟，降而生商。"东汉许慎《说文解字》解释为："玄鸟，燕子也。"商族人曾以燕子为图腾，希望能像燕子那样，流布四方，开疆拓土。盘庚迁殷，奠定商朝的稳定局面，势力由黄河下游发展到中游，随之向北部边疆扩张。一部分商族人，在大房山脚下、琉璃河畔的董家林村，建立了名为"北燕"的方国。古燕国人便借用商的燕子图腾，把这段山脉，冠以燕山之名。

战国后期，燕国渐强，迁都于蓟，政治、文化中心随之东移。燕山的地理范围和文化内涵也在不断地拓展，蓟北部和东北部的山也称为燕山。新得名的燕山，是蓟都北部的天然屏障，南北山谷交往的孔道，于是，此燕山之名逐步取代了原来的。而蓟西南的燕山，虽留有古燕国的遗迹，但"燕"字却被人渐渐忘却。随着人们视野的扩大、地理知识的丰富，发现新得名的燕山和旧名燕山属于两大不同系列的山脉，旧燕山属于太行山的北段，遂以太行山称之。

我从小喜欢看地图，在中学地理课上，老师把中国的版图比作一只雄鸡，这一形象就铭记在我的脑海里了。等上了大学，选修北京史，发现燕山恰好处在雄鸡的咽喉部位，那是辽阔的东北平原和华北平原之间最显著的界标。北京如同被一个巨大的半圆形山脉包裹在其中，人们形象地称之为"北京湾"，正处于中国雄鸡版图的心脏地带。

我听过历史地理学家侯仁之先生的讲座，北京是他心中的"圣城"。侯先生通过《水经注》《太平寰宇记》等诸多文献古籍，以及对北京河湖水系地理位置变迁的详细考证，最终得出北京城肇始于蓟城，而蓟城的核心位置就在广安门一带的论断。1995年为了纪念北京建城三千零四十年，在广安门滨河公园北侧竖起一根标志性纪念物："蓟城纪念柱碑。"我曾到滨河公园游览，仰观"蓟城纪念柱碑"，其整体采用花岗石建造，柱身呈圆角长方形，正面最上方雕刻着由书法家康雍撰写的铭文："北京城区，肇始斯地，其时惟周，其名曰蓟。"柱前立有石碑，碑的正面刻着侯先生撰写的《北京建城记》，他用短短五百余字，言简意赅地概括了北京三千多年的建城史和八百多年的建都史。

上溯三千年前，北京地区有两个诸侯国，一个是古燕国，另一个是与之相邻的古蓟国，两者皆为臣属商朝诸侯国。周初曾"封邦建国，以藩屏周"。公元前十一世纪，召公姬奭因辅佐周武王灭商有功，受封于燕，召公就在"北燕"的旧地建立了燕国。召公因辅佐幼主成王，只好留在镐京，改派长子姬克前往。姬克接受了成王的"授土授民"，成为燕国土地的第一任燕伯，自此北京正式进入燕国的历史。

燕国北边是华北平原的农耕区与游牧区的过渡带，长期遭受山戎、赤狄的侵扰。当燕国站稳脚根强盛起来后，实施北进蒙古高原，东拓东北疆域的战略，为此燕国举兵北上，吞并弱小的诸侯国蓟。蓟位于北京西南（今北京市西南广安门一带），这一带土肥水美，西北隅的山丘，蓟草繁茂，人称蓟丘。"蓟"为多年生草本植物，高逾尺许，春生秋收，药食两用。植物茎有刺，叶子羽状，边缘呈锯形，类似鱼刺，再加一把刀，俗名"刀枪菜"，古人以此形象造字为"蓟"。其生于荒丘阡陌，花紫红色，入夏花繁，果熟而绽，蓬头皓首，子随白毛飞扬。每值青黄不接之际，百姓采摘蓟和其他野菜，以度饥馑。此外，它还具有清凉解毒功效，可祛火治病，延年益寿，被视为"救命草"。为铭记蓟之恩德，故以"蓟"名地，以地名国。燕国以燕子得名，蓟国以蓟草为名，蓟国被燕国所灭，"燕都蓟城"合二为一，奠定了这座城市"平民性"的基因。

三

燕山的最高峰是东猴顶，主峰却是雾灵山。当我登上"京东之首、燕山之最"的主峰，感受了燕山地理风貌、文化历史的独特魅力。极目眺望，密云水库、司马台长城、金山岭长城尽收眼底。明长城如苍龙蜿蜒山间，整个燕山山脉自西北向东南绵亘八百余里，起伏跌宕，山水环绕，万绿无际；隆起的山脊若隐若现，犹如一条条天龙奔踊腾跃。雾灵山状如龙头聚集之处，在主峰东南侧并排矗立着五座龙头状巨石，俗称"五龙头"，向周围伸出的五条大的山脊就是五条龙脉，因此得名五龙山。其原名伏凌山，又名孟广硎山。顾炎武在《昌平山水记》中称其"山高峻，有云雾蒙其上，四时不绝"，因而得名。与许多著名山脉相比，燕山的长度、宽度、高度都不算突出。其东西长约四百二十公里，南北最宽处近二百公里，主峰雾灵山海拔仅有两千一百一十八米，它不是燕山的最高峰，但它经过人们的认知、描述、传播之后，被赋予了某种内涵、寓意，山不再仅仅是自然界的山，而是一种倾注了人文因素的坐标。

在地理上燕山则是我国第二、三阶梯的分界线，更是古代的农牧文化分水岭，山之北，为游牧文化；山之南，则是农耕文明。其所处的地理位置和东西延伸的特点，决定了它自古以来就被赋予突出的军事和政治内涵。切穿山脉的众多峡谷，特别是潮河、白河及滦河谷地，是沟通南北的必经要道。几千年来围绕这里的山川、沟谷、关隘所发生的故事之多，可能是任何一座山脉都难望其项背的。自此向北常年干旱少雨，土壤贫瘠，粗犷的游牧生活，培养出游牧民族豪放、勇猛的性格。山戎、猃狁、东胡、肃慎、契丹、蒙古、女真、满等少数民族，俱在燕山南北绵延繁衍，上演了波澜壮阔的历史剧。如果说北京是一幕幕历史剧演出的舞台，燕山便是这个舞台纵深背景的诠释——

938年契丹获幽云十六州后，辽太宗耶律德光升幽州（北京）为南京。幽州之地，古为燕国，且在燕山之南，给北京带来了一个诗意的别称：燕京，由此拉开了北京八百多年建都历史的序幕。1271年忽必烈改国号为元，建立元朝，元世祖忽必烈下诏改中都为大都。在此之前，元代蒙古贵族巴图南曾向忽必烈极力推荐北京。《元史·巴图鲁传》记述巴图南所言："幽燕之地，龙蟠虎踞，形势雄伟，南控江淮，北连朔漠。且天子必居中以受四方朝觐，大王果欲经营天下，驻跸之所，非燕不可。"最终忽必烈定鼎于此，北京第一次成为全中国的政治、经济和文化中心。

1368年，朱元璋攻下大都后，大臣们认为其王气已尽，不宜建都，遂改都于南京，大都降为北平府。之后，燕王朱棣以"清君侧，靖国难"为名，发动了靖难之变，夺取了皇位。朱棣视北平为龙兴之地，改北平为北京，历史上第一次有了北京的名称。四年后明成祖朱棣下令修建紫禁城，1421年正月，明朝中央政府正式迁都北京。

由此，也就诞生了一对鲜明、凸展两翼的前门箭楼，像一只凌空飞去，又在坚贞守望的燕子。

四

二百多年后，江山易主，清朝定鼎北京，把江山的霓裳披在紫禁城之上。

明清北京城的主要建筑均在中轴线上，北至钟鼓楼，南至永定门，其间有天坛、前门、天安门、紫禁城等诸多建筑，直线距离长约七点八公里。行走在中轴线上，自然会产生这样想法：中轴线再往北延伸，就会与燕山相交。两者唇齿相依，休戚相关；血肉相连，荣辱与共。而地处燕山南麓的密云，是北京东北部的军事屏障。康熙皇帝诗云，"地扼襟喉趋朔漠，天留锁钥枕雄关"，是密云"京师锁钥"的真实写照。

  我大学毕业后，像春来的燕子一样回到了燕山深处，回到母校任教，教书之余，痴迷于家乡的历史。在熟悉的教室，想起当年语文老师要求我们背《陈涉世家》："王侯将相宁有种乎？""斩木为兵，揭竿为旗""苟富贵，无相忘"，这几个千古名句就深深地印入了脑子里不曾忘记。也是第一次知道，他们前往戍守的渔阳，就是自己的故乡密云。于是，我利用寒假第一次探访位于密云城西南统军庄村附近的渔阳城遗址。村民称这里为"土城子"，城垣早已荡然无存，北边明显高出地面，南边在二十世纪七十年代平整土地后与周围地表持平。村民告诉我，运气好的话，可以捡到秦汉时期残存的陶片瓦砾。一丛丛冬日的枯蓬衰草，在寒风的吹拂下，发出一阵阵低拂地面的"簌、簌"的声响。我低头寻觅，在草丛里真的找到一片月牙形的土灰色的陶片，仔细观察，陶片纹理细密，类似掌纹。陶片在手，风从手指穿过，微凉，仿佛触摸到了渔阳城的千年时光。

  遥想公元前283年秋天，秦开奉命率军攻袭东胡，约整军士，衅鼓祭旗，刻期出征。燕军自西向东，由妫水流域（延庆境内）向密云地区的渔水（白河）、鲍丘水（潮河）流域推进，一路斩关夺隘，拓地千余里，置上谷、渔阳、右北平、辽西、辽东五郡。中国古人以山、水为参照物，即"水北为阳，山南为阳"。渔阳郡因为在渔水（白河支流）的北岸、燕山之南而得名。古代的渔阳郡是一个由南向北的狭长地带，其辖境相当于今河北省围场以南，蓟运河以西，天津以北，北京怀柔、通州以东地区。古渔阳城处于这个地区中部偏南，既是密云地区最早的行政建制，又是蓟城北部的第一重镇。

渔阳郡地跨燕山南北，从这个地理范围可以看出，它是统率燕山南北诸邑镇的中心城市，也是燕山南北不同民族杂居、交往、融合的地区。此外，渔阳郡的冶铁业发达，西汉初年，统治者对盐铁业采取自由经营政策。到了汉武帝统治时期，为增加政府财政收入，打击工商业者，实行了"盐铁官营"政策，设置行政机构进行具体管理。全国设置四十八个铁官，渔阳是四十八个铁官之一。1974年，在北京丰台大葆台西汉墓中就出土了大量的铁器。其中最有代表性的，是1号墓当中的"渔"字铁斧。斧柄是木制的，经过两千多年早都烂掉了，只剩下斧身。斧身呈梯形，两侧略带弧形，上面有铸造的痕迹，为铸造产品。斧面光洁呈暗红色，一面铸有凸起的"渔"字，为渔阳郡铁官作坊标记。学术界认为这一发现是西汉"盐铁官营"政策的重要证据。还有人说，斧身标上代表产地的"渔"字，堪称北京乃至中国最早的"商标"。

五

燕山，是我们祖先繁衍生息之地，他们生于此、长于此、老于此。果树上结的栗子、梨、核桃的果实，地里生长的谷子、高粱、大豆等五谷杂粮，是我们赖以生存的命根子。而这些命根子是我们祖先用血汗培育出来的，是他们在山岭坡地，靠着一镐一镢伴着手掌的血泡刨出来的。即使如此贫瘠的土壤，薄薄的土层，却培植了燕山板栗、黄土坎鸭梨、金叵罗小米、西田各庄金丝小枣、坟庄核桃、大城子红肖梨、东邵渠御皇李子、东智香椿。这些是阳光照耀、雨露滋润的"天地果实"，是燕山给予的珍贵馈赠，百姓视为"密云八珍"。

我的老家不老屯镇，位于燕山腹地的云峰山脚下，是一个有着不老传说的神奇之地。它背倚逶迤起伏的云峰山，南临烟波浩渺的密云水库，日照充足，气候湿润，昼夜温差大。沿着云峰山的半山腰，蕴含着丰富的麦饭石带，非常适宜栽植鸭梨树。早在明代，黄土坎地区就开始栽种，已有六百多年的历史。《密云县志》记载："密云鸭梨以黄土坎村为最好，故又称黄土坎鸭梨……到清朝时已驰名遐迩。"秋天鸭梨缀满枝头，果皮金黄，灿灿生辉；果肉细嫩，含糖量高，果核细小，肉厚酥脆。含有丰富的维生素C、钙、锌、钾、硒、磷等元素，享有"梨中之王"的美誉。如今，黄土坎鸭梨，已是规模化、品牌化经营了。昔日的"皇家贡品"，变成了村民的"摇钱树"。

我出生时正赶上"三年自然灾害"，母亲奶水不足，是栗子救活了我的命。我稍稍懂事，母亲领着我，认老栗树做了"干娘"。所以，我与栗子树最亲密，喜欢吃栗子，喜欢看栗花。它是怎样的一种花啊，没有花托，没有花萼，更没有花瓣。一簇簇像狗尾巴花，又像女孩头上扎的小辫子。有的低垂着，有的斜翘着。没有规律地，或三五成束，或七八成群。摘下一根，迎着阳光看去，细细绒毛产生的轮廓光，迷离且诱人。栗花的色彩是清一色的黄，而又不是单调的黄，她以不同的树种，不同的树龄，不同的花期，分出不同的黄：金黄、淡黄、浅黄、深黄、鹅黄、橙黄……举目而视，一条条山岗，一洼洼山地，那各种各样的黄啊，挨挨挤挤，碰碰撞撞，掺杂交错，彼此辉映，构成了一片无可比拟的栗花的世界。等栗花落了，我们挎着荆条篮子去捡拾，回家后和母亲一起编成火绳，挂在屋檐下晾晒。盛夏的夜晚，为防止蚊虫叮咬，在家门口的青石板上，点燃一根长长的火绳。微风吹来，火绳忽明忽暗，老人们讲的故事也是忽近忽远——

长大以后，我才了解到家乡的板栗自古闻名，其栽培历史可远追溯到春秋战国时期。三国时陆玑的《毛诗草木鸟兽虫鱼疏》称："五方皆有栗，唯渔阳、范阳栗，甜美味长，他方者悉不及也。"司马迁的《史记·货殖列传》中有"燕、秦千树栗……此其人皆与千户侯"。时至今日，密云为燕山板栗重要产区，其种植面积及产量，均居北京各区首位，被国家林业局授予"中国板栗之乡"。境内仍有三百年以上的板栗树二百余株，依然枝叶繁茂，果实累累。

密云八珍，具有独特的禀赋和灵性。它们相映生辉，共同点燃一缕缕人间烟火，映照着古往今来的一方百姓生活。而一粒谷物、一颗果实的历史究竟在哪里？就在燕山起起伏伏的丘壑中，蜿蜒曲折的潮白河两岸边，山岳襟连的长城关隘间。

六

燕山，横亘在北京之北，燕山在，北京就在；燕山失，北京便不可避免地遭受劫殃。

古北口，居山海关与居庸关之间，是燕山长城的重要节点。

我用了二三十年的时间，和学生、家人、朋友，或独自一人，断断续续地走完了密云境内全长一百八十二公里路程和十一个乡镇，探访了长城沿线的古北口、墙子路、吉家营、遥桥峪、花园、大角峪、柳林营、白马关等与长城"血脉"相连的古村落。

将军楼，是古北口长城蟠龙山段的制高点，也是古北口的战略要地。楼呈正方形，分上下两层，南北各开有四个箭窗，东西各开三个箭窗。十多年前，我带着学生手脚并用地爬进将军楼，大家都被眼前的景象惊呆了。将军楼顶洞开了一个不规则的、硕大的窟窿，仰头观看，是一团深邃的蓝和一束耀眼的光。四壁的砖犬牙交错，地上是砖头、石头、泥土堆成的土堆，已被游人踩得光滑滑的。我对学生说，头顶上的大窟窿，是1933年长城抗战，日本飞机炸弹炸的。我又带着他们在斑驳的北墙上，找到了日寇用匕首或者枪刺刻的"步兵十七联队占领"。面对这行汉字，学生都默不作声，沉默，还是沉默，敌楼内的空气好似凝固一般。在沉默的气氛中，我给学生讲述了古北口长城抗战的历史。古北口战役从3月10日到5月14日历六十余天，大小战役数十次，中国军人以血肉之躯阻挡日军的飞机大炮，伤亡近万人，日军伤亡七千余人。二十五师师长关麟征血染将军楼；团长王润波以身殉国；戴安澜145团的七名士兵，死守帽儿山，歼灭日军一百余人，全部壮烈牺牲，被誉为"七勇士"。古北口长城战役是北京地区抗日的第一枪，被称为"激战中之激战"，是电影《风云儿女》的主题歌——《义勇军进行曲》创作的重要源泉。

攀上将军楼顶，极目远视，群山一览无余，沿着山脉，向西

015

可以看到对面的卧虎山。山脚下的"百家姓村"河西村、曲折流淌的潮河、相依相偎的姊妹楼等，依稀可辨。向东可以看到二十四眼楼，它是蟠龙山长城最东面的一座敌楼，处于制高点，分上下三层，顶层周围是垛口，共有二十四个箭窗，俗称二十四眼楼，据说当年戚继光曾在那里办公。清代大地震曾有坍塌，抗战时又被日本鬼子炸毁，残缺不全的二十四眼楼，只剩一面苍苍斑斑的墙体。

抗日战争时期，密云以潮河为界分为两大战略区，河西为平北地区，河东为冀东地区。云蒙山是平北丰滦密抗日的核心区域，绵延磅礴，山高谷深。十团点燃了云蒙山的抗日烽火，硝烟中诞生白乙化、邓玉芬等许多可歌可泣的英雄人物和事迹。2014年7月7日，在首都各界隆重纪念全民族抗战爆发七十七周年大会上，习近平主席在发表重要讲话时特别提及，云蒙山区有"一位名叫邓玉芬的母亲，把丈夫和五个孩子送上前线，他们全部战死沙场"。在张家坟邓玉芬广场，村民们对前来参观的人说，邓玉芬一家就是"现代杨家将"，她就是"当代佘太君"。

巍巍燕山，层峦叠嶂，坍塌了多少边墙戍楼；绵绵长城，龙脊沧桑，镌刻着血与火的历史。

七

世界上有众多的山脉，每一座山，其实都不是一座山，而是一个魂魄和精神的存在。燕山，就是数不清的山中的一个特殊存在，它给予我们自然的、生命的、历史的、军事的、文化的、精神的馈赠。同时造就了令人惊奇的地貌。譬如，密云地形为三面环山，中部是平缓的盆地，开口向西南敞开，形似"笸箩"；如果我们站在中轴线的任何一个地方，北望燕山，"北京湾"环抱的京城，也状如"笸箩"。因此，我们可以这样说，无论是密云，还是北京，不都是个巨大的"金叵罗"吗？

燕山，北京身后的天然屏障，巍巍如王者。它贯通着古今，没人能剥离它的记忆。岁月的喘息与更迭，文明的兴衰与嬗递，也许就在燕山深深浅浅的肌理中；而依偎在燕山怀抱里的"金叵罗"，怀着对未来的憧憬与希望，正在讲述着千古难泯的梦……

司马台长城

一

我与长城之缘是从一块长城砖开始的。

父亲年轻时在长城脚下挖过金矿,经年累月地从矿洞里背矿石,后背压成了"罗锅儿"。离开金矿时,他捡了一块长城砖带回了老家。等我稍稍懂事,父亲告诉我,墙头上的那块青砖,就是挖金子留下的念想。隆冬时节,我和父亲去山里砍柴,父亲指着远处山巅逶迤的长城,对我说,山顶最高的楼子就是司马长城的望京楼。

我第一次去司马台长城,是在二十世纪八十年代初。大学毕业后,我回到母校教历史。第一年放暑假,骑着一辆"永久"牌自行车,与同宿舍的王老师,去攀爬司马台长城。我俩骑着自行车,顶着酷热,穿过高粱地的土埂、山梁陡坡,日近晌午,在司马台长城脚下的水库边歇脚。水库原来叫暖泉口,有两个泉眼,一个是常年保持几十度的温泉,另一个冰冷刺骨,修建成水库后湖水冷暖各半,被称为"鸳鸯湖"。每至严冬,湖内依然碧波荡漾,雾气升腾。长城被鸳鸯湖分为东西两段,东段为著名的司马台长城。

我们沿着蜿蜒的长城向上攀爬。历史总是这样地鲜亮,用手触摸一块块砖石,思绪开始蔓延。望着坚固的长城,眼前仿佛看到了当年将士们在这片荒山野岭,光着膀子,喊着号子,以铁索绞、滚杠、撬棍并用的办法,把开凿的条石一块一块运到山顶上,然后用糯米浆和石灰一起垒叠。使得长城设施完备,构筑坚实,布局严谨,以攻守兼备而闻名。

城墙上的马道,可容六七人并肩行走,陡坡用砖砌成梯形台阶,两边建有排水沟,防止雨水冲刷墙体。城墙有上、中、下三层射击孔,可供士兵立姿、跪姿、卧姿用弓箭射击敌人。仔细观察,射击孔形态迥异,雕成了桃形、箭头形、刀把形、云钩形、锯齿形、漏斗形等图案,蕴含着戍边将士的匠心与巧思。我一鼓作气爬到了东七楼,每段城墙坡度、宽度不同,结构也不同。城墙和敌楼在岁月的侵蚀下,露出岁月的斑痕,感受着长城的古朴、沧桑。

抬头仰望,充满韵律的墙体,在峭壁耸起的山脊上,随着升腾、蜿蜒的山势,宛若游龙飞腾。长城专家罗哲文曾这样形容司马台长城:时宽时窄,时起时落,就像在刀锋般的山脊上舞蹈。特别是天梯和天桥两段,更是险中之险。天梯是单面墙体,长约五十米,坡陡、墙窄,呈直梯状沿山脊上升,两侧是百丈深渊。百级天梯东面是天桥,长虽近一百米,但宽却仅三十厘米,两侧是悬崖峭壁,俯首下望,令人目眩心悬,胆战心惊。真是"过桥难,难于上青天"。天梯倾斜度近九十度,下临悬崖,长约百米，宽仅一砖，左右两侧皆是上千米的深渊。"望京楼"屹立于山峰之巅，"游人止步"的牌子立于道中，我们只能望楼兴叹。

二

雄奇的司马台长城是用一砖一石砌成的。我每次登临，触摸苍凉的墙体，总想知道这一块块青砖是从哪儿来的。一次偶然的机会，我去探访大角峪明代古窑群遗址，终于解开了心中的困惑。大角峪是新城子镇的一个古村落，据村里老人讲，古窑发现在二十世纪的六十年代，当时村里平整村北一块叫"坯场"的土地时，意外地发现了近百座古砖窑。经专家考证，说是明朝修长城时的砖窑。

古窑遗址，地处村后的黄土坡地，与修长城、古堡的工地相距不远。这些古砖窑的窑门有一人多高，窑内筑有环形平台，窑室呈圆形，纵深六七米。每座砖窑可码放砖十几层，每层二三百块砖。烧制时窑工先把做好的砖坯放入砖窑，封闭砖窑，用木柴烧四天左右。烧到一定火候，逐个堵住不同方向的烟道，直至每个烟道的顶部呈现红色，窑工便在窑顶淋水，使满窑的砖从红色慢慢冷却成青色。

长城沿线各窑口土质不同，多为沙泥质，个别砖含杂质量较大。其形制和用途分为长砖、方砖、垛口砖、望孔砖、射孔砖、旗杆砖以及城墙上的流水槽砖。其中以砌墙的长砖和铺地的方砖居多，长砖一般为三十六厘米长、宽十七厘米、厚九厘米，计重二十五斤，有的长砖烧制时刻有文字。文字砖，在绵延万里的长城上并不罕见，但以金山岭、司马台长城最为著名。

长城峭壁上的青藤爬着爬着就变红了。在一个初秋，我再去攀登司马台长城。长城两边的树木层林尽染，从林间传来野鸡的"咯——咯咯咯"的叫声。长城巡护员告诉我们，随着两边的植被增多，长城成为灰喜鹊、野兔、獾、野鸡，甚至野猪的藏身之所，为此增添了许多生气。

我来到文字砖墙前，蹲下来仔细辨认，虽经历了四五百年的风风雨雨，字迹依然清晰。可以辨出"万历伍年宁夏营造""万历伍年山东左营造""万历陆年镇虏骑兵营造"等款识。万历是明神宗朱翊钧的年号，一共用了四十八年，是明朝使用时间最长的年号。万历五年为1577年，这些带字城砖，就是修建这段长城军队的番号。

戚继光为什么要求在砖上刻军队番号呢？他是想通过"物勒工名"的形式，对整个工程实行责任制管理。参与人员的名字都刻在砖上，职责分明，责任到位，清清楚楚、一目了然，一旦出现问题，无论监造官、提调官，还是烧窑匠、制砖人，哪个环节出了问题，一样要被追究责任。这就使得参与人员丝毫不敢懈怠。最后交砖时，检验更为严格，由检验官指派两名士兵抱砖相击，如铿锵有声、清脆悦耳而不破碎，属于合格；如相击断裂，责令重新烧制。正因为责任如此明晰，才避免了任何偷工减料现象，保证了城砖质量上乘。那一块块文字砖，就像镌刻在长城上的印章，钤记和映射着长城沧桑的历史。

三

　　2017年,我参与北京市政协《长城踞北·密云卷》的编写,旨在让更多的人了解长城历史,认识长城现状,加入到长城保护队伍中来。时值盛夏,我又一次去攀登司马台长城,重点考察了司马台的敌楼。清晨,阳光穿透纱雾,将远处的山头染红,渐渐地向远处浸润和蔓延,似一层又一层地染红。不一会儿,近处山上的长城,忽然之间又披上一层金色的薄纱,一瞬间色彩斑斓。此时的司马台长城,蜿蜒起伏,忽隐忽现,像是飘落在万山丛中的一条镶金的玉带。那一座座敌楼,独具匠心,无论布局、造型、雕饰,每一个都别具一格。敌楼有方形、圆形、扁形、折角形等,这些都是空心敌楼,大小不一,形态组合各异,是按照驻军的官衔等级、驻防人数以及地形险要程度分别来修建的。从内部结构看,有砖结构、砖木结构、砖石结构;有单室、双室、多室之分;房间布局有"四"字形、"日"字形、"井"字形、"川"字形。楼顶变化多端,有平顶、穹隆顶、八角藻井顶、覆斗顶;门窗也新颖别致,有边门和中间门,有砖券和石券,还有技艺精湛的雕花花岗岩石门。

　　印象深刻的是仙女楼,它掩映在老虎山山腰的花丛中,下部条石合缝,上部磨砖达顶,内部有青砖砌成的两道大拱,三条甬道,十个券门。顶部正中心砌成蛛网状八角藻井,四边砌四个砖柱。楼门石柱上,还雕刻着两朵并蒂花捧着一个仙桃。整座楼处处给人以精巧、细腻、秀丽之感，仿佛这不是人间战争的防御设施，而是一座仙境楼阁，是诸多敌楼中建造得最精美的一座。

在十三号敌台二层南垛墙的中间，矗立着一座麒麟影壁。其通高近两米，宽两米多一些。麒麟影壁图由十五块方砖组成，横五竖三，影壁下部是几层砖砌成的须弥座，上部盖以瓦顶，两侧是圆柱形的砖框，中心便是砖雕麒麟图。麒麟在飘绕浮云中后腿呈站立状，两前腿呈奔走状。收臀耸腰，尾巴上翘，鬃毛飘拂，目喷口张。头向左后回顾，口大张，像是嘶鸣，又似召唤幼麟。

麒麟影壁的两侧，饰以犀角、宝珠、古钱、珊瑚等杂宝，最外侧为圆柱形的砖框，以竹节作为装饰。北方特有文化之一影壁，为什么与南方的竹子文化结合在一起？它折射着这样的历史信息：隆庆初年，数千浙江义乌兵跟随戚继光将军来到北方，修筑司马台、古北口、金山岭等地的长城。他们远离家乡，戍守边关，在那"烽火连三月，家书抵万金"的年代，在影壁上饰以竹节，一方面是想借竹子，给家乡父老报个平安，更多的则是祈愿和平和悠悠的乡愁。

回眸脚下层层叠叠的长城台阶，我们曾经踩过的一个个脚印，仿佛与戍边将士的脚印在时空中重叠。风已吹过，雪已落过。空间被时间锈蚀，司马台长城收藏起所有的细节。青砖缄默，断壁沉思，正是这缄默的一砖一石，凝固成跌宕起伏的长城交响……

望京楼上

一

望京楼，位于司马台长城东端，其结构为一座二层的空心三眼敌楼，为司马台长城的制高点，是司马台长城的标志。

隆庆二年（1568）夏，经蓟辽保定总督谭纶推荐，朝廷任命戚继光出任蓟镇总兵，镇守地区东起山海关，西到居庸关一线。戚继光上任时，"蓟边兵政废弛已久，一切营任行阵，志趣识见，皆患沿袭旧套。是以将不知兵，兵无节制已非一日"。原来的骑兵、步兵又不能协调作战，战斗力极低。戚继光到任之前的十七年间，曾易边将十几人，皆因不能胜任边守以罪革去。戚继光上任之后，对边守军政进行了仔细的调查分析，发现每次来犯蓟镇的蒙古骑兵少则数万，多则十多万，且战马膘肥体壮，一人数骑，人自为战，万众一心。明军将无斗志、士无战心且老弱居半，虽有火器，但质量差，操作也不灵活，因此难以制敌。为了使明军转劣为优，他决心整顿军队，准备调一万名训练有素、富有战斗经验的义乌兵抗倭将士，作为"兵样"，带动全军。

戚继光为什么要调义乌兵北上呢？戚家军在东南沿海抗击倭寇，义乌兵守城，有其独到之处。戚继光这样总结："使其乘墙而守，亦唯浙兵而守可固。何则？南省邑城，高不逾丈，厚止数尺，复无墩堡偏坡之险，贼动以万数围之，且鸟铳发无中，吕公车高逾于城，而以浙兵千人守之，累月不下。今边墙既高，临下复有偏坡，杂以品坑。使以浙兵守之，未有不固者。"

与此同时，义乌兵掌握了先进的火器——鸟铳。鸟铳是欧洲发明的，因其枪机形似鸟嘴，称之鸟铳。后传到日本，在抗倭战场上，被明军缴获。它以铜铁为管，硬木扶承，可装铅弹。持枪射击时，一手前托枪身，一手后握枪柄，对准敌方，点燃药线，射出的弹丸洞穿人马，"捷于神枪，准于快枪，火技至此而极"。浙江的工匠颇多，仿制的鸟铳，工艺精良，属全国之最。戚家军是明军最早使用这种先进火器的，在打击倭寇的战斗中，发挥了至关重要的作用。

明朝边军与纵横千里的鞑靼铁骑相比，处于守势，更无进击之力。戚继光觉得，对待鞑靼之骑兵，必须发挥鸟铳的优势。他向蓟辽总督谭纶建议。谭纶疏奏："中国长技，无如火器，欲练兵三万，必得鸟铳手三千人为冲锋，而勒习边人，非迟之一年不可。今防秋期迫，请选取浙兵三千人，以济一时之急。"明军最大的优势是火器，除鸟铳外，还有佛朗机子母炮、快枪等。有人说："虏所最畏于中国者，火器也。"最先赶到京畿北方要塞密云古北口方向的三千义乌兵，就是身经百战的神铳手。

义乌兵军纪严明，听从号令。义乌古称"乌伤"，传说秦时有个颜乌，事亲至孝，父死后负土筑坟，一群乌鸦衔土相助。唐代以前，乌鸦在中国民俗文化中，是有吉祥和预言作用的神鸟，有"乌鸦报喜，始有周兴"的历史传说。唐朝时改称义乌，以示义字当头，心怀孝道，刚正勇为。

义乌地处浙江中部，历史上隶属于金华府，境内东、南、北三面群山环抱。一方水土养一方人，在长期的生存磨砺中，形成了义乌人崇文、尚武、善贾的民俗，养成了义利并重，有难同当、有苦共尝的民风；一旦有外人侵扰，大锣鸣响，全村男女都会操戈出户，拥向宗祠，听候长者指挥的乡风特征。好学是义乌人的秉性，自古以来，即使乡野村民，也习字练书法，他们说：字是人的长衫，肚里有没有货，就看你的字。义乌兵比北方边军易接受文明，易接受戚继光所制定的军队规章制度与纪律。

二

戚继光北调的三千义乌兵，在蓟州东路副总兵胡守仁率领下，由义乌到杭州，从杭州坐漕运船，走南运河过长江，再沿着北运河，直抵北京通州。在通州张家湾上岸后，从陆路赶赴京北的石匣营城，前后历时两个多月。戚家军驻扎石匣营城后，部分将士，水土不服，开始拉肚子。石匣营的百姓得知后，纷纷来到军营，送水送药。义乌兵深受感动，在闲暇之时，向百姓传授戚家拳。义乌兵的到来，带动了石匣地区的经济发展。南方人爱吃米饭，周围百姓在潮河岸边，大面积栽种水稻。城内店铺商号逐渐增多，南来北往的商客在此云集，熙来攘往，繁华异常。休整一段时间之后,曾经让倭寇闻风丧胆的义乌将士,精神抖擞地期待着戚继光的检阅。

演兵的日子终于到了。

青山横北郭,潮河绕城南,石匣营的校场上,义乌兵列成严整的方阵,军旗招展,战鼓咚咚,手执刀、枪、盾牌等各种兵器,个个威风凛凛。缺乏训练的边军,也集结到指定的地点,动作拖沓,显得松散迟缓。他们是来观看戚继光检阅、点验义乌兵的。

边关的夏日,太阳高悬,火辣辣照在将士们的盔甲上,将士汗水挂满了黝黑的面孔。演练刚要开始,随着一声响雷,西北方向涌来滚滚乌云,随之狂风骤起,一阵豆大的雨点,噼噼啪啪地砸在地上,溅起一阵尘烟,紧接着大雨倾盆而下。观看演练的边军将士,纷纷跑去躲雨。三千义乌兵,却雕像般地屹立在狂风暴雨之中。

胡守仁向帐幕中的戚继光请示:将军,点验否?

戚继光道:天赐良机,让边军看看我们戚家军的威严。

他手执军棍,钻进雨幕。

风雨中将士们的眼睛被吹打得眯成一条缝,戚继光冒雨站立在点将台上,环顾受阅将士,人人精神抖擞。将士们手持刀戈枪戟,坚挺地屹立。风雨中,将士们听到了戚继光那熟悉的胶东口音:当兵干什么?杀贼为民,打仗为国。打胜仗要有纪律,纪律靠平时养成。只有经过平时的艰苦磨炼,才能养成铁的纪律,才能打胜仗。

暴雨来得急,去得也快,云开了,雨散了。三千义乌兵开始演练，变幻多端的阵法，精准、勇猛的刺杀格斗，让边塞将士大开眼界，从内心深处升起钦佩之情：戚家军，名不虚传。

戚继光在石匣营城内建起了帅府，坐镇指挥，训练将士，隆庆五年（1571）十月，戚继光请求朝廷批准，又在浙江义乌招募六千兵士北上。几年之后，训练出七个步兵营、七个骑兵营、三个辎重营混合编成的精锐部队。按照兵种配备和任务分成两种类型的部队：一类是执行战略任务的机动部队；另一类是戍守长城一线的守备部队，从根本上改变了原来长城一线单纯防守的被动态势。还把驻扎在石匣营的分守参将，提升为西路协守副总兵，专门防御曹家路、古北口、石塘岭、墙子岭、白马关等险关隘口。

三

古北口，南控幽燕，北捍朔漠，为京师锁钥之地。义乌兵和戍边将士的构筑敌台、城墙的号子声、铁锤声，打破了古北口山岭沟壑的千年静寂。他们随着军号声，每天黎明即起，一直干到日落西山，倦鸟归巢。其间，他们洒下的汗水、泪水和血水，都浸透在古北口的山河之中了。

明长城的修建全由戍边将士承担，既减轻国家负担、民役之重，又可锤炼边军。每一座敌楼都要求精心设计，每一段长城都要求精心施工，每一位工匠都要求精益求精，达到精细、合理和实用的效果。山势低矮处，加高城墙，山势高峻处，修建敌楼。

个别地方加修了障墙、支墙、挡马墙，全部为砖石结构或砖石木结构，构成布局严谨、可攻可守的防御体系。

当年义乌兵中能工巧匠很多，特别是石匠和瓦匠。在修筑长城石券门时，他们发挥南方人情感细腻、心灵手巧的特点，将北方妇女的刺绣风俗，比如牡丹、水仙、山菊、缠枝莲等图样，融入到敌楼的石券门工艺当中。使得长城既有北方的刚俊敦厚，又有南方的秀丽隽永，创造出一种粗犷与婉约并存，雄伟与细腻相融的独特风格，体现了一种刚柔相济的和谐之美。

修守长城的士兵生活异常艰苦，为稳定军心，明朝特许军士可带家属戍守边疆，每一家族驻守一座空心敌楼。长城沿线的一座座敌楼上，有多少义乌兵"以楼为家"，无法计数。这些长城敌楼，多以军士姓氏命名，如陈家楼、王家楼、金家楼、蒋家楼、徐家楼、张家楼、孙家楼等等。大多敌楼四面有窗口，有战事，瞭望敌情，夫妻一同守边关；无战事，开荒垦田，全家一起辛勤耕作。苍凉的敌楼有了温度，有了烟火气，有了家的味道。

独具"险、密、奇、巧、全"五大特点的司马台长城，是义乌兵和戍边将士求新、求变的杰作。据传，在天晴气朗之时，可眺北京城隐约的轮廓；星垂旷野之际，可见北京城万家的灯火。遥想四百多年前，那些没有留下名字的义乌兵和戍边将士，建完此楼，立于绝顶，俯瞰山下，村庄历历，炊烟袅袅。那修筑好的长城，起伏跌宕于山巅峡谷之中。饱满的家国情怀，顿生于胸；眺望家乡，黯然销魂，山岳相隔，早已是：人言落日是天涯，望极天涯不见家。

随着时光的流逝，他们从长城上搬了下来，在长城脚下繁衍生息，瓜瓞绵绵，发展为无数个义乌兵后裔的自然村落。四百多年来，长城的基因已深入到义乌兵后裔的骨髓里，流淌在血液中，他们以坚韧的毅力和意志，世代守护着长城；而那些长眠在长城脚下的义乌兵将士，坟茔都朝向东南方向，那是他们老家，义乌的方向……

问道鬼谷庐

云蒙山，亘古如斯地巍峨在那里，是这么地近，又是那么地远。

记得当年元青花鬼谷子下山图罐横空出世，不仅使青花瓷蜚声中外，也让鬼谷子名动天下。有时在想，什么时候能亲眼看看那件价值连城的元青花呀！可惜一直没有机会；早就听说云蒙仙境中隐藏着一座鬼谷庐，我虽熟悉云蒙山奇秀的风景，熟知云蒙山抗日的故事，可从未去过鬼谷庐，机缘巧合，终于得偿夙愿。

云蒙仙境景区的鬼谷庐，是一条藏风聚气的山谷，两边的山峰把天撑开了一线，给人以幽深、神秘之感；谷内庙宇参差错落，足够强的气场让我的目光仿佛有了重量。沿着师、圣、道的布局，一一参拜名相苏秦、张仪的文成殿，巨石旁孙膑、庞涓的武圣殿，"摇钱树"掩映下的鬼谷祠。登上九九八十一级的石阶，朝谒"老祖宫"。老祖宫是景区的核心，坐北朝南，居高临下，对面溪流潺潺，四围树影婆娑。峡谷尽头绝壁之下的鬼谷洞内，供奉着一尊鬼谷子的石像。石像仰天观象，胸前镶有"鬼谷"二字，据当地百姓讲，这里是当年鬼谷子隐居修行之所。

一溪水，在淡淡的水雾里蜿蜒；一朵花，在寂寥的峡谷旖旎。山云出岫，湍水激石，有时，瞬间即成永恒。

两千四百年前的云蒙山莽莽苍苍，峡谷中的白河汹涌澎湃，不舍昼夜地流淌着。

一天，夕阳西斜，一位相貌奇崛的人云游至云蒙山。云蒙嵯峨，荆棘丛生，他寻觅了一条地势绝佳的山谷，搭建起一座草庐，避世归隐于此。他自号鬼谷子，人亦称鬼谷先生。用"鬼"称名，一是表明自己奇绝幽秘，异于世人，并非鬼邪奸诈；二是世人对其晓捭阖之术、明兵家之道、通天之智的赞叹。鬼谷子是战国时期卫国人，姓王名诩，又名王禅，号玄微子。他早年周游列国，长于辞令，善于出谋划策，欲求闻达于诸侯。不被魏王重用，在楚国又被暗算，关入地牢中达八年之久，却在地牢中写出了旷世奇书《鬼谷子》。鬼谷子在云蒙山的青山翠谷中，采药修道，独享着一份世外的幽静。两千四百年前的天空，清澈而透明，灿烂的银河悬挂于大地之上，他将尘世的烦恼抛诸身后，感悟着天地交融的灵气，陶醉于星起星落的无穷变幻之中。

但在云蒙山的云雾之外，却是一个烽火连天，充满杀戮和混乱的世界。春秋肇始，周王室式微，礼崩乐坏；战国以降，诸侯争霸，战乱频繁，百姓苦不堪言。连年的战乱和残酷的社会现实，使醉心归隐的鬼谷子也不得不将视线再次转向了民间，他深深感受到百姓的疾苦和贵族的残暴。这一切促使鬼谷子对社会和人生进行了深刻的思考，避世归隐之愿，被匡扶济世之心所替代，于是鬼谷子开坛授徒，以匡乱世。最先来鬼谷庐求纵横之道的是苏秦和张仪。

"先生，何为合纵连横呢？"

"合纵就是合众弱以攻一强，连横就是事一强以攻众弱。"

"何为捭阖之术呢？"

"捭者，开也、言也、阳也；阖者，闭也、谋也、阴也。此乃外交之智慧，兵家之韬略。"

"先生，如何运用纵横捭阖之术呢？"

"欲取先予，欲同先异，欲捭先阖。攻心为上，攻城为下，兵不血刃，方为上上之策。"

几番风雨，几番砥砺，苏秦、张仪学到鬼谷子秘谛，"一人之辩，重于九鼎之宝；三寸之舌，强于百万之师"。他们游说于诸侯之间，登上了人生葱茏的峰巅，演绎了纵横捭阖、云谲波诡的历史。

战国末期，七国争雄，残酷的战争使合纵连横分崩离析，孙膑、庞涓拜师于鬼谷子，求兵学之道。鬼谷子把三韬六略、排兵布阵、运筹帷幄、决胜千里的用兵之术倾囊相授。

几番寒暑磨成剑，孙膑、庞涓掌握了用兵精髓。出山之后，却因膨胀的私欲，同门相残。庞涓挖去孙膑的两块膑骨，就像两粒仇恨的种子，生出两柄复仇之剑，分别从桂陵之战、马陵之战狠狠地刺出，庞涓被乱箭射死。在这残酷的战争面前，我们肃立而沉思。

云蒙山穿越千古时空。一片来自远古的云，掬起虔敬，永远铭记那一群消失在历史苍穹中的青铜般身影……

1940年初春，八路军晋察冀军区第十团进入云蒙山区，开辟丰（宁）滦（平）密（云）抗日根据地，点燃了云蒙山的抗日烽火，硝烟中诞生两位民族英雄，使云蒙山成为英雄的山、红色的山。

国破山河碎，家散鬼吹灯。一个个人，家就是国；一群群人，国就是家。云蒙山东部峡谷张家坟村的普通农村妇女邓玉芬毅然决然地支持丈夫、儿子抗日，她先后失去了丈夫任宗武、大儿永全、二儿永水、四儿永合、五儿永安、七儿共六位亲人。最后一把米，用来做军粮；最后一尺布，用来做军装；最后的老棉被，盖在担架上；最后的亲骨肉，送到战场上……用来形容邓玉芬一生，再贴切不过。

抗日民族英雄白乙化，1911年出生于辽西，曾在北平中国大学学习，"九一八"事变后，开辟以云蒙山为中心的平北根据地，多次给日伪以重大打击，被云蒙百姓誉为"小白龙"。他身材高大，留着如同刨花般的连鬓络腮胡须，枪法百发百中，可谓文武双全。1941年初，白乙化在云蒙山麓的马营战斗中不幸以身殉国，年仅三十岁，他是中国共产党领导的抗日武装在北京地区牺牲的最高将领。

青山写青史，每逢清明，当人们来到云蒙山南麓的白乙化烈士陵园，山坡上的树早已亭亭如盖。树长人亡，物是人非，那种又稠又浓的情感，穿越时空，烽火硝烟中的白乙化，刹那在人们的脑海里浮现。他是一名抗日英雄，还是一介书生，在恍惚之中，不知不觉间，浮生若梦，出师未捷身先死，长使英雄泪满襟，在这一份无奈中所留存的是一份苍凉、一份惆怅、一份义愤和一份悲伤……

鬼谷庐附近有座观景台，据说两千多年前的鬼谷子常常伫立于此参悟天机。

景区负责人介绍，白河拐弯是太极图阴阳的交界点，夏日多雨季节，每日清晨卯时，从那杳冥之处，就会升起一柱如蛟龙吸水般的云雾，高至三四百米，然后四散开来，起初如轻纱般缥缈，渐渐弥漫成浩瀚之势。当太阳跳出云海，整个云蒙山会变得烟波浩渺，云蒸霞蔚，山峰若隐若现，犹如神秘莫测的神龙，见首不见尾。

鬼谷庐存乎于山水之间，那庐、那河、那人，三耶一耶？一化三耶？三即一耶？三者皆归于怀柔的名字之中。源于《诗经·周颂》"怀柔百神，及河乔岳"的名字，不仅蕴含着刚柔相济、开放包容之意，也极好地诠释了"天行健，君子以自强不息；地势坤，君子以厚德载物"的民族精神。

当今世界，发展与和平是时代的潮流，但战争从未远去。"以战止战，以武止戈"，战争孕育着和平，和平孕育着战争，有人类的历史就会有战争，无论过去、现在和未来，战争都会存在。"兵者，国之大事，死生之地，存亡之道，不可不察"，鬼谷庐如此地昭示着我们每一个拜访者。

独石口记

秋风起边塞,草上孤城白。

我们沿着蜿蜒曲折的白河源头南下,进入张家口市赤城县的最北端。这里是明长城宣府镇上的一座重要关口,关南有一凸起孤立的奇石,谓之"独石";关北为"两山夹峙,只容单骑"的北栅子隘口,两者合而为一,得名独石口。与古北口、喜峰口合称为"塞上三口"。

一条公路从东侧切过独石口古堡,东墙已被毁成土垄,西墙尚有部分残砖保存,南墙形成了一个巨大的豁口,外侧城墙基本保存,北墙隐于农舍中未见保存状况。一些瘦瘦的小黄花,从碎石乱瓦的缝隙里钻出来,在山风中颤抖着,彰显出生命的倔强,却在不经意间成了古堡的注脚。西门处立着牌坊,匾额"镇朔",牌楼是后来修建的,匾是光绪年间之物。在牌楼后有一面介绍独石口历史的文化墙。我从头至尾仔细观看,其历史悠久,春秋战国时属燕国,秦、汉时属上谷郡,西晋时属广宁郡的下洛县。北魏初期,为保卫首都平城,防范柔然的南侵,平城以北边境设置了六个军镇。自西而东分别为沃野、怀朔、武川、抚冥、柔玄、怀荒六镇。当时统称为"六镇",此外,在六镇东面,尚有御夷镇,而独石口即属御夷镇。

古堡里的一个老人,一天的生活是从羊群出城开始的。清晨,牧羊的人赶着羊群从堡门中穿过,城外白河谷地,给放牧的人提供着生存的给予。向晚,老人赶着一群羊,从白河谷地归来。羊的咩咩声沉郁、悠长,夹杂着老人的吆喝声,从古堡街巷发出了悠悠回响。在我们看不见的地方,有一群羊,就这样简单而沸腾地生活着。一路星星点点的羊粪蛋,像撒落在石缝间的黑色花朵,引领着我们走进古堡。古堡就是在这样的时光里,被不停地凋蚀着,或细微、或粗粝,在白河峡谷中,成为记载历史的一种特殊方式。明宣德五年(1430)迁移开平卫(今内蒙古多伦)于此,镇朔大将军薛禄授命修建独石堡,始建关城,初为黄土夯筑,后改用青砖包砌。独石城北窄南宽,略呈梯形。堡内主街为十字街,街巷整齐、规则。那些关于独石口古堡的无梁殿、无孔桥、无影塔及各种坊表、庙宇等建筑,似乎躲在村民口口相传之中,保存着那么一点点关于这里曾经的记忆。

残垣断壁上有隐隐的绿,细瞧,一株株野草从坚硬的墙缝探出头来,它们似乎走出时间的苍茫序列,走向世界的一切法则和秩序之外。在不息的山风里,仿佛在一点一点向未来蔓延,又一点点摇曳历史。明代二百多年间,这里战争频繁,边泰之日甚少。"土木之变"时独石口曾被蒙古族瓦剌部攻破,关城遭到毁坏。清康熙三十五年(1696),漠北蒙古噶尔丹再次入犯,康熙皇帝亲率中路主力出独石口征讨,过独石口时写下了《过独石口》七律一首：

> 关名独石插遥天，路绕青冥绝嶂悬。
> 翠壁千寻标九塞，黄云万叠护三边。
> 霓旌晓度长城月，毳帐春回大漠烟。
> 总为民生勤战伐，不辞筹划在中权。

诗描写了康熙皇帝于拂晓渡过独石口的情景，那插入天际的雄关，那月照长城的晓色，更显出塞外雄关的巍峨气势。清以来，在独石口曾设过理事厅，北辖多伦，南管延庆，相当于今张家口市，民国时期设过独石县，后改为沽源县。

独石口具有典型的塞外地貌，寒石瘦土，荒草连绵，树木稀疏。强劲的山风顺着山脊刮过来，呼啸着，日夜不息。当地民间称："天下十三省，最数独石冷。"独石口堡东南五公里，有一座海拔两千两百一十一米的冰山梁，蜿蜒的长城独具特色。北京的八达岭长城、司马台长城、慕田峪长城等，都是左右两侧有城墙，中间有较宽的通道，且是用石砖、石灰糯米黏合筑砌而成。而独石口长城完全不同，它没有通道，没有垛口，只有一面直接用片状石块垒插起来的墙体。石块之间也没有白灰黏土的黏合，却咬合得非常完美，称为"干插边"，每一块石头都成了一个永恒的符号。

走出古镇，仔细观察黄土夯城的城墙，田野里赭色和姜黄色掺杂其间，泛出秋日里铜质般的光泽。一头驴在城墙下啃食着枯黄的野草，一片苍褐色的向日葵结满籽粒，像一个饱经沧桑的老人，面向着城墙默默低垂沉思着。

自古至今，凡是到独石口的人，大都要慕名前往独石，一睹其风采，我自然也是如此。独石，距独石口镇一华里许，现已被承包的村民用篱笆围起，辟成独石公园，门票每人五元。去时，园内只有一个五六十岁的翻地老人，上身着蓝衣、蓝帽，晒得有些泛白，脸呈古铜色，下穿绿色迷彩裤，朴拙中透着憨厚。他孤身一人看守着独石公园，无人时莳弄庄稼、蔬菜、花草，有人时卖票、为人讲解。远观独石，拔地而起，青苍孤立。走进独石公园，沿着旧砖铺成的甬道，两旁摆放着石碑、石狮、石烛台等古物。两通石碑，隔着甬道，缄默而立。其一已是断碣残碑，另一个保存尚好。石碑高出老人半截，他手抚石碑，与我们一起辨认，碑刻为明朝的"独石新建东岳庙记"。他说这块石碑原在独石口古堡内，后让人搬至此处。石狮两只，头部均有人为破坏痕迹，残损严重，雕法粗犷，带有明显的塞外风格。老人怀着藏民转山般的虔诚，领着我们绕石而行。仔细观看，独石高约十米，周长近百米。它并不是完整的一块，火山岩一般的岩石，裂成几瓣儿，底部浑圆，上部收窄，皴黑里泛着赭红，就连石上的青苔也有些铁锈色。老人笑着问，这块独石像什么？我说，有点像半开的莲花。老人笑着说，也有人这样说的，但当地人说它状如"牛心"，称之为"牛心山"。也有人叫它"星石"，说它是从天外飞来的。转到独石西壁，老人指着一片庄稼地说，过去这里有一座独石庙，庙的对面是戏楼，每到逢年过节，独石口古堡里的人，就会来这里赶庙会，热闹异常。我转身仰望石壁，有两处摩崖石刻，大字清晰，小字漫漶，下边是"一石飞来"，上边为

"突兀孤秀",落款已经辨认不清。

顺着石阶,拾级而上,几棵参天古榆,苍拔屹立。人与石、石与崖、崖与树,一时间竟有一种无可言状的情愫涌动心中。老人告诉我们,古榆一共八株,少说得有六七百年了。古榆把根扎在石缝之中,长得虬根错节,且枝叶茂盛。登上独石亭,四柱空无楹联。我惊异于这块独石,无朋无侣,荒野里孤独挺立,塞北荒原,戈壁河谷,不见有其他巨石的踪迹。我心存疑惑,这神奇的独石来自何处,难道真是从天外飞来的?思忖良久,不禁让我联想起千里之外杭州的飞来峰。西湖灵隐寺附近有一眼冷泉和一座飞来峰,峰下有著名的冷泉亭,冷泉亭的楹联为明朝董其昌所撰:"泉自几时冷起?峰从何处飞来?"以问入联,颇得趣理。到了清代,著名学者俞樾夫妇共游灵隐,小坐亭上,老伴指着楹联要俞回答。俞樾应声答曰:"泉自源头冷起,峰从天外飞来。"老伴说道,不如改为"泉自冷时冷起,峰从飞处飞来"。俞樾夫人改得确实高妙,问得玄,答得虚。这种妙曼空灵、情趣横生的问答,让我心中的疑惑随之淡然。

其实,早在一千五百多年前,独石就已名动天下。北魏郦道元在其《水经注》中称:"独石孤生,不因阿而自峙。"明《宣镇图说》则称它为"丈夫石",时人吴亮赋《独石》诗:"尔号丈夫石,谁称石丈夫。乱山中砥柱,绝塞表雄图。"清人在《丈夫石铭》中云:"孤塞拳石,故以名城,不倚墙壁,不附势形,不惧风雨,不避战争。屹然独立,因垂今名。丈夫出塞,苟负生平。有负生平,此石有灵。"皆用"丈夫石"来赞颂那些戍边守疆的将士。

从独石漫步而下，老人忙着去翻他的土地，地脉的气息似有似无。我仰望独石，苍老青褐，凹凸不平，敦厚有根，与安徽黄山的飞来石形态迥异。用手掌抚触石壁，仿佛感觉到了它的千古苍凉。独石，不是飞来的，犹如飞来的。它带着星际陨石般的炽热，化解冷漠世界的愿望，轰然出世，待到备尝千古荒凉，却心静如止水，卓尔不群，遗世而立。

告别老人，挥手之间，已是夕阳在天。一块孤秀的独石，突兀而立，一段古堡的城墙，斑然残破。露出的厚厚黄土堆积，一层层的纹理，像一部打开的史书。风无法翻动书页，雨却不断刷新，不断书写新的内容。夏来草绿，秋来草黄，一蓬蓬野草，成了书页里最生动的标点，将过往的沧桑与当下的岁月一段段隔开、连缀与铭记……

第二辑

一棹潮河远

一

欲睹江河源头的风景，欲探江河源头的奥秘，我们每一个人都抱有向往之心。

十几年前，我曾到河北丰宁县黄旗镇寻找潮河源头。丰宁不仅是三北防护林重点县和首都周围绿化县，而且是京津两地水的源头。境内有滦河、潮河、汤河、天河等五大河流，形象地说，丰宁是连接着京津千家万户的"水龙头"。潮河，古称鲍丘水，郦道元在《水经注》记载："鲍丘水出御夷北塞中，俗谓之大榆河。"宋辽时又名潮鲤河，明朝人蒋一葵在其《长安客话》中，称其水性湍悍，音响如潮，得名潮河。关于潮河源，一说在黄旗镇草碾沟南山，一说在黄旗镇潮河源村。我们先去草碾沟南山，潮河源村没来得及探访。

2018年夏，我又一次去丰宁，经过数百里的奔波，我们来到了潮河源村。说是潮河源头，实际上是一处人工砌起的塘坝，水面有百余平方米，四周水草参差丰茂。微风徐徐吹来，低飞在水面上的蜻蜓,用尾尖在水面上轻轻一点,水面泛起涟漪。人为的雕琢,让潮河源头失去自然的样子,一如潮河源村,其原名瓦窑沟,人为地变成了现在的名字。我们和当地陪同人员,三三两两地围在水塘周围。丰宁政协文史工作人员介绍说,潮河发源于村子后面海拔一千七百多米的庙梁山,有多支溪流汇聚此地。我问,十年前潮河源在黄旗镇草碾沟南山,现在怎么变成潮河源村了呢?政协文史委主任说,草碾沟在潮河源村附近,离这儿不算远。河源唯长,流量唯大,庙梁山溪流比草碾沟纵深长,最终确定潮河村为潮河正源。我问,网上说庙梁山上有块奇石,上面刻有手掌形的图案,真的存在吗?他指着后面的山说,是真的,就在庙梁山的半山腰呢,专家说是古代山戎族的崇拜物。潮河源头让我有些失望,神奇的摩崖手掌石刻却唤起了我的好奇。

从潮河源头沿潮河岸边公路而下,河谷时宽时窄,河水浑浑浊浊,心情有些怅然。右拐,进入五道营乡,去参观一棵乾隆御赐的"九龙松"。据说此树栽植于北宋中期,历经六朝,距今千年。仰头细数,盘旋、弯曲、翻转着的九条粗大的枝干,像游走的盘龙,用手抚摸鳞状的树皮,似乎触摸到时间的沧桑。古松仿佛具有巨大的磁场,它所传达的天地之气,弥漫在历史传说之间。导游介绍,大家如果闭上眼睛,耳贴近树干,可听到一种异常的回音。我把耳朵附在树干上,一缕微风掠过,耳畔似乎响起飒飒松涛。古松似乎有一种能让人静下来的"魔力",心一下子沉静下来,思绪却如墨在宣纸上慢慢洇开……

二

　　有一种历史，在史书典籍里只是零星史料，只言片语，它隐藏在摩崖石刻中，像破译时光秘密的神奇密码。也许山戎族那千年时光的密码，就暗藏在巨型手掌印的石刻里，等人去发现、去破译。

　　2019年立秋之后，塞外的风，丰硕了秋野。我又一次来到潮河源头，伫立在"山戎魂"石碑旁，思量着：怎样找到那块刻有手掌印的山戎石呢？说来也巧，从山间小路走来一位女村民，她手里拿着把镰刀，身后跟着一条瘦瘦的狗。我问，大姐，上哪儿寻找刻有山戎手印的石头呢？她用镰刀指着对面峻峭的山峰说，就在那庙梁山上呢。我冒昧地问她，你能带我们去吗？大姐说，正好我要去地里割草，顺便带你们去找一下吧。她把小狗吆喝回家，手里拿着两把镰刀，把其中的一把，挂在道旁的柳树枝上，便领着我们沿着田间小道穿过山坡上的谷子地。沉甸甸的谷子弯着腰，初秋的风一吹，漾起一层细密的绿波。攀谈得知，大姐姓高，丰宁县潮河源村人。走进一片松林，地上铺了一层厚厚的松针，走在上面好像踩着松软的地毯。阳光透过松林，一束一束地从树枝的缝隙间洒下来，使得松林明明暗暗、斑斑驳驳的。高大姐走在前面，弯腰捡起白色的草菇、黄色的松蘑。我折了一根荆条，把蘑菇穿在一起。草菇味淡，松蘑味浓，浓淡之味，清香扑鼻。我和韩老师一边走一边聊起山戎的历史，山戎是先秦时期北方古老的少数民族，主要活动在燕山、潮白河、滦河等地。韩老师问我，有两个典故来源于山戎，你知道吗？我说，只知道老马识途，另一个真不知道呢。韩老师乘兴讲起：燕庄公在位时，山戎攻燕，燕庄公派使者求救于齐国。齐桓公率大军与山戎作战，山戎败退。但大军战后误入迷途，靠老马把齐军带出险境，"老马识途"由此而来。另外一个是赵国的赵武灵王为了与邻国抗衡，向山戎学习骑射，从而增强了赵国军队的战斗力，留下了"胡服骑射"典故。

穿过落叶松林，前面是半人高的榛棵，上面结了许多榛子，椭圆形的叶子边缘，形如锯齿。我顺手摘下一颗榛子，剥开一看，还很青嫩。高大姐告诉我，采榛子还早，要等白露后才能采摘呢。说话间我们走到榛棵林的尽头，一座突兀的山岩，赫然在目。高大姐说，这就是你们要找的山戎石吧。我仰头观看，这座山岩，酷似人形，眼、口、鼻俱全。我凝视这座"山戎人"头像，脑海搜索史书上关于山戎人长相的描述，与眼前的"山戎人"对比着。史书是这样描述山戎人长相的：山戎人身材高大，长脸阔口，浓眉大眼，通关鼻梁，披肩长发。男人多有连腮胡子，生性彪悍，尤擅骑射，英勇善战；女人勤劳、智慧，哺育孩子，操持家务，过着半农半牧的生活。加之他们喜爱大山，敬畏和崇拜太阳，行于高山，居于高山，故称山戎。

一只灰喜鹊俏立松林树梢上，在阳光闪着银灰的光泽，猛然张开双翅，长长的尾羽抖动着，嘎的一声，俯冲下来。联翩的思绪戛然而止，我对高大姐说，这块山戎石是自然形成，我们要找的那块是人工雕刻的。高大姐说，等我问一下村主任。她拨通了村主任电话,村主任告诉她由此往东走不远,见到一个黑色大岩石,下边有一棵山核桃树就到了。高大姐领着我们向东寻找,山坡草地开满了野花,一座一人高的石塔在风中耸立,山风吹过,石塔发出呜咽之声。高大姐告诉我们,乡亲们称这里乱坟岗子,地下埋藏着许多山戎人呢。史载,山戎人死后用石板搭砌成石棺,叫做石板墓。石板多为青色厚石,坚硬结实。随葬品有石磨棒、陶罐、青铜器等。有的墓葬中的头骨、身上嵌有箭头。墓葬朝向是头东脚西,无论男女,头部一律朝着日出的方向。

绕过山梁,我们找到了那棵山核桃树,在山核桃树西侧,我们终于找到了那块黑色的巨型摩崖雕刻的手掌印。它有三米多高,一米多宽,右掌阴刻,掌痕深深。手指间距均匀,骨节清晰,惟妙惟肖。在手掌印下面,有一个一平方米大小的石砌平台,摆放着村民上供用的香炉。据著名的文化学者张士元先生考证,巨型手掌印为山戎人的"图腾",意为太阳崇拜。他认为潮河是山戎民族的母亲河,潮河源是山戎人的发祥地。

我站在巨型摩崖石刻前,忍不住冒出这样的想法,山戎人为什么雕刻巨型手掌印呢?真的是对太阳崇拜吗?凝视沉思,觉得手掌印与古人的思想观念密切相关,渊源于"阴阳五行说"。作为人体重要肢体的手掌,自然成为赋予"五行说"的载体。手背手掌正好符合阴阳二说,手背为阳,手心为阴,阴阳相合则为太极之象征;手背为乾,手心为坤,手掌里可以蕴藏山川河流、日月星辰的大千世界。山戎族居于燕山南北,潮河河谷,与周边邻国时有冲突,但在和平时期,山戎人经常用特产、动物皮革与之交易,在彼此交往中,自然吸收中原文化元素,并融合到本民族的信仰当中。掌印信仰既是对太阳的崇拜，也是一种吉祥神灵的符号，可以镇宅护主，辟邪驱魔，保佑人丁兴旺，给人以慰藉和安抚。

俯瞰潮河源村，房屋依山坡而建，参差错落。我问高大姐，潮河源村有多少户、多少口人？大姐说，潮河源村有二十几户，年轻人大多出外打工了，人口说不准。我问她，你家种了多少亩地呀？大姐指着山坡上的庄稼说，我和老伴儿种了二十五亩，种的全是谷子和大豆。记得史书里记载，山戎人除了放牧之外，还会在住所周围种植戎菽、冬葱以及黍类作物，也就是今日的大豆、大葱和谷子。闲时，"北方山戎，寒食日用秋千为戏"。齐桓公讨伐山戎，把冬葱、戎菽带到了齐国种植，并在中原广泛引种。菽由此加入农耕文明的队伍，成为五谷之一。

旷野的风，忽然吹落三两片落叶。我沉浸在空间里，也沉浸在时间中。人们一直试图寻找所依赖的大地和信赖的天空，为存在和虚无之间建立某种通道，安置其无法把握的、森严的命运。在深秋，在这个阳光明媚的午后，我和这块山戎族的"手掌印"相遇，让时间返回历史的现场，或许，就是一种隐喻，又是一种启示。

三

潮河穿越古北口，裹挟着泥沙，在密云北部云峰山前冲积成燕落平原。在平原东部、潮河之畔，曾出现过两座古城。其一为共工城，其二为石匣城。石匣城位于燕落平原东部，公元前206

年，西汉于石匣建犷平县（今石匣城遗址西边）。明朝为防止北方蒙古族再度南下骚扰侵犯，自洪武、永乐年间，修筑了东起辽东、西到固原的九个军事重镇，是为九边，石匣成为蓟镇所辖管的一个军事营地。

1567年秋，戚继光受朝廷委任到蓟州训练边军，坐镇北疆，他通过考察，深感石匣营的军事力量仍显势单力薄，应予以加强。不久戚继光亲赴石匣营坐镇指挥，训练将士，统领兵卒。督建古北口长城建设的同时，还在石匣营城内建起了帅府，把驻扎在石匣营的分守参将提升为西路协守副总兵，专门守御曹家路、古北口、石塘岭、墙子岭、白马关五处关隘。自此在密云乃至北京的历史上就有"密（密云）、石（石匣）、古（古北口）"三大名镇之说。

石匣是一个军事重镇，史称"人杰地灵、土脉隆厚、物产丰饶、燕山拱镇"；同时也是一个商业重镇，是与东北松辽平原、内蒙古草原的集贸之地，八方货物汇集于此，五行八作俱全，城内店铺商号一家连着一家，南来北往的商客在此云集，熙来攘往，繁华异常。城四周为菜地，土地肥沃，井水、河水甘洌清甜，阡陌相连，树木苍翠，瓜棚豆架，畦田比比。最好的是大架芸豆角、三叶大紫海茄、大叶马莲韭菜、红水萝卜、青白口白菜、顶花带刺的线黄瓜等等。蔬菜鲜嫩，瓜果飘香。每值夏秋之季，浇园的摇辘声、叫卖声，连绵不断；冬春之季，瓦屋草舍，炊烟袅袅，鸡鸣犬吠，一派田园风光。1958年，随着密云水库的修建，拥有两千多年历史、五百多年建城史的石匣城淹没于水下，一万多石匣移民扶老携幼搬离了生于斯、长于斯的故土家园，富庶的鱼米之乡变成了水乡泽国。

  2018年，在密云水库建库六十周年之际，我去寻找石匣城遗址。深秋的田野一片萧瑟，在一片荒芜中寻觅古城记忆。晚上，带回的一块城砖，在墙角缄默，思绪却燃烧成《一块砖里的城》：

  一座古城与一座水库相逢／古城作出了无私的牺牲
  砍倒院子里的石榴树／海棠树／柿子树
  磨砖对缝的房子一律拆平／填埋了缀满过星斗／响过蛙鸣的老井
  坛坛罐罐／丢在街上／飘散着咸咸的味道
  水淹没了祖宗的坟头／日夜与鱼相见／碧水化为苍穹
  先辈留下的每一件东西／都是心头肉／硬生生剜去谁不心痛
  一道鞭花抽响了搬家的车队／前面的新家／路迢迢
  后面的故园／难了情／泪水模糊了男人的眼睛
  女人早已泣不成声／老人的怀里／抱着一块砖
  就像抱走了一座五百年的城

四

  潮河的潮声拍打着河岸的岁月，催生了先秦时期的密（密云）—古（古北口）道（唐宋元明时期的古驿道），以及清朝的京热御道。

京热御道始建于康熙四十二年（1703），清政府开始在热河，利用当地优越的山川形势和迷人的自然风光兴建大型行宫，康熙五十年（1711）题额"避暑山庄"，又称承德离宫。至乾隆五十五年（1790）才最后完成全部修建工程，谓之"京热御道"。自建避暑山庄起，清代皇帝几乎每年夏天都要前去避暑，并到围场木兰秋狝，因而，避暑山庄实际上成为了北京紫禁城之外的又一处政治中心。

京热御道从北京出发，一般走两条路线：一条是从东直门出京城向东北，经当时顺义县三家店、牛栏山、怀柔到密云，康熙皇帝多走此路线；第二条是出圆明园往北经汤山，再往东北经南石槽至密云行宫的路线，乾、嘉两帝主要走这条路。从密云起程经刘家庄、罗家桥、石匣城、瑶亭、南天门至古北口。据沿途乡民讲，当时从京师至古北口的这条御道主要是由乡间小路铺宽的土道。清帝由密云经九松山、石匣城、瑶亭，过南天门，渡潮河浮桥，"每岁木兰秋狝，乘舆过此，例造正副浮桥以渡"。过桥后沿潮河东岸北行，经古北口村内的大街出关或驻跸在柳林营提督府（今古北口河西小学）。

行宫历经百余年风雨，有的只有零星古树、残垣可寻，有的早已湮废无存，只留在民间传说中。我在御道边的檀营村采访时，搜集到一首"御道歌"：

东直门一面坡／大城外边是护城河
八间瓦房街面儿上盖／过了望京是孙河

枯柳树在道边／过了三家店是牛栏山
牛栏山当铺整两座／出东门望见罗山
大罗山小罗山／密云城靠河边
新城旧城都在夹道／做买做卖都在南关
出了东门往东颠／过了穆家峪是九松山
南北省庄两条蛇／朝都庄紧靠运粮河
化家店做个好买卖／山南口卖米饽饽
石匣儿城修得精／瑶亭北边有行宫
老瓜店儿打个站儿／南天门下有大茶棚
七郎坟令公庙／琉璃影碑靠大道
出了关往北行／过了巴克什营有行宫
两间房长山峪／滦平县城歇口气儿
红石砬双塔山／避暑山庄在眼前

"御道歌"所说的京热御道，全长六百余公里，沿潮河、滦河沿岸，修建三十余座行宫。清朝的一般行宫建筑，仿照宫闱之制，占地百余亩或数百余亩，雕梁画栋，衔山带水，御题楹联，书香雅韵。每处行宫，均置太监、苏拉、巡兵、鹰手等。比如位于北线的三家店行宫，潮白河蜿蜒而过，景色清幽。怀柔行宫杨柳轻风，千畦扑香，郊原浓露，景色绝佳。髽髻山行宫岩苍树古，意境幽远。南石槽行宫地势空旷，令人心情舒畅。密云行宫秋天金风玉露，蛩声不断，别有一番情趣。瑶亭行宫，平野风寒吹稻黍，远山日暮下牛羊，看上去别有异趣。康熙帝每逢至此，都要小住或小憩。据记载，他一生中曾多次驻跸瑶亭行宫，凡来此，总少不了处理日常政务，经常召见随营的直隶总督等要员，以便随时了解并掌握地方的实际情况。康熙皇帝也曾在古北口"御门召见农夫野老，垂问晴雨粮价"，百姓们白天去见皇帝，一直说到"灯火照耀"。

过了古北口，经滦平的巴克什营、两间房、常山峪、喀喇河屯等行宫，抵达避暑山庄。历史地理学家认为，当初康熙皇帝在热河兴建避暑山庄，一座山和一条河起了重要作用。山是磬锤山，河就是热河（武烈河）了。磬锤峰在山庄东边的山巅上，一块硕大的平台般的大石边沿，突兀着一个像棒槌一样高达六十米的孤石，成为山庄独有的地域标志，也最先吸引了康熙的目光。然后他再放眼四望，只见周围山体各具形态。有形似僧帽的冠帽峰，有宛如一尊弥勒佛盘坐的罗汉山，有峰峦高低不一如鸡冠的鸡冠山，有昂首缩腹好像要一跃入天的蛤蟆石……这些奇峰异石后来就都成了山庄绝妙的借景和对景。只要稍微登高，就能看到这些山峰，如众星捧月般地朝向山庄。如果说山给避暑山庄带来了气象万千，而水则让它灵气生动。

康熙帝、乾隆帝许多重大的政治活动，特别是涉及少数民族的事务，都在这里举行，实际上成为了北京紫禁城之外的又一处政治中心。比如，1750年5月，乾隆帝在避暑山庄封授杜尔伯特蒙古族车凌乌巴什、车凌蒙克亲王、郡王等首领；1771年9月，乾隆帝在避暑山庄热情接见西蒙古土尔扈特部首领渥巴锡。1779年乾隆皇帝仿班禅在西藏日喀则扎什伦布寺的规模，建造了须弥福寿之庙，作为班禅行宫。须弥福寿之庙与其他七座寺庙环绕在山庄周围。1780年，乾隆七十岁生日。西藏的正教首领班禅六世率众高僧，长途跋涉两万余里前来祝寿。乾隆皇帝召蒙古王公、回部伯克、四川土司、文武大臣以及一些高僧喇嘛，欢迎六世班禅喇嘛。以"一人来朝而万众归心"的重大事件，以期达到"敬一人而千万人悦"的效果。

1860年英法联军攻占北京，咸丰皇帝就是沿着这条御道逃到热河的，病死在烟波致爽殿。随之慈禧在承德发动辛酉政变，在密云行宫捉八大臣之首肃顺。据中华书局出版的《清朝野史大观》记载："肃顺护送梓宫，次于密云，逮者至，门已闭，乃毁外户而入。闻肃顺在卧室咆哮骂詈，又毁其寝门。见肃顺拥二妾卧于床，遂械至，亦系宗人府。"肃顺被押解回京，不久便在菜市口斩首示众，载垣、端华赐令自尽，其余五名大臣或被革职，或被革职并充军。这场政变以慈禧、奕䜣一方大获全胜告终，慈禧时年二十七岁。慈禧太后是自1861年至1908年间大清帝国的实际统治者，垂帘听政四十七年，给近代中国带来无尽的屈辱和灾难。1924年冯玉祥在古北口发动政变，回师北京，囚禁曹锟，驱除溥仪出故宫。这些发生在古御道上的事件，对中国近现代史都产生了重大而深远的影响。

每逢七八月汛期，潮河水陡涨，河道浊浪滚滚。到了石匣和小营一带，地势渐趋平缓，两岸一片汪洋，洪水滔滔。形成了京北颇为壮观景象，被文人墨客们冠以密云后八景之一"潮河信泛"。有一年，乾隆住在罗家桥行宫，赶上潮河水汛，夜里声音如雷，乾隆皇帝随即赋《临潮河》诗。诗云："汹涌奔新涨，竹箭莫喻驶。昨晚东北雷，声闻今见耳。"

潮河自南北碱厂夺峡而出，在穆家峪形成S形的潮河湾，红门川河汇入。红门川河源于河北省兴隆县黄门子村东，从密云龙潭岭入境，至穆家峪的邓家湾入潮河。潮河流至密云平原，尤其是潮河、白河两河汇流之后，称之潮白河，至河槽一带，水势阔大，河水弥漫。清朝人章邦道也写过《潮河信泛》一诗：

  观澜何必自钱塘，檀水源来泽正长。
  汐涨晚烟连黍谷，潮回晓色渡渔阳。
  漫讶信泛涛无力，且喜风和波不扬。
  若问天潢应有路，乘槎直上斗牛傍。

  章邦道把潮河信泛与钱塘潮相提并论，只见远处的黍谷山，连绵起伏，山川相缪，郁乎苍苍；近水其势益涨，汪洋恣肆。诗虽有些夸张，但潮白河水势之阔大、之汹涌，可见一斑。一棹潮河远，那遥远的共工古城、山戎族、古御道，还有那些云谲波诡的历史事件，被亘古如斯的潮河淹没，带着历史的身影，带着远古的涛声，流淌在历史的深处……

但饮一瓢白河

一匹孤独的马,在白河源头,低头啃着草,就像啃着时光。

一

走进白河的语言,置身于一种草的颜色,北魏地理学家郦道元,也就成了白河语言和颜色的一部分。他骑着一匹孤独的马,缓缓走来,马蹄被塞北草原染绿。郦道元毕其一生,或骑马,或步行,注疏地理、江河、风土民俗,考察记载了一千二百条河流,白河自然也在他的考察视野。白河古称沽水,在其所著的《水经注》中,确认沽水发源于御夷镇北大谷溪,西南流,经独石北界,向南,九源水注之,故有九源之称。后人根据郦道元记载,确定白河之源,位于河北省沽源县城西南三十公里处的小厂镇西湾村。白河古名很多,从元朝开始称白河。因河多沙,沙洁白,水清沙白,故称白河。

一千多年后，时值盛夏，我约三五好友，溯白河而上，沿崎岖蜿蜒的柏平公路，出怀柔的汤河口、喇叭沟门，经丰宁、大滩，来到沽源。坝上草原，天高地阔，起伏的土丘浑圆如浪，油菜花开得热烈，莜麦不言不语地灌浆。傍晚，我们住宿沽源县城，高原的天很低，高原的风很凉，高原的星星很密，睡梦中仿佛伸手摘了满把的星星。翌日，我们去探寻白河源头，其源为一座山丘，名为盛宝山。山上的松柏葱郁，面向开阔的坝上草原。九眼山泉由山脚溢出，聚为一泓，穿过石桥，从桥下的九个龙头喷涌而出，故称九龙泉。无论春夏秋冬、酷暑严寒，泉水清澈甘润，长流不息。

蹲在山脚下，九个泉眼形态各异，有的喷涌、有的汩汩、有的潺潺。依次品尝，泉水一样地清冽甘甜。我查过"沽"字，甲骨文中"沽"的本意，是从酒坛里打酒。许慎《说文解字》解释："沽"为河川，源出渔阳塞外，向东注入东海。其字形采用"水"作边旁，"古"是声旁，有水清甘冽如酒之意。九龙泉在九龙桥里，汇成一池，水底布满圆圆的鹅卵石，浅浅的河水卷着细浪，几株河草在微风中摇曳。一块白中晕染些黑色花纹的石碑，横亘其间。近前辨认，用手抚摸，凉中带温。原为2009年春，沽源县政府在此立"水润京华"碑，碑文为：

> 天赋精华，地蕴神力，九龙甘泉，一泓清碧，潺潺千曲，逶迤如带，牵六百里山川，过云州、经靖安、入密云，水润京华。
>
> 京沽两地，一脉相连，情谊恒久，源远流长，山河共证，日月同鉴。共立此碑，以祈福祉。

二

2004年欧洲航天局发布公告中说，如果天气、光线合适，宇航员从太空中可以用肉眼看见中国的长城，并在其官方网站刊登出由"普罗巴"卫星拍摄的一幅长城照片。公告刊出一天后，美国宇航局网站转发了这条信息和图像。

许多人却提出了质疑和否定的意见，一番争论后，欧洲空间局网站发布纠错公告，承认此前公布的图像发生解释错误，把一条细若游丝、注入密云水库的河流，误认为长城。这条河流便是自燕山山脉西北破泉而出，蜿蜒数百里，流经河北赤城、北京延庆、怀柔、密云的白河大峡谷。

白河经赤城，在白河堡乡北梁西入北京延庆境内，从延庆后山大北沟处进入怀柔境内，东流于怀柔的青石岭入密云，最终注入密云水库。其间白河随山就势，形成著名的白河大峡谷。峡谷起自延庆的白河堡，经怀柔汤河口至密云的鹿皮关，全长一百三十余千米。沿途奇峰峻岭，九曲十湾，山清水秀，被誉为"百里画廊"。

天仙瀑附近的观景台，是白河峡谷的点睛之笔。登高俯瞰，白河峡谷全景图映入眼帘。白河河床镶嵌在峡谷中，最窄处仅十多米，水流湍急，切割作用大，多呈"V"形。柏平公路盘旋于山腰之间，对面是峻峭的山峰，下面是万丈悬崖，谷底是银带般的白河。白河峡谷宛如一幅巨大的天然山水画卷，在我们面前徐徐展开。大自然挥舞着生花妙笔，把这一山一水、一景一物，皴擦点染得瑰丽多姿，气象万千，或雄奇、或峭丽、或壮阔、或秀雅……更令人叫绝的是，白河流经此处，形成了京东第一湾，与"雅鲁藏布大峡谷"的拐弯酷似，有"北京的雅鲁藏布"之誉。

白天的白河，尽显峡谷的雄奇壮美；夜晚的白河，蕴藏峡谷的厚重之境。那是个初夏，我夜宿白河峡谷，在一个叫江南忆的客栈露台上，几个朋友把酒临风，说古道今，把峡谷的夜慢慢地、一点点地抿黑。枕着白河的水声，梦里都是白河的故事。清晨，披衣起身，漫步白河峡谷。两只鹅从农家小院扇动着翅膀，伸直脖子，直奔白河岸边，从我身旁迅疾而过，根本无视我的存在。在它们眼里，我就是一棵树或者一块石头。两只鹅一猛子扎进白河，濯足洗脸，相互嬉戏，引颈高歌。太阳给峡谷上空的云彩镶了一道金边，红掌搅动着白河，两只鹅完成庄严的仪式。在峡谷拐弯处，白河汇聚成的湖泊，岸边的白杨撑起浓荫，芦苇亭亭，细沙洁白；一泓碧水，静如处子，鸭子游过，漾起微微涟漪，一只苍鹭翩然飞来。

三

峡谷里的村名别有意味，比如许戏子、塌山子、捧河岩等等，从捧河岩拐过去，就是二道河的晾平台村，全村已经搬迁到通州。十几年前，我曾采访过村民郑春江一家，他家搬离晾平台村的场景，依然历历在目。

晾平台村坐落在半山的一块平地上。村东的一个高坡下是白河，村西是一座座陡峭的山峰，一个挨一个，一直排到湛蓝色的天空中。全村二三十户，不足百人。村民天天都是背着梯架、扛着秸子，蹚着晨雾出发，顶着晚霞回家。村后的山梁上有一棵几百年的松树。过了一年又一年，每逢密云水库的水涨上来了，村东白河两旁，那沉甸甸的谷穗、那顶着黄须的玉米，两三天的时间全淹没在一片汪洋之中。失去土地的农民像丢了魂一样。满脸皱纹、一手老茧的村民们坐在村边，看着水中战栗、挣扎的庄稼欲哭无泪，泪水早已流干了。

郑春江的家随着这次整体移民就要搬离这里了，他遥望山脚下爷爷奶奶的坟地，思虑着一家人的命运。三十多年前，老爹还是个棒小伙儿，是修水库的民工队长，他抱着风枪，玩命地干。两年后水库拦洪了，蓄水了。老爹抱着一摞奖状，拖着一种不知名的肺病，回到了晾平台。后来才知道叫矽肺病，每当阴天下雨，老爹就喘得像破风箱一样，一喘就是三十多个年头，老爹的病是春江成长的痛。

我生在晾平台，长在晾平台，看着白河，看着水库，我心里踏实，莫不成我这把老骨头真要埋在外乡？老爹喘着气问儿子。

春江和前来帮忙的人先把大件东西抬上车，春江的媳妇把大包小包的被褥塞进柜子，然后一趟一趟端着锅、碗、瓢、盆……

那破腌菜坛子就别要了，春江冲抱着菜坛子的媳妇说。

搬上吧，那坛子是你奶奶留给你妈的，坛子里留有她们的味道呢。老爹对春江说。

嘀——嘀——汽车一起鸣响。妇女号啕大哭，男人用衣袖抹着眼泪；车开动了，晾平台被大山淹没了，横在天际的群山，最终也隐没在远方。

我伫立在峡谷的白云桥上，湿润的风从耳边掠过，仿佛在悄声诉说着，这里山川风物、人文环境的潜移默化；又似乎向山外询问着，外边的世界是怎样的白云苍狗，惦念着移民他乡的父老乡亲，一切可好？

四

鹿皮关，是白河冲出燕山怀抱的最后一道险关。长城从白河东西两山的顶部直插谷底，两岸高耸的崖壁似鹿皮斑斓，因此得名。明中期在鹿皮关外设石塘路，白河从远古走来，携汉风，沐唐雨，见证宋元明清的历史烟尘。

我曾多次去石塘路，去考察营城旧址。其位于密云区石城镇石塘路村北，唐代称黑城川，明代设军驻防后改称石塘岭（石塘路）。营城北、东临白河，西枕降蓬山，位居崇山峻岭之怀，有鹦鹉岩、鹿皮关等天险。自古就是军事要地，为密云首险，以"左普雄关"著称。

白河自此告别峡谷，流入华北平原的北缘，1958年修建的密云水库，坝锁潮、白两河，高峡出平湖。在潮白河故道怀柔区北房镇小罗山的村后，有一座双峰小山，名叫大、小罗山。两山高不过百米，远看如大地之乳，赫然在目。深秋时节，我登上大罗山,西眺怀柔,暮霭四合,群山托起红豆般的夕阳;南瞰顺义,平原辽阔,大地萧瑟;东望密云,潮白河故道蜿蜒而去。渔阳城旧址就沉睡在罗山之北,思接千载,脑海里卷舒着渔阳古郡风云之色。

  暮色苍茫,北面的燕山青黛绵延,逶迤东西,但饮一瓢白河水,千年回望古渔阳。白河像一把温柔的刻刀,在燕山的崇山峻岭之间,雕刻出既有雄浑奔放之气,又有婀娜多姿之韵的白河大峡谷。它穿透燕山亿万年的史册,镌刻着沧桑而厚重的历史,那是时光在白河峡谷里的行吟……

遥远的共工城

一

天空上的日月星辰为什么会东升西落？大地上的江河为什么都向东流？

上古时期，"共工与颛顼争为帝，怒而触不周之山，天柱折，地维绝。天倾西北，故日月星辰移焉；地不满东南，故水潦尘埃归焉"。这个神话出于《淮南子》，说共工与颛顼争夺部落首领之位，共工愤怒地用头撞击不周山，支撑着天的柱子折断了，拴系着大地的绳索也断了。天空由此向西北方向倾斜，日月、星辰随之向西北方向移动了；大地的东南角塌陷了，江河积水泥沙也朝东南方向流去了。

远古的传说，与密云又是怎样联系在一起的呢？北京民间流传着这么一句话："先有潭柘寺，后有北京城。"而在密云流传这样的说法："先有共工城，后有北京城。"人们不禁会产生这样的疑问：共工是谁？共工为何来到密云？共工城又在哪里呢？

共工氏部族原居住在陕西渭水流域，属于炎帝族的一支，共工姜姓氏族和黄帝姬姓氏族，在原始社会新石器时代的稍早时期，一同向东迁移至中原地区，最终都发展为强大的部族。历史传说中的共工氏族尤擅治水，故又有"水神共工"之称。《史记》记载：尧舜时期"鸿水滔天，浩浩怀山襄陵，下民其忧"。当时的洪水之灾，波浪滔天，经久不息，无数生命被洪水吞没。灾害最严重的是黄河下游，各部族都希望把洪水治下去。共工氏族利用筑堤挡水的方法，目的是既要防洪又要农耕，河流未能疏通，洪水依旧泛滥成灾，共工治水最终失败，结果一部分共工氏族，被舜流于幽陵。

《史记·五帝本纪》中说舜"流共工于幽陵，以变北狄"。密云古称幽陵、幽州，共工迁徙于此，在潮白河冲积成的燕落盆地，修筑了共工城，教会了当地人农耕稼穑。据唐朝《括地志辑校》记载："共工城在檀州燕乐县界，故志传之，舜流共工幽州，居此城。"

原密云区文化馆研究员王家声，土生土长的金沟村人。在他的《共工城和方城县遗址》一文中说，在燕落村南八华里处原有一金沟村。村东南石桥外百步许，有一座方型土城，为远古时期的共工城，村民沿习称之为"土城子"。该城四边各长五六百米，高十余米，系黄土堆积而成，未见砖瓦。城南有百余亩沼泽地，古称"莲花池"；西是一条聚溪而成的小河，南流入潮河（古称鲍丘水）。城南的沼泽和城西的河漕，显然是远古先民挖土堆城的遗址。在平坦的土城子上面，辟有四五十亩耕地，历代种植庄稼。1958年修建密云水库，共工城被水淹没。几年前金沟村移民凭着记忆，手绘了一幅珍贵的金沟村和共工城遗址地图。

2008年北京电视台《魅力科学》栏目，制作了一期《寻找共工城》专题节目，著名的上古史专家王大有参与其中，他经过多年的考察、走访和调研，在其《中华源流》中确认：共工城在北京市密云县燕落村南。共工城是北京历史上最早的古城，距今已四千一百多年，比公认的北京地区最早的房山区琉璃河的商周古城尚早四百多年，是北京历史的第一城。

二

"共工"不仅出现在三皇时期，而且也出现在五帝时期，并伴有怒触不周山等许多神话故事。如此长的历史跨度，共工当然不会是同一个人。从各种古籍对于共工的记载来看，共工的形象大致可以分为四种。

（一）共工是人的形象：在先秦及秦汉的古籍中，有共工是人王、人臣的说法。《逸周书·史记篇》云："昔有共工自贤，自以无臣，久空大官，下官交乱，民无所附，唐氏伐之，共工以亡。"《左传·昭公二十九年》云："共工氏有子曰句龙，为后土，后土为社。"这些史料证明共工就是人的形象。

（二）共工是氏族的称谓。历史学家陈奇猷云："考共工实系一部落之名，游从无定，势强则近来，败弱则远迁。因其系一迁徙无定之部落，从女娲时出现，颛顼、高辛、尧、禹时，皆有记述。"许多学者都和陈先生持一样的观点，认为共工是一个氏族的称呼。

（三）共工是职官的名称。《史记·五帝本纪》载："舜曰：'谁能驯予工？'皆曰垂可。于是以垂为共工。"宋王安石《上仁宗皇帝言事书》："先王知其如此，故知农者以为后稷，知工者以为共工。"

共工之名非常特别，隐喻着一种"共同筹谋""团结协作""恭敬""供奉（共同的公）"之意，共工之名是由于这个氏族世代为木正、工正、水正而来。

"共"字在甲骨文中写作两手搬方形物体状，表示双手合作的意思。以水正为例，如果兴修水利工程，需要多个工种，数以百计的工匠通力合作，同时还需要相当程度的组织协调能力并懂天文、地理、水文才能完成。由"共工"这一名称可知，共工氏是一个善于组织人力治水的部落，是专于研究农业生产中的水利建设。

（四）共工的本质是龙神。共工的本质是水，被尊为水神，水神是以龙为原型的神。他的执掌当与水有关，但是，我们不能把共工简单地划为水神，因为他的原型是龙，除了掌管他所潜伏的水域之外，他还应该与打雷、闪电、下雨这类雨神和雷神所掌管的工作有密切的联系，也就是说，共工是一个集水神、雷神、雨神为一体的神。

《说文通训定声》云："工，巧饰也，象人有规矩，与巫同意。"所以，"工"乃极言物之精巧。从"共工"字面推敲，当有"精巧的拱形"之意。那么，究竟是什么东西既精巧，又状若拱形呢？在《殷契佚存》中有这样的残辞：此字从龙，丁山先生认为它就是祷旱所用的玉龙，即"龚"——工的本字。闻一多先生在《伏羲考》中通过对汉族和苗族神话中"女娲补天"神话的类比得出结论：共工就是苗族神话中的雷公，这正与汉画像石的内容相吻合。由此可见，共工的原型应该就是龙了，因而共工为水神也就得到合理的解释。

在原始社会时期，民族个别成员，尤其是作为氏族部落首领的成员，他们的称号往往与该氏族部落的称号是同一的。著名学者王献唐在其《炎黄氏族文化考》一书中，作了阐述："共工既为称号，其子孙世袭其技，亦以共工呼之。……皆可呼为共工。"这种解释既符合人类进化过程的特点，也符合我国古代的文化习俗。

三

水神共工，在历史上贬多于褒，甚至被冠以"恶神"之名。共工的负面形象，是在正统观念影响下不断强化、逐渐定位的，黑锅一直背了几千年。这种说法最早起自《尚书·尧典》："流共工于幽州，放欢兜于崇山，窜三苗于三危，殛鲧于羽山，四罪而天下咸服。"

神话当中的共工与颛顼、祝融都进行过战争，从怒触不周山等神话中折射出这样的信息，共工被认定为挑起战争的一方，结局都以共工的失利告终，而与共工作战的皆是受人敬仰的部落首领。表面是治水之争，实质是黄炎部族间政治斗争的余响。成王败寇，远古共工部族的事迹逐渐被混淆，共工形象慢慢地被扭曲模糊化，形象逐渐被丑化。

其实历史上也有另外一种声音，《左传》中郑子对共工持肯定的态度，称之为纪德水师；有些史籍把共工列为三皇之一；阮籍诗：昔余游大梁，登于黄华颠。共工宅玄冥，高台造青天。幽荒邈悠悠，凄怆怀所怜。所怜者谁子？明察应自然。对共工寄予了深深的同情。

共工真正意义上的翻案发生在建国以后，共工成了光辉的英雄人物。他那惊世骇俗的一撞，奏响了反抗压迫的最强音。毛泽东在《渔家傲·反第一次大"围剿"》中有"唤起工农千百万，同心干，不周山下红旗乱"的诗句。按语中说："共工没有死，共工是胜利的英雄。"作为诗人的毛泽东运用丰富的想象力，赋予旧事物以新意，是一个大胆创新，在特定的环境下起到了鼓舞民众士气的作用。共工决心不惜牺牲自己，用生命去殉自己的事业，象征着共工那种勇敢、坚强，愿意牺牲自己来改造山河的大无畏精神。

郭沫若在《人民日报》上撰文指出："共工那种改造自然，改造客观世界的精神的确没有死。"朱东润先生主编的《中国历代文学作品选》中也强调了共工的革命性，把共工称作"改变天地日月星辰的英雄"。袁珂先生在《古神话选释》中也认为："从革命者的眼光看来，共工的这一行动就是具有大魄力的英雄行动。"

对共工无论是褒还是贬，都应当从辩证的发展的观点来研究，这样才不会产生偏颇。共工形象有一个演变的过程，后人的评价往往不够全面，没有区分出不同阶段的共工形象："共工"不仅是个人名称，亦是部族名称；该部族兴盛于神农之后，其后在同黄帝部族的斗争中失利，最终在禹之时沉寂。共工部族同黄帝部族之间的战争是生存所迫，不存在正义与否的差别。古代史料和传说中，对共工的评价有失公允，让其蒙冤千古。神话所反映的时代距我们既远，又受到众多因素干扰，还其面目殊非易事。但只要我们能严格从事实、从材料出发，以科学的态度去探究，正本清源，为共工正名，这个历史的重任不仅仅是专家学者的责任，龚氏、洪氏宗亲更是责无旁贷、义不容辞，虽然任重道远，但一定会逐步返璞归真还其本来面貌。

另外，历史告诉我们，不能以成败论英雄。共工治水失利，说明治水是一项具有长期性、艰巨性和复杂性的工程。让人们意识到，许多事尽管做了最大的努力，但不一定就能收到理想的效果。共工筑堤蓄水是为了天下受苦受难的百姓造福，谋事在人，成事在天，尽人事之力，是值得后人钦佩和歌颂的；同时共工敢为人先的治水实践，为以后大禹采取堵疏结合的治水思路做了先行铺垫。他的一些治水方法，如筑堤筑坝、平地修地、农田水利等，从古至今一直在效法和应用着。筑堤蓄水对发展农业生产大有好处，对中国发展农业生产起到了重要作用，因此共工也是中华农耕文明的缔造者之一；共工治水的智慧给百姓带来了无尽的福祉，千百年来人们奉共工为水神。他的儿子后土也被人们奉为社神（即土地神），后来人们发誓时说"皇天后土"，"后土"指的就是他，由此可见人们对他们的敬重，从这个角度来说，共工和大禹一样是中华治水的英雄。

历史如烟，霜冷长河。时间过去四千一百多年了，共工的后人又去了哪里？也许是政治原因，也许是战争原因，共工后裔为了避祸隐姓埋名，改为龚、洪两姓。从甲骨文的结构上看，龚字上面是"龙"字，下面的"共"字，表示是宗庙烧香进行"敬供"的供桌之意，"龚"字的由来是图腾化的象形字。有的在原来姓氏"共"的左边加上三点水，变成了"洪"姓。两个姓氏尽管在外表上有很大的不同，但全部包括有"共"字在内，充分显示了他们不忘本源，也清楚地表明了他们同根同源，从共工城位于密云这一重要证据来看，密云是龚、洪两姓的发源地之一。

什么时候龚氏、洪氏从北方迁移到南方的呢？王大有认为，大约在春秋战国时期，诸侯割据，战乱频繁，居于幽、燕的龚姓氏族，一小部分留在原籍，大部分龚氏族群，从北方迁移到南方，并开枝散叶，流布世界。近年来全国乃至世界各地的龚姓、洪姓族人，在联合国生态安全科学院院士龚巧玉带领下，多次到燕落村谒祖寻根，挖掘共工文化。2019年祭祀水神共工习俗，申遗成功，成为密云区第六批"非遗"。

2020年2月20日，国际天文联合会以投票的形式决定，将2007 OR10矮行星，以我国水神共工的名字命名为"共工星"，太阳系中的天体一直是以西方希腊罗马神话中的神命名的，这是迄今为止唯一以中文命名的太阳系的主要天体，体现了中国文化及影响力被国际社会认可和重视，具有非凡的历史意义。

狐奴山，大地上的一粒稻米

丹江北去，把相隔千里的密云水库与当江口水库紧密地联系在一起。

两地不仅与水结缘，还有着历史、地理的渊源。密云古称渔阳，居渔水之北，燕山之南；南阳，在伏牛山之南，汉水之北。两地均处山南水北，名字都含"阳"字；置郡于战国晚期，至今已有两千多年，皆为历史文化名郡。另外，密云的母亲河为潮、白两河。白河发源于河北省沽源，在密云城南与潮河汇流，始称潮白河，经通州、天津，入渤海。南阳的母亲河也称白河，源于伏牛山玉皇顶东麓的白云山，得名白河，穿南阳，经襄樊，入汉江。两条白河，一北一南，母亲般地滋润着一方土地。如果说这些缘分有些附会牵强，那么东汉时期，南阳人张堪出任渔阳太守，又是怎样的一种缘分呢？

南阳，物华天宝、人杰地灵，孕育了改变历史和书写历史的杰出人物，诸如姜子牙、范蠡、百里奚、刘秀、诸葛亮、张衡、张仲景……狂傲狷介的李白，至此赋诗由衷慨叹："此地多英豪,邈然不可攀。"

张衡以其科学、文学、政治等卓越贡献,被冠以科圣。郭沫若对其评价是:"如此全面发展之人物,在世界史中亦所罕见,万祀千龄,令人景仰。"但其祖父张堪,知者甚少。公元39年到46年,张堪任渔阳太守八年,勤政爱民,遗惠后世,有"渔阳惠政"之誉。在范晔的《后汉书》中,祖孙同列,名垂青史。

我曾去北京顺义区北小营镇前鲁各庄村,寻访张堪庙,可惜此庙现已无存。当地人叫"张相公庙",村民回忆,正殿内塑有关公和张堪的塑像。关公居东,张堪在西。张堪右臂半屈,手伸二指,意为开垦一亩荒地奖励两吊钱。庙内还有壁画,名为"耕耘图",以绘画的形式,展现了整地、点种、抓秧、施肥、浇灌、管理、收割等一系列生产场景。庙内有碑,详细记述张堪的生平政绩。

张堪,字君游,南阳豪门大族,与光武帝同乡。其名字出自《论语·雍也篇》:"贤哉回也,一箪食,一瓢饮,在陋巷,人不堪其忧,回也不改其乐,贤哉回也。"意为要做一个为国为民的分担忧患、廉洁奉公的人。张堪很早就成为孤儿,十六岁时,把父亲留下的数百万家产让给堂侄,只身到长安太学受业。其品行超群,被誉为"圣童"。后任堪蜀郡太守,励精图治,蜀人大悦,离任时仅"乘折辕车,布被囊而已",自此"折辕"为仕宦清廉之典。

张堪受命渔阳太守,率领数千骑兵大破攻入渔阳的万余匈奴骑兵,《后汉书·张堪传》载:"匈奴常以万骑入渔阳,率数千骑奔击,大破之。"使边境得到安定。张堪打击豪族,度田惩恶。

因地制宜，组织官兵、百姓，兴修水利，引种水稻，在狐奴山下垦稻田八千余顷。

狐奴山，位于顺义北小营镇，黍谷山余脉，孤峰兀立，高仅百米，状如一粒稻米。西汉初年，在此置狐奴县，属渔阳郡。狐奴山下水资源丰富，大小泉眼密布，泉水相聚，曲折潆洄，蓄成水泽河流，为箭杆河源头。夏季经常大雨滂沱，四面野水聚潦，一片汪洋，人称"苦海"。张堪曾任蜀郡太守，通晓水稻种植技术，对这里的水源、水量、水温、水的流向进行测查，发现其水冬温夏凉，适宜种植水稻。于是他治理水患，从南方引来稻种，并把全家接到任上，居住在前鲁各庄村。由他和家人为乡民示范，指导水稻种植，从此这一带开始种植水稻。

读邓拓先生的《燕山夜话·两座庙的兴废》，他是这样评价的：古北口的"杨家庙"是官方文化机关出资修葺的，邓先生考察后认为，"如果认真考察实际存在的历史文物，我们就不能把传说当成真迹"。看来是有"拜错了'佛'"的嫌疑。另一座在潮白河畔狐奴山下的"张公庙"，无人理睬，破漏不堪，却是"纪念东汉光武帝时期一位文武兼长的著名人物张堪的庙宇"。据考察，张堪不仅戍边抵御匈奴入侵有功，而且是两千年前中国北方种稻米的鼻祖，"开稻田八千余顷，劝民耕种，以致殷富。百姓歌曰：桑无附枝，麦穗两歧；张公为政，乐不可支"（见《后汉书·张堪传》）。邓拓告诉我们"谁是最可爱的人"，认为张堪这样的人更值得纪念。

的确，张堪的事迹成为流传千古的佳话，他志行高远，政绩卓著，清正廉洁的故事，还被演绎为成语或典故，譬如渔阳惠政、乐不可支、志美行厉等，至今仍在使用。

汪溥是明朝安徽绩溪人，明成化八年（1472），任蓟州知州，效法郭伋、张堪，在任革宿弊，均徭役，修学宫，编写《蓟州志》等。他留下了《渔阳怀古》一诗："画角呜呜弄朔风，渔阳千古恨无穷。孤城鼙鼓声才动，一曲霓裳舞未终。日暮断云横铁岭，夜深寒月照崆峒。独怜张郭祠犹在，春草年年长碧茸。"回溯了渔阳历史，感叹岁月沧桑，更表达了对郭伋、张堪两位太守的敬仰和怀念。

千百年来，水稻在狐奴山下、潮白河东、箭杆河流边安家落户，并培植出久负盛名的"三伸腰稻米"。为什么叫"三伸腰"呢？因用这种稻米做饭，无论蒸吃或煮食，第一顿有剩余，可再次蒸煮，至第三次，米粒伸展基本如初，故而得名。《北京风俗志》云："其米粒透明如石英，甘醇清香，蒸煮不碎烂，一家煮饭十家香。"时至今日，在前鲁各庄村水稻依然有规模种植，村民亲切地称之为"张堪水稻"。

东汉张堪种下的一粒稻米，穿越田间，从种到收，经过漫长之旅，天地"粮"心，珍食莫蚀。在饭桌上与普通百姓相见，这是自然的更替，也是一粒稻米的使命和轮回。

一粒稻米与狐奴山相遇，成为打开这个地区文明演进之门的钥匙。在"圣水鸣琴"的叮咚声中，就像在一座山中种下了一粒稻米，在一粒稻米中蕴含了一座山。

张堪，就活在一粒稻米中。

密云运河

一

明清之际，密云至通州之间曾有一条漕运繁忙的密云运河，它是大运河北运河的延伸。二十世纪八十年代，在十里堡镇河漕村的潮白河故道，出土一个大铁锚，为明朝漕船遗物。这件大铁锚由熟铁铸成，锚通体高一百七十五厘米左右，重一百五十千克，四个爪呈倒钩形，并刻有"万顺号"汉字。这件充满岁月痕迹的大铁锚，在密云博物馆展柜内，静静地诉说着潮白河漕运的往事。

明代在经历了"庚戌之变"后，重地檀州（密云）以北的石匣营、古北口的军事防务凸显，为了保卫北京，明廷在京北加急修筑长城，并把蓟辽总督从蓟州移驻密云，密云遂成为"兵将屯结"的军事重镇，被称作密镇，总兵戚继光驻密云石匣城。

大量的军队驻扎在密云长城沿线，每年所需十五万石粮食的运输是一项庞大的工程，疏通潮白河水运势在必行。嘉靖三十四年（1555），驻密云的蓟辽总督杨博上疏："改河道济粮运输。"杨博在奏疏中说明修改潮、白二河之道，其利有四，而害则一：

潮白二河，合而为一，舟楫通行，漕运便利，其利一也；三县免于役骚，其利二也；地方殷富，跂足可待，其利三也；号房可以不设，所省财力，又为不赀，其利四也。密云城西恐遭到水患，其害一也。倘若修堤筑坝，则患虑自消，杨博在奏疏中还论述了修改河道的可行性，并对修河计划作了具体部署。以往密云漕运的十余万石，只有依赖招商承运一个办法。如将所折算的三万五千两白银漕运费，留给京城的部队，既免去招商之事，京城的军队又获得了实惠，这是一举多得的好事。杨博上书得到世宗皇帝准可。

引白壮潮，时人称之为"遏潮壮白"，是当时水利建设上的惊人壮举。主要工程为在杨家庄开挖新河口和新河道，自溪翁庄镇附近的马头山，一改白河西流之势，使其向南，经密云城，西行至河槽村与潮河交汇。将白河水在河槽注入潮河，壮大潮河的水势，使原潮、白两河交汇处东移靠近了县城，形成水陆漕运的天然通道。

白河这一改道需挖河道二十七公里，工时达三百三十多万个。当时密云约有丁额一万五千，仅靠密云一处人丁是微不足道的，只能从外地调入大量的人力物力。二十七公里新河道完全是靠一锹一镐挖出的，时间长达十七年之久。这在当时没有现代技术、没有现代机械、仅靠肩担手提的条件下，封堵湍急的白河水，筑一座状如山岭的土坝，其工程浩大，其工程之难，是难以想象的。

"邀潮入白"后，白河在今河漕村（密云城西南）一带并入潮河。两河合一后，水势大壮。潮河水浊，且暖，白河水清，且冷，两河汇流后一边水清，一边水浊；一边水暖，一边水冷，堪比泾水和渭水，界限分明。通过潮白水道，每年水运漕米约十五万石（约合两千零二十五万公斤），约占密云县当时军粮年总储量的94%。若到了雨季，潮河水流量增大时，一些小型运输船只可沿潮河上行，经过羊山、邓家湾、碱厂、九松山、南省庄、罗家桥，直至古北口。至今，在穆家峪地区还流传着"南北省庄两条蛇，中间一道运粮河"的歌谣。《天府广记》："新开密云运河本白河上流，自牛栏山而下，与潮河川交汇，水势深广。四十三年，总督刘焘发卒浚治，从潮河川直达通州，凡密云镇岁饷十万悉用小舟转粟，省车挽入河费。"运费大为节省。引白壮潮，在密云，乃至北京水利建设史上都是个重大历史事件。

　　引白壮潮，使二水绕城郭，青山叠翠屏，为密云县城增添了灵气，富有诗情画意。清代知县傅辉文特此赋诗《登密云城》："叠嶂层峰拥面来，双城临水逐山开。堤边风细晴舒冻，岭外寒轻雪绽梅。灯影旧传红冶塔，残香犹自腻妆台。匣中宝剑横牛斗，借问当年博物才。"引白壮潮也带来另一后果，宽漫的白河故道两侧渐渐沙化，河床上形成了大大小小的潦泽、滩地，从此，北起神山，南至京承铁路，东自宰相庄、北房、杨宋一线，西至雁栖河右岸的三十多平方公里范围，就被冠名为"西大荒"了。西大荒不仅在怀柔区内有名气，它也曾是北京市五大沙漠之一。"西大荒，三件宝，沙子石子毛毛草，歪脖树朝北倒，野兔耗子满地跑。"这是二十世纪七十年代，在宰相庄、安各庄、北房等村广泛流传的一段民谣，这段民谣非常形象地描述了白河故道失水的不利影响。

二

引白壮潮工程，使运河随之向密云、昌平等地延伸，等于把漕运线路自通州漕运码头，向北延伸到了密云城。在通州设置密镇经纪二十名，每名领驳船二十只，共有运密云漕粮的驳船四百只，其中可能就有"万顺号"漕船。随着运粮数量的变化，船数也酌情增减。船只载重量大小以"料"和"石"为单位，每"料"合今重三十公斤，每"石"合今重六十公斤。漕船逆水而上，编队航行。因水浅河窄，航道多塞，船夫虽多，仍行驶艰难。况且冬季航道结冰，夏季雨暴，洪水宣泄，漕船主要集中在春、秋两季航行。由于潮白河道平缓，易于淤积泥沙，每逢天旱水浅，即使是载重量小、吃水浅的驳船，也难于通航，故在沿河易淤浅处，设有浅铺，配置浅夫，随时清除河中淤沙。负责清淤的人有两种，一是各卫派军人负责疏浚，称之为军浅，另一种是征派当地农夫疏浚，称之为民浅。

清朝入关以后，密云、古北口一带已不再如明代那样是军事要塞，但清政府在檀营、古北口等地，部署有八旗驻防军，仍存在军粮供应运输的问题。同明后期一样，利用潮白河水道运送军粮。如遇河水干浅或暴涨，难以行船的年份，则由陆路车载马驮运输；如果是雨水调匀之年，水流平稳，则按例漕运，以节省脚价运费。密云驻防官兵的俸甲米石无论是陆运、水运，都不免损耗，而从通仓领的仓米不免有变质、廒底等霉米。

另外，密云一带备赈的官粮，有时也利用密云运河。如康熙三十四年（1695）八月，康熙皇帝至密云县，见当地农业歉收，就对大学士说："去岁朕见此处高粱结实者少，秕者多，米价腾贵，高粱一斗几三百钱，故将通仓米，令运一万石至此处，五千石至顺义县，减时价发粜，米价稍平，一斗百钱，民以不困……今（潮白）河水方盛，著将通仓米运至密云、顺义各一万石，令仓储备用。"

清中后期，经由北运河而至北京的漕粮日渐减少。自道光年间起，由于黄河溃决，内河运道航运困难，各省征解的漕粮逐年递减。道光二十八年（1848），漕粮总额才二百八十二万石。为摆脱困境，朝廷决定试行海运，此时河运和海运并行。咸丰初年，仍沿用道光时期的河海并运措施，此后，海运漕粮在漕运中的地位逐渐上升，河运漕粮逐渐走向衰落。加以清代中后期漕粮渐改为折色，北运漕粮的数量也日渐减少。光绪二十三年（1897）京津铁路通车，1900年清政府宣布废止漕运，漕粮改由火车直接运至北京，不再转道通州，这对通州影响巨大，民国《通州志要》说："清末实行海运而废河运，其后铁路建筑完成，运河不复修浚，运输之利益全无矣。"从明、清到民国三百多年，密云军事重地的巩固和发展，漕运起到了重要的保障作用。

三

潮白河漕运码头，位于现在十里堡镇河漕村东南。其地处平原，河岸松软。两河汇流后，经河水冲刷，形成了宽阔的水面。

乾隆四十八年（1783），"修密云石子坝，长八百三丈，河漕挑挖深通。另开引水沟一道，筑拦水坝二"。这些水利措施，既保护了密云城池，也加深加固了密云西门和河漕码头，又防止河岸崩塌，确保漕运船只停泊。河漕码头由石磴和石平台组成，上层石磴道为扇形，下层石平台也为扇形，计二十几级，由花岗岩石条垒砌而成。码头上建有歇脚的驿站、茶馆、饭庄及各类摊点，人声鼎沸，仿若街市。

河漕码头与通州的张家湾有些类似。通州张家湾，距通州城约十五里，因潞河（京杭大运河北运河）、凉水河、萧太后河、通惠河四水在这里汇合，有如五指分开，张家湾位于掌心之中，是水陆交通的枢纽。河漕码头，潮白两河在此交汇，京热御道在此通过，规模和繁忙的程度，虽不及张家湾，但就其位置而言，也是重要的水陆码头。

河漕码头是紧靠京热御道的渡口。京热御道，自康熙四十二年（1703）修建，到嘉庆二十五年（1820）的一百一十七年间，清几代皇帝，往返御道之上，都要从河漕码头旁边经过。康熙皇帝多次去承德，留下许多吟咏密云的诗篇，其中有一首描写白河渡口的《白水》诗：

乱峰回合古檀州，白水云根一道流。
谁信塞垣图画似，凉风斜日放轻舟。

眼前的密云城，山环水绕，白河从远处逶迤而来，像是从云层底下流出来的，横亘的山峰，绵延叠翠，长城起伏跌宕，山川壮丽如画。尽管康熙是从西大桥渡口过河,与河漕相距不远,其景象亦相差无几。

河漕码头还是民间往来的码头。无论潮白河两岸的农民到河对岸的地里春耕秋收,还是小商小贩做买卖,或者百姓婚丧嫁娶,都要从河漕码头渡河。妇女老幼选择乘船,青壮年划着自家小木船摆渡。有的人图省钱省事,坐在自家柳条编的笸箩划过去,或者游泳过河。每逢年节,河漕码头更是熙来攘往,一派繁忙景象。

码头距县城的西门,仅仅十余里,遇到枯水时期,通向密云城的水道变浅,运粮驳船吃水深,无法满载通过,只能在河漕码头卸下一部分漕粮。每当漕运的船队驶来,小船划向大船,大船靠向码头。码头上的民夫,大多来自河漕等附近村庄,他们或挑或推,把漕粮运到仓房暂时储存起来。仓房建在码头的高处,一般采取砖砌结构,内部砌券顶,建筑布局巧妙,节省了材料。墙上均开通风用的拱券小窗,便于通风干燥,粮食可存很长时间,中间有一个大院子可供晒粮用。需要时,再由陆路转运到西门内的龙庆仓。

漕运孕育了河漕码头,也孕育了许多鲜活的故事。

据河漕老人讲,清朝晚期,在河漕码头曾树过一块"十八水手碑",记录河漕村十八个水手的故事。其中有梁万友、王万全、吕本利、王七保、王增、吕东望等十八个村民。他们平常日子与村民一样,忙时种地,闲时打鱼。每逢清朝皇帝去承德"木兰秋狝",经过白河渡口之时,恰好夏秋之交,白河湍急。朝廷为了皇帝安全,就会让熟悉白河地形、熟悉水性的河漕村民,组成十八水手，参与保卫皇帝安全渡河的任务。选择水手的条件，一是忠诚，既要老实本分，又要勇敢无畏，正如老话所言：过河的卒子、拼命的水手。二是水性好，水手虽没有经过专门训练，但他们从小在潮白河里浸泡，个个练得"浪里白条"一般。他们常用的有"踩泳"，可以立着身子，两脚踩水，把衣物举过头顶渡河；"甩泳"，相当于现在的自由泳，遇到水流湍急的河汊子，甩开双臂，奋力划出危险水域；"仰泳"，游泳时间长了，可以仰躺水面，让体力得以尽快恢复。

随着清末御道、漕运废止，河漕村的水手主要转为负责抢险。每逢汛期，水手们轮流守候在码头，看见洪水漂浮物品，尤其是被洪水卷走的上游百姓，水手们都会奋力搭救。有一年，一个外地戏班子，在密云城西门外搭台唱戏，曲目为《斩白龙》。殊不知，密云城区东北三十公里，有一座白龙潭。传说，白龙为东海龙王的小儿子，自汉代就有白龙能致云雨之说。白龙久居深潭，广布细雨，为庶民耕耘造福。戏班所唱曲目，无异犯了忌讳。戏刚唱一半，只见从西北方向，一片乌云卷来，接着一个炸雷，瓢泼大雨顷刻而下。观众四散，刹那之间，一片汪洋，戏台瞬间被洪水卷入白河。台上的演员惊恐万分，乌云依然笼罩在戏台之上，如影随形，慌忙中戏班班主让乐队敲锣打鼓，他扯开嗓子唱道：

密云白河有神灵，触犯神龙罪不轻，
如若慈悲放过我，来日龙潭去负荆。

戏班班主真心忏悔，似乎感动了白龙，说也奇怪，笼罩在戏台上的乌云，顿时散去。漂到河漕码头戏台上的演员们，被十八水手合力搭救上岸。随着斗转星移，日月更替，十八水手先后逝去，十八水手碑也早已不知去向，但他们的故事仍在村里口口相传。

十八水手最富传奇的当属王增，早年间，他到山里一户地主家打短工，干活从不偷懒。几年下来，攒了一点钱回到河漕村，一边当水手，一边寻思发财的门道。王增的爹娘有磨豆腐的手艺，他想学磨豆腐。父亲对王增说："人生有三苦，撑船、打铁、磨豆腐，你不怕吃苦？"王增说："只要能挣钱，苦累都不怕。"爹娘手把手地教他脱壳、浸泡、磨豆浆、过滤、煮沸、点卤成形等流程，没多久他就可独当一面了。他每天去城里卖豆腐，去时坐摆渡船，回来时从县城西门，为了省钱，双手托着七八斤重豆腐木盘，不费一分一毫，顺着河水回到河漕村。

那是一个春天，王增磨好豆腐后，抬头见院子里的牡丹花开了，华美异常。他突发奇想，能不能用豆腐雕出牡丹花呢？他随手拿起豆腐刀，就着手边的一盆清水和一块方形嫩豆腐。可刚碰到豆腐，手一哆嗦，一下就全都碎了。第二天他把娘的纳鞋底的花样，敷在豆腐上，偷偷地刻起来。尝试了三个月，终于找到了诀窍，当第一块牡丹豆腐被雕刻出来时，他忍不住拿给爹娘看，母亲挺喜欢说："你试试看是否有人喜欢。"

王增将牡丹豆腐拿到街上卖，很受人欢迎。就这样一传十十传百，邻里左右都知道了，牡丹豆腐一下子轰动了，王增的豆腐供不应求，赚了很多的钱。王增用卖豆腐挣来的钱，购得几十亩土地。旧时农民非常贫穷，半年糠菜半年粮，一到青黄不接季节或灾荒年，大部分农民都四处讨饭，衣不遮体，食不果腹。王增在潮白河道做过水手，交际广，消息灵通，脑子活泛。一遇水灾，他把救命粮食运到河漕渡口，以粮换地，救了大批饥民的生命，自己的家业也发展起来了。王增能吃苦，春天播种，夏天除草，秋天收割，冬天整地，与长工一起干活。遇到节日，给长工们改善伙食。王增渐渐地发了大财，买房子置地，最多时土地超过了两千亩，成为河漕村首富。但他依然省吃俭用，自冬历夏，头枕一块石头，至死，石头被磨出一层油光。

这些漕运的历史，以及漕运的故事，早已淹没在历史深处。沿着潮白河故道，追寻逝去的运河，万顺号大铁锚，就是大运河北延线上一个永恒的符号。

碧水润京华

燕山莽莽，潮白蜿蜒；大坝巍峨，碧水苍茫。这是一座人工的奇迹，这是一座生命的"圣湖"。

六十一甲子，情牵几代人。

2020年是密云水库建成六十周年，我出生的那年恰好水库建成。出生在水库边、长在水库边的我，与水库相依相伴度过了一个甲子。我每次伫立在白河、潮河大坝上，凝视满眼的水色，满眼水的风姿，感觉那是生命的律动。面对这浩渺的水世界，心里总是这样想：怎样才能留住密云水库那些渐行渐远的往事？

一

有人说，一座展馆，是一段凝固的历史；一段历史，跃动着鲜活的故事。的确，回顾密云水库六十年的历程，最好的呈现方式就是建一座展览馆。2018年我参与了密云水库纪念馆的筹备工作，与区相关单位及文化公司一道，开始了难忘的追寻之旅。先后到湖北十堰市实地考察，参观潘家口、丹江口水库纪念馆，采访水库的建设者和库区移民，到密云档案局、石家庄档案馆查阅相关资料。

淅淅沥沥的秋雨，敲打着石家庄档案馆外的梧桐树，金黄的梧桐叶不时随风飘落。阅览室内却寂静无声，我们五个人埋头翻阅资料，从早晨忙到下午，终于查找到了由周恩来总理签字的，1958年6月23日北京市委、河北省委和水利电力部联合撰写的《关于修建密云水库的请示》报告。请示报告的几页纸已经泛黄，铅印的字迹清晰，内容简明扼要，主要目的有两个，一是解决京、津两市工业建设用水困难，二是彻底根除潮白河水患。

北京，位于永定河、潮白河之间，三千多年前西边的永定河孕育了北京城，被誉为北京的母亲河；而东部的潮白河，为北京提供生命之水，同样也可以母亲河称之。然而历史上的潮白河，由于上游山势陡峭，落差较大，水流湍急，汹涌澎湃，"水性猛，时作如潮"，故而得名。潮、白两河在密云十里堡河槽村汇成潮白河后，河道变得平浅，又无堤防，常常泛滥成灾，时常"三年河东，三年河西"，是一条"逍遥自在河"。潮白河平均两三年发一次洪水，十年九涝，可谓大水大灾、小水小灾。据统计从1368年至1939年，五百多年中，潮白河共发生大小水灾三百八十多次，其中五次水进北京，八次淹天津，给两岸人民带来深重的灾难。在潮白河两岸流传这样的民谣：

潮白河水滚滚流／流不尽的眼泪

流不尽的愁／冲毁了多少平川地

卷走了多少房子和马牛／它要了多少人命

害得妻离子散流落在街头……

  为了防治潮白河水患，早在1929年，华北水利委员会就计划在潮白河修建水库，并勘察了四处坝址。当时的中国，战乱频仍，积贫积弱，修建水库只能是纸上谈兵。

  纵观历史，兴水利、除水害，历来都是治国安邦的大事。新中国成立后，党中央、国务院从利国利民、兴利除害出发，作出了修建密云水库的决策。著名的水利专家张光斗和冯寅挂帅，清华大学水利水电系师生参与设计。按照"千年一遇，万年校核"的标准，设计了密云水库建设方案。1958年6月26日，也就是《关于修建密云水库的请示》递交到中央的第三天，刚刚在十三陵水库参加完劳动的周恩来总理，不顾疲劳，驱车来到密云潮、白两河的河畔，为密云水库勘选坝址。周总理仔细听取了有关专家、教授以及各方面的意见，回京后立即主持召开会议，专门研究了修建密云水库的问题，决定把原规划中拟定的在第三个五年计划后期（六十年代中期）动工修建的密云水库，提前到1958年汛期之后开工。

  1958年9月1日，密云水库开工誓师大会在潮河工地隆重举行。会后，来自京、津、冀二十八个区、县的民工，清华大学等高校师生，解放军指战员二十多万人，按班、排、连、营、团的编制，立即开赴各自的工地，在燕山脚下、潮白河畔掀起了一场大会战。仅仅过了一个月,人民大会堂开工建设,人称"天字号"工程。集防洪、灌溉、供水、发电等多功能的大型水利枢纽的密云水库,则被冠以"地字号"工程。在那个激情燃烧的岁月,在新中国广袤的土地上,同步创造着惊天动地的奇迹。

二

《修建密云水库》纪实的黑白历史影像中,我们仿佛身临其境,那如火如荼、忘我奋战的场景,深深地震撼了我们,真切体会到什么叫"一盘棋"精神,什么叫艰苦奋斗,什么叫无私奉献。

建设者们,从四面八方奔赴密云水库工地,他们当中很多人自带手推车、铣镐、炊具、干粮、行李,跋山涉水,来到密云。蓟县第一批建设者头顶烈日,两天半急行二百多公里赶到工地;母亲送儿子、妻子送丈夫、父子结伴同行,玉田县王永宽祖孙三代八个人,一齐上阵,踊跃参加密云水库建设。当时在密云水库工地流行这样的男女对唱《送郎修水库》:

女:村外的谷子一片金,妹送哥哥离家门,郎去密云修水库,家中的事情莫挂心

男:村外的谷子一片金,哥哥离家不担心,公社自然会照顾,劳动当中学本领

合:小河流水水清清,夫妻离别在桥心,两人互相来挑战,相见时光荣花儿挂在胸

铁臂撬动山河，二十万建库大军追着太阳，赶着月亮，昼夜奋战，要在短短两年内，修筑潮、白两河的两座主坝，九松山、走马庄等五座副坝，另外建三座溢洪道，六条泄水、输水（发电）隧洞等附属工程，可谓工程浩大。密云水库建设者们，顶风雨、冒严寒，用肩扛、用车推，战天斗地。全国一盘棋，密云水库的建设得到各地的支援，东北的木材、江南的大米、鞍山的钢轨、三门峡的钻机等物资，源源不断地运送到工地。水库建设者们干劲十足，各个支队之间、班组之间、男女之间，展开各种劳动竞赛，歌声与劳动的夯歌，此起彼伏，响彻云霄：

太阳满天红／哎咳哟喂

沙滩摆战场／哎咳哟喂

不怕狂风刮／哎咳哟喂

不怕地又冻／哎咳哟喂

难不住真英雄／哎咳哟喂……

水库工地既是个大熔炉，又是个大学校，清华大学、北京水利勘测学院等高校师生，在劳动中"淬火"，同时把科学技术传授给建库民工，培养和锻炼了成千上万名有经验、有理论的干部和技术工人；从总指挥、各级干部到普通建设者，同甘共苦，住的是靠向阳山坡搭的六千多座"地窨"或"半地窨"式的工棚；吃的多是玉米面窝头、熬白菜和咸菜。最苦、最累的是冬天，工地上的温度降到零下二十多摄氏度，许多人光着膀子、赤脚踩在冰面上，浑身冒着热汗，头顶升腾着一片白白的雾气。但他们以苦为乐，以苦为荣，每个人脸上都洋溢着幸福、自豪的笑容，充满了革命乐观主义精神。

四季无声更迭，年华掷地有声。日月如梭，似乎只是一转眼，就到了半个多世纪后的夏末初秋时节。一个阳光灿烂的下午，我去采访王建华。八十二岁的王建华坐着轮椅，由儿媳推着从卧室来到客厅，我搀扶她坐到沙发上。她看起来有些消瘦，但精神矍铄，思路清晰，把修建密云水库那段难忘的经历娓娓道来——

1958年7月26日，王建华和她的姐妹响应号召，自带工棚、工具、口粮来到水库工地，她们受十三陵水库"九兰组"和"七姐妹"的启发，次日就自发成立了"十姐妹"突击队，王建华被选为队长。突击队是由城关公社南菜园大队和四街大队十名姑娘组成的，最大的二十一岁，最小的十七岁。她们都是自愿报名参加水库建设的，临行向大队党支部和乡亲们表示："不扛回红旗不回家，不修好水库不见妈。"

她们开始在潮河工地，主要任务是开挖导流隧洞和两千米引水明渠。初到工地时，大家都不会推手推车。在突击队长王建华的带领下，她们起五更、爬半夜，借着月光勤学苦练，终于掌握了推车技术。在潮河明渠开挖中，手推车装得满，跑得快，单车重量达一百五十至二百公斤，日超定额三四倍之多，顺利完成任务。1959年春季，"十姐妹"在王建华的带领下转战北白岩，经受了筛沙石、打混凝土、打风钻等超重体力和需要技术的劳动，这对她们是个难题，开始时她们费了很大力气才对准要破的隧洞，可是风钻的震动有时把她们的胳膊都震麻了，有时险些伤到自己……可姑娘们坚定地说:"修建水库是为人民造福。男人能干的事,我们就能干。"在支队领导的支持下,白天"十姐妹"挤时间积极向风钻师傅请教,学习打风钻的方法,进洞试行操作;夜里她们围坐一团交流经验。经过一次次的试验,姐妹们终于掌握了打风钻的操作技能。王建华、陈淑良等六名队员,被支队党委批准为参加水库建设的第一批女风钻手。

工地搬迁之后,没有地方住,"十姐妹"自己挖了一个有几间房大的地窖,周围用苇席围起来,顶上盖上草帘子,地上铺上麦花秸和炕席当床。夏天闷热,工棚里像个大蒸笼,加上蚊子叮咬,睡个好觉都很困难。寒冬腊月,寒风刺骨,王建华用铁钎子撬水沟边的冻土埂,由于用力过猛,一下子扑空了,掉进水里,浑身全湿透了,手和腿很快被冻木了,两条小辫也冻成了"冰棍",一绺一绺的。团长叫她回去休息,她仍然坚持要干,大家硬把她拽回住处。她刚躺在被窝里焐暖和,就爬起来跑回工地,又继续干起来。她说没事儿,大家都能坚持,她也一定能够坚持。

1959年4月10日上午,周恩来总理又一次来密云水库视察。此时,王建华正在东营子工地筛沙石,周总理从大坝西头走过来。水库的总指挥王宪对总理说:"这是密云支队的王建华同志,十姐妹突击队队长,人称'穆桂英'。"

总理上前握着她的手问:"你担任什么任务?"

她说:"筛沙石。"

总理感到她的手有些粗糙,关切地问:"筛沙石,是男同志干的活儿,你累不累?"

她说:"一开始觉得累,习惯了,就不觉得累了。"

总理又问:"为什么这么能干呢?"

她说:"为了早日修好水库,免得下游再受洪涝灾害。"

总理鼓励道:"你们干得很好,要再接再厉。"

她满怀信心地回答:"请您放心,我们有决心,不完成任务不回家。"

"十姐妹"突击队在修建密云水库中,一直保持着旺盛的拼搏精神。1959年,国务院秘书长习仲勋再次视察密云水库,亲临指导,倡导技术革新,给水库建设工地吹来了强劲的技术革新之风。经过改进的手推车、双轮车、脚踏三轮车、四轮车、六轮车、滑轮、木制车辐条、木制火车头、链条式运土机、高空绞车、高线牵引运输机等层出不穷。技术革新迅速成为助推水库建设的动力,水库建设工效大幅度地提高。"十姐妹"突击队使用革新后的成果,敢与"钢铁""卫星""闪电"等青壮年突击队挑战比高低,被誉为密云支队标兵。正如《密云水库战歌》中唱道:"进军战鼓响咚咚,二十万大军齐出动,英雄壮志修水库,造福万民为人民。驯服洪水降蛟龙,潮白河上逞英雄,坚决把水库修建好,不获全胜不收兵。"

在一年多的时间里,她们先后四次被评为先进生产集体,七次获红旗奖;王建华光荣地加入了中国共产党;陈桂芝、陈淑良、端佩如、辛庆伶、杨秀琴、范淑和、田秀荣、殷淑琴、孔海伶九人加入了共青团。

采访结束后,我和她儿媳互加了微信,她把婆婆当年修水库的十几张照片发给了我。王建华握着我的手,怀着兴奋的心情对我说，前些日子区里召开了密云水库建成六十周年座谈会，我们参会的代表提议给习近平总书记写封信，向总书记汇报密云水库保护得非常好，密云也发生了翻天覆地的变化，不知道总书记收到信没有？我说，您放心，一定能收到，一定会给回信的。我与王建华告别，当年英姿飒爽的她，早已头发斑白，矫健的身体只能依靠轮椅而行，可我却从她身上感受到了信仰的力量和生命的厚重。

一个人的力量是渺小的，只有投身于伟大的时代洪流当中，生命才会闪耀出光彩。密云水库为建设者们提供了绽放光彩的舞台，成千上万和王建华一样的劳动英模不断涌现。比如霸县青年红旗突击手阎尔太，朝阳单臂英雄李世喜，三河推车大王张贺，怀柔花木兰，顺义九兄弟等等。产生了四万一千多名先进生产者的代表，一千多支青年突击队，他们成为建设新中国的一代榜样。经过两年艰苦奋战，1960年9月1日，水库竣工，实现了"一年拦洪，两年建成"的目标，创造了"高峡出平湖"的人间奇迹，王宪感慨万千，赋诗赞道：

燕山脚下密云水，高坝耸立碧波美。
当年雄师廿四万，誓锁蛟龙战旗飞。
严寒酷暑热汗流，挑灯夜战迎晨晖。
主席关怀亲视察，总理六顾多教诲。
千家万户饮甘露，滋润百花吐芳菲。

三

在波澜壮阔的密云水库建设史上，密云人民经历了三次大规模搬迁，七次小规模搬迁。从1958年开始，到2000年结束，在近半个世纪中，共迁移村庄一百零二个，迁出近七万人，淹没了共工、石匣、马营三座古城及清朝的太子陵。占用耕地28.6万亩，占当时全县耕地总面积的42.1%。浩荡的移民搬迁队伍早已融入了历史的长河，移民的故事却依旧留在人们的心中。

修建密云水库另外一个艰巨而复杂的任务，就是水库移民。库区内六十五个村庄五万多人，要在1959年汛期前迁出并安置，五万多间房屋要拆除，一千多万棵树要伐掉，库底要清理平整，移民搬迁和清库工作迫在眉睫，刻不容缓，一场持续半个世纪的移民就此拉开了序幕。库区移民的村庄主要散落在潮、白河冲积成的燕落平原和小营平原，这里自古就是密云的粮仓，素有密云"乌克兰"之称。这里土地肥沃得似乎攥一把就能攥出油来。"咱这地方，插根筷子都能发芽"是老一辈人常挂在嘴边的话。平原上田畴交错，物产丰饶，春夏之交滚滚的麦浪涌到天尽头；金秋时节大片大片的庄稼地一望无际，尺把长的棒子捋着胡须与红彤彤的高粱盘算着秋天的收成。

石匣、庄禾屯、清水潭、渤海寨、金沟屯等村庄，星罗棋布，错落有致，每到傍晚，炊烟四起，一派北国田园牧歌风光。新中国成立后这里经济发展很快，群众的生活水平不断提高，许多人家盖了新房。现在说话之间他们的家园美梦化为瓦砾，抛下多年的心血去往他乡，那种被称为"故土难离"的乡情确实是铭心刻骨。

从来没有过，就不会有失去。失去美好，那是一种心碎的记忆。

1958年9月是密云水库移民区百姓最为揪心牵肠的日子，庄稼眼看就要熟了，可迈出的却是搬家的脚步。移民村的这段日子就像炸开了锅，每个村庄每个人都在议论着移民的事情。穷家难舍，故土难离呀。故乡山坡的每一块石头摸也摸热了，祖先留下的土地就像心头肉，硬生生地剜去一块谁不心痛？移民们拆除了自己的房屋、猪圈，砍倒房前屋后的树木。汛期来临，还有一部分房屋没有拆完，只好推倒。

辘轳上的井绳结记着移民痛苦的诀别。清水潭村的孙大娘年近七十，儿子是支书，白天走东家、串西家，开大会，劝乡亲，讲国家、集体、个人的关系，讲根治潮白河、兴利除弊的意义。有的人死说活说就是不同意搬，支书生气地说："天塌有大个，过河有矬子。晚搬不如早走，早晚都得搬。等水库修好了有咱的汗马功劳。国家说咱有贡献，子孙说咱有恩德。谁要是软磨硬泡，哭天抹泪，谁就是给脸不装兜。俗话说，人挪活，树挪死，咱们一块搬迁。"晚上回家动员老娘，老娘说："我这把老骨头了，死也死在家里。"那一刻，他跑到里屋，用被子蒙住脑袋泣不成声，任汹涌的眼泪把被子打湿。老娘整天坐在台阶上，一条狗孤零零地陪着她。水慢慢涨起来了，支书硬是背着老娘离开，老娘捶着儿子的背骂道："你把我扔到水里淹死算啦。"

就这样，老弱者骑着毛驴，青壮年挑着担子，女的抱着大包袱，病残者和孩子坐着大车，一步三回头地沿着白河、潮河成群结队地搬出了祖祖辈辈居住的家园。这些移民户，搬迁到库南几个乡镇，出现了一村地两村种、一家房两家住的情况。大伙儿都不方便，有的移民户一再搬家，最多的搬了十一回。他们就像连根拔起的大树，要在新的地方重新扎根、重新长叶、重新开花、重新结果，那是一个多么艰辛的历程呀。

1994年雨量丰沛，密云水库的水位达到历史最高。水库边上的十二个村有一百六十多户进水，移民搬迁更显得急迫。1995年5月8日，首批移民开始搬迁，密云县出动五十六辆车，密云水库开始第三次大搬迁。这年的5至6月是搬迁的关键阶段，最多的一次出动了二百六十多辆车，车队首尾达二十公里。这次搬迁历时六年，从密云水库周围共移民一万两千四百八十四人到通州和顺义，另有两千七百二十四人选择了投亲靠友。

这些水库移民，就像蒲公英的种子，在异地他乡扎下了生命之根，开出了希望之花。六十年过去了，水库移民的风雨沧桑路，浓缩着水库移民们无私奉献的家国情怀。

四

太阳又一次从潮河升起，水面上洒下了万道金光。我坐着水库管理处的巡逻船，从白河口出发，实地采访密云水库的保水护水情况。我和杨队长坐在舱室，窗外水天一色，库中小岛好似随风沉浮,岛上的树木郁郁葱葱。杨队长告诉我,他是水库移民后代,老家就淹没在这碧波之下。姥爷参加过密云水库的建设,小时候姥爷经常给他讲修水库的故事,姥爷最为自豪的是在白河工地亲眼见过毛主席和周总理。据《密云水库志》记载,1959年9月10日,毛主席视察密云水库,从白河大坝下乘坐木船。岸线逶迤,远山如黛,木船犁开如雪的浪花。毛主席把密云县委书记阎振峰叫到近旁,询问了密云县的人口、土地、修建水库占地和移民安置等情况。

阎振峰详细地作了汇报,当汇报到密云县境内70%都是山场,为了改变当地自然面貌,县委已经制订了绿化山场的规划时,毛主席指着四周的群山说:"你看,这周围光秃秃的,什么时候能够绿化呦?"

阎振峰根据县里的规划和绿化荒山的设想,鼓了鼓劲说:"保证五年,争取三年完成绿化任务。"

"我看你二十年完成任务就不错嘛。"主席轻轻地摇了摇头,笑了。

杨队长对我说,毛主席的估计是正确的,二十多年后,水库周围的山山岭岭,栽植了洋槐、板栗、苹果等树木,全部实现了绿化。

我说,我们的封山育林、生态涵养就是从那时开始的。密云素有"八山一水一分田"之说,解放前,由于战争频繁,不重视保护,森林遭受严重破坏,山荒岭秃,水、旱、泥石流等灾害不断发生。1949年全县仅有林地二十万亩,占全县总面积的5.98%。半个多世纪的水源涵养林建设,先后建立了七个国营林场，拥有云蒙山、云峰山和雾灵山三个自然保护区。林木覆盖率达到75.3%，城区绿化覆盖率55.22%，全面提升人居生态环境，为首都筑起一道绿色的生态屏障。

我们从船舱走出来，凭栏临风，有几只水鸟翩翩飞来，鱼跃出水面发出哗啦啦的声响，我们的船向东驶入潮河水域。杨队长问我，你是土生土长的密云人，对水库的印象是什么样的呢？我说，水库的春之绚烂、夏之繁盛、秋之斑斓、冬之素雅，真是一幅看不够的山水画卷。杨队长感慨地说，密云之所以有这样好的生态环境，完全是密云人民一年接着一年干、一代接着一代干、一任接着一任干的结果。

一泓碧水，潺潺地诉说着过往。密云水库建成后，在防洪、灌溉、供水、发电、养鱼等方面产生了巨大的效益，二十世纪八十年代初期，华北地区连续出现五年的干旱，北京用水极为紧张，国务院决定密云水库只给北京供水。进入九十年代，首都城市地表水的供给，已基本上由密云水库取代。为了保护好首都这盆净水，密云关停了当时全国最大的游乐场——密云国际游乐场；关闭了铁矿、水泥、化工等二百多家工业企业；拆除了水库坝上的商业、餐饮、娱乐等设施并停用旅游船只。

进入新世纪以来，水库全面退出网箱养鱼，库区退耕禁种，实施生态修复；禽畜禁养，防止粪便污染，库中岛清理，生产经营全部停止，完成库滨带三百公里围网建设，实现封闭管理；建立严格的"六护"机制，采取"七禁"措施，全面落实"河长制"，建立完善区、镇、村三级保水体系，从"九龙治水"到"一龙管水"，实现了"清水下山，净水入库"。

现在，按照北京市委提出的"上游保水、库区保水、护林保水、政策保水、依法保水"要求，不断创新机制举措，坚持"部门联动、市区协同、京冀携手"，坚决打好蓝天保卫战、碧水保卫战、污染防治攻坚战，从首都的"大水缸""后花园"迈向了"聚宝盆"。

天近晌午，巡逻船停在一个库中小岛旁，我们登上小岛，低矮的灌木掩映其间，周围的杨树，有的被水泡久了，干枯而死。树上高低错落地筑满了鸟巢，看上去，像一个个黑色的音符标点在枝丫之上……我蹲在水边，湖水清澈，白云倒映在水中，一群小鱼倏忽而来，又倏忽而去，恍惚间，不知它们是在水里游，还是在云里游。我把手伸进水里，水从我的指缝间悄然流过，仿佛感觉到了这湖碧水柔软而又坚硬的质感。这座最大库容43.75亿立方米、环水库一周一百一十公里、水面面积一百八十八平方公里的大湖，一度形销骨立到十几个亿，南水北调后，才日渐丰满，达到20世纪最高水位二十四亿多立方米。冰清玉洁的水库，水质稳定达到地表水Ⅱ类标准，部分标准优于Ⅱ类。

我用手掬起一捧水，喝了几口，味道是那么地清纯、甘甜、绵长。燕山怀中一泓水，润泽京华千万人。六十年来，密云水库累计为京、津、冀供水三百九十多亿立方米，其中向北京供水约二百八十亿立方米，年均供水量6.5亿立方米，相当于每年供出三百二十多个昆明湖的水量。曾有一种说法是："北京人每喝三杯水中，就有两杯来自密云水库。"是首都名副其实的"生命之水"。

水库于我而言，因熟而亲切，因盼而绵长，因忧而厚重，因情而辽远。

五

如果说巍巍的白河大坝是密云水库的丰碑，那么在大坝脚下如期建成的水库展览馆，就是密云水库鲜活生动的教科书。

水库展览馆建成不久，我又参与了由北京市委宣传部、密云区人民政府举办的"牢记嘱托·接续奋斗"群众主题文化活动。经过精心的准备，2020年9月1日下午，"牢记嘱托·接续奋斗"密云水库建成六十周年群众主题文化活动，在密云大剧院举行。

我坐在大剧院后排，与观众一起收看习近平总书记给建设和守护密云水库乡亲们回信的《新闻联播》，主题文化活动就此拉开了序幕。整台节目由《建设篇·奋斗》《移民篇·奉献》《保水篇·坚守》《传承篇·接力》四个部分组成。王建华上台接受主持人访谈，回顾水库的修建，讲述了为什么要给习总书记写信，台下的观众和她一起沉浸在激动之中。习总书记的诚挚问候，让密云人民满怀欣喜；总书记的殷切期望，让密云人民信心百倍。正像区委书记所讲的那样，一定牢记总书记嘱托，像保护眼睛一样保护密云水库，像对待生命一样对待生态环境，再接再厉，善作善成，保护好首都这盆生命之水。

从我懂事起，每天看着太阳从东边的潮河升起，目送太阳从西边的白河落下，那湛蓝的湖水，在太阳的照耀下，波光潋滟，像一首悠远深情的碧水谣；那烟波浩渺、气象万千的密云水库，承载着几代人的心血、眷恋和感情。密云水库激情燃烧的建设岁月虽已远去，但其凝聚的精神，却生生不息，历久弥新，把历史和未来不断地衔接起来，创造出一个又一个奇迹。镶嵌在青山翠峰间的密云水库，就像一颗璀璨的"燕山明珠"，在首都的冠冕上熠熠生辉，又像一面镜子，照亮历史，照亮未来……

渔水谣

在我老家附近有两条大河，西边的是白河，东边的是潮河。站在村前的山岗上，可以看见汪洋的密云水库。那烟波浩渺的水库一年四季景致各有不同，初春时节，水天一碧；夏雨来临，百川灌河，恣肆汪洋，汹涌奔流；秋天一到，天蓝水碧，库中的孤山小岛，水鸟翔集；初冬，北风一刮，水库周边就结成薄薄的冰，太阳一照，薄冰翡翠般透亮。分带左右的潮河、白河，仿佛是两条柔软的银链，串起这颗燕山明珠，在蓊郁苍茫的青山翠峰之间波光潋滟。

我出生的那年恰好是密云水库建成的那年，我读书的中学就在水库北岸，隔窗就能看到水天一色的水库和水库里来来往往的渔船。冬天坐在教室时常能听到水库里的冰"嘎嘣、嘎嘣"的崩裂声。夏秋多雨操场泥泞不堪，体育课就挪到水库边的沙土路去上，跑步的、跳绳的、投手榴弹的、掷实心球的，年少的我们就像水库岸边拔节的庄稼，一节一节地生长着。1976年唐山大地震后，学校组织各班在水库岸边土路旁的白杨树下上课，我们几个淘气的男生坐在后边,看着杨树上忙忙碌碌的蚂蚁,逗着蚂蚱在椅子下面的草丛里打架,听着心烦的知了在树梢上嘶嘶啦啦地叫着;实在腻了,趁着老师不注意,偷偷钻进密不透风的庄稼地,跑到水库边的沟汊里摸虾米去了。回来后被班主任逮住,我们和逮来的虾米一道在毒辣辣的太阳下罚站,一起被晒得通红。

七九河开,八九燕来。每到开春,南风一吹,水库的冰层就"嘎巴、嘎巴"地开裂,不等冰融化干净,老舅就率领四五只打鱼的木船划到水库深处打鱼。他们把上百米长几米高的围网围好。然后用木棒子,敲打着横在船舱上的铁板,"当、当、当——当、当、当——",鱼儿受惊了,有的"叭——叭——"地跃出水面,有的撞进围网;看光景差不多了,老舅一声令下,大家吆喝着"起网喽",几条小船把围网从两头拉起。渐渐地,鱼显露在围网的底部,胖头、鲤鱼、花鲢、草鱼欢蹦乱跳,简直成了"鱼粥"。"快,快拿抄子抄。"大家一边嚷嚷着一边七手八脚地把鱼抄进船舱,一趟一趟地运回岸边,把鱼扔到山坡上。我和表弟夹在人群中,抢到了一条通身金灿灿的白河鲤鱼,抠住鱼鳃拖起,抱在怀中的鲤鱼甩动着尾巴,感觉又滑又柔,那种生命与生命相依的律动直抵我心灵的深处。老人、孩子、妇女把鱼装进生产队的手扶拖拉机,拖拉机"突突"冒着黑烟开到公社卖给收购组,卖鱼的钱成为全村年终分红最大的收入。水库对于周边土地少得可怜的村子而言,那万顷碧波仿佛是他们的"良田",那四处游动的鱼仿佛是村里男女老少魂牵梦萦的"会跑的庄稼"。

老舅不出船的时候,我和表弟缠着他去水边教我们撒网。老舅从墙上摘下"漩网",选一个水较深的河汊子,左手攥紧网绳,把网搭在右胳膊肘上,然后用力一甩,漩网画出一道美丽的弧线,像绽开的梨花一样缓缓落入水中。稍等片刻,老舅便开始收网,他把沉甸甸的渔网一使劲甩到岸上,让我和表弟捡鱼,并叮嘱我和表弟,把二三两重的鲤鱼拐子扔回水里。我感到有些纳闷,问老舅为什么,老舅吧嗒吧嗒地抽着烟,说:"傻小子,你以为打鱼是吃饭,每天能来那么几回?打鱼呀,就像种庄稼,要先播种,到了秋天才能有好的收成,干什么事情都不能赶尽杀绝呀。"

有时我和表弟约上几个小伙伴,在浅水的地方下几道小粘网。岸边的泥地上,蚯蚓爬成歪歪扭扭的字,晒裂的泥地瓦片似的一块一块地翘起,我们光着脚踩在上面,"咔嚓咔嚓"直响;远处看西瓜的窝棚像绿浪里的船,西瓜悄没声地成熟着。我们找人放哨,偷偷地潜入瓜地,抱起西瓜一溜烟跑回水边,朝石头上轻磕一下,西瓜就碎成几瓣,黑籽红瓤,甘甜可口,痛快淋漓。有一次表弟被看瓜人逮个正着,看瓜人不打也不骂,却剥去了表弟的衣裤,表弟光着屁股一点一点东躲西藏地挪回家。我挨了老舅一顿数落,表弟挨了老舅一顿揍,最终老舅用柳条穿上几条鲤鱼把表弟的裤子赎了回来。每次我们疯玩够了,便收起一道一道粘网,那一条条永远长不大的白条子、浮青子像豆角一样挂在网上,网上饱满的水珠,一滴一滴地砸在我们沾满泥巴的脚背上,表弟和我边摘鱼边唱着不知哪年谁留下的渔谣:

千年的草籽／万年的鱼子／打鱼的孩子／数不清的日子——哎咿哎——

当初为了修水库，库区二十多万亩良田变成了水乡泽国，几十个村庄的几万口人移民他乡，留下的周边村庄耕种着又少又贫瘠的土地。每年春季水库降水了，移民候鸟一样回到库区，库区周边的村民也拥向了那一把能攥出油的黑土地。他们带着殷殷的希望纷纷抢种"押宝地"，结果多是十年九不收，可他们照种不误。每年七八月份，潮、白河发了大水，水库的水眼见地往上涨，淹了结荚的豆子，淹了灌浆的棒子，淹了甩穗的高粱，淹了吐穗的谷子。老人、妇女、孩子、男人们都泡在齐腰深的水里，用镰刀把正要成熟的庄稼割了。男人们默默地掐着高粱穗，女人们掰着一掐一股浆的棒子，一边掰着一边抹着眼泪。不知愁滋味的小鱼像长了翅膀在谷穗间飞跃，那一垄垄低垂在水面的谷穗像男人们一声声的叹息。

我大学毕业后回到水库岸边，回到母校教历史，故乡的清风明月难以慰藉我孤寂的青春。教学之余我迷上了乡土历史，可惜众多的古迹、众多的村庄早已淹没在水库的一片汪洋之中。当了村干部的表弟说："你有什么问题就问你舅吧，从白河口到潮河口上百里水下的村落都在他心里装着呢。"

我跟老舅一说，他全力支持，说："外甥老师，你能把淹没在水库底下的那些老事捞上来，是件大好事呀。"第二天太阳还没冒红，老舅就一桨一桨地划着小船到了白河口，他用手指点着说："你看这里的景致多好！黑龙潭、鹿皮关、大关桥、古长城，还有小白龙白乙化牺牲的降蓬山，值得写呀！"我的思绪被老舅的话带到了那烽火硝烟的岁月，小船却不紧不慢地掉头东行，绕过几座山腰以上长满郁郁葱葱的树木，山腰以下被水刻画成一圈一圈裸露着泥石的山。

"看见没有，前面的水下就是杨各庄的太子陵遗迹，至于埋的是康熙的儿子还是乾隆的儿子，我就搞不太明白了。"老舅说。

我告诉老舅，太子陵埋葬的是乾隆的大阿哥永璜和五阿哥永琪。

老舅"噢"了一声，便沉默了。

水库北岸的云峰山如一簇巨大的玉笋巍峨耸立，山顶上牧放着几朵白云，缥缈而神秘。我不知老舅想些啥，问道："老舅，您知道云峰山上的超胜庵建于何朝何代？"

"你考我？具体朝代说不清，少说也有千八百年了吧！"

我笑着说："算您答对了，超胜庵建于隋唐时期，可不有一千多年了。"我长在云峰山脚下山村，儿时经常到云峰山砍柴采药材。云峰山在我心中亲切而又神秘，总感觉古老山谷中回响着那上千年的晨钟暮鼓，那阵阵松涛似绵绵不息的诵经之声。划过一个碧螺似的小岛，远处又一个绿意盈盈的小岛静静候立，水面也渐渐变宽。老舅说："前面发红的石头碴子，就是钓鱼台。水下就是传说的共工城。"老舅所说的共工城在《史记·五帝本纪》有这样的记载："舜请流共工于幽州。"幽州是密云县最古老的名字，共工所留下的共工城是密云历史上最早的古城，仔细算来距今已有四千一百多年了。"先有共工城，后有潭柘寺，再有北京城"是老舅挂在嘴边的话。

天近晌午，老舅收桨抛锚，说："开饭喽。"从船舱里拿出几条黄瓜、几个咸鸭蛋、几张烙饼和一瓶二锅头，炖了一条清水活鱼，就着清风绿水吃饱喝足，老舅倚在船头，我靠在船尾，望着水库北岸零零落落地蹲在水里被泡得发白的石碾，老舅又给我讲起1958年的搬家景象：那年秋天是库区百姓最为揪心牵肠的日子，穷家难舍、热土难离呀。故乡山坡的每块石头摸也摸热了，祖先留下的土地像心头肉，硬生生地剜去谁不心痛？树，一律砍倒；房，一律拆平；井，一律填死。一个坟头给八块钱，不迁就平了。当时的运输工具只有大车，县政府紧急抽调了一千多辆大车，仍不敷急用。一般两家配给一辆大车，盛水的大缸、装衣服的板柜不好带走，两元一个卖给了建库的民工，后来民工也不要了，就含泪砸碎了，十几岁的老舅随着乡亲们一步三回头地离开了祖祖辈辈生活的家园。

远处的青山葱茏欲燃，那朦胧绿意随着阳光的瀑布从天空倾泻而下，天水之间，一派无底的安静与寂寞，有几只水鸟翩翩飞来，其中一只鸟竟然落在船头的桨上。鱼跃出水面发出哗啦啦的声响，我们起船向东驶入潮河水域。"到了，到了，这里——这里——就是石匣，这里就是我常常梦到的老家呀。"老舅把桨一别，小船随水漂荡，他用关节有些肿大的双手颤抖地捧起一捧水，仰头喝了下去，指缝间流出的水洒在满是皱纹的脸上，晶莹的水珠挂在花白的胡子上，他顺手胡噜了一把，说："外甥呀，搬家时我还是半大小子，眨眼就变成老头了，石匣城那些老事、那些老人就像刻在我的心里，恐怕到死也忘不了。"面对着无法皈依心灵家园的老舅，我不知如何劝慰他，抓起半瓶二锅头，说："老舅，水凉，去去寒，来口酒吧。"老舅拧开瓶盖喝了一大口，把余下的哗啦一下倒入水中，水下的砖头瓦块依稀可辨……

水是船的路，返回的小船犁开船两边的水，绽放着朵朵的浪花，仿佛老舅的右桨刚把初升的太阳划碎在水中，左桨就挑起西天红彤彤的晚霞；周围的村庄升起年轻而又古老的炊烟，大地上的庄稼绿了又黄黄了再绿，村民的脚印叠摞着大事小情，树木一圈一圈地画满年轮。为了修建水库，库区人做出巨大而无私的牺牲，有的移民远离故土，留下的村民，守望着水库，就像守望着心灵的家园。可这片土地生长着一种精神，是奉献、是自强、是创新，它强壮着密云人，他们把历史与未来不断地衔接起来，创造出一个又一个的奇迹。我想，这便是历史吧。

近些年，水库从4月末到9月底都要封库，每年金秋9月，在白河主坝下的鱼街举办闻名遐迩的"鱼王美食节"。一年一度的捕鱼期开始了，憋了小半年的渔民几百条船一齐竞发。老舅已经过世了，长眠在村外的土坡上。表弟驾着船载着我趁着落日的余晖划到水库的深处。夜拉起帷幕，挂网也已下好，鱼"哗啦——哗啦"地搅动着水面，我和表弟巡视着挂网，期盼"鱼王"会钻进我们的网中。远处渔火点点，低垂的天上星星摇摇欲坠……当天际的鱼肚白慢慢地染起了浅浅的胭脂红，我们开始起网，上百斤的鱼堆满船舱，天已经大亮了。

归来的桨发出吱吱呀呀的声音，几条大花鲢甩动着鱼尾啪啪地拍打着船帮。我问表弟："你还记得那首渔谣吗？"

千年的草籽／万年的鱼子／打鱼的孩子／数不清的日子——哎咿哎——

我们不约而同地哼唱着，那荒腔野调的声音，乘着风的翅膀，贴着迷迷蒙蒙的水面飞得老远老远……

鲤鱼、麦子及牤牛河

一

每一个人，都会有一条哺育生命的故乡之河。即使垂垂老矣，但饮一瓢故乡之水，也会潮汐成血液里的涛声。

我故乡的河，名叫牤牛河，它是潮河的一条支流。在我的记忆里，它是一条孕育生命的河。暮春时节，河里的鲤鱼开始交尾。鲤鱼之恋，是相当艰辛的，有时甚至搭上性命。一场雨后，气温渐高，河水氤氲。发情的鲤鱼，在河口处相互追逐着。村民管此时的鲤鱼为"啸子"，大概是呼叫女子之意。而发情的雌性鲤鱼身上，散发着一股浓郁的"迷魂香"，村民叫它"香婆子"。那种"迷魂"的香味，会使雄性鲤鱼趋之若狂。一条雌性鲤鱼发情，会有十几条，甚至几十条雄性鲤鱼去追逐。它们的背鳍墨黑墨黑的，游得极快，前拥后滚、横蹿竖跳地绞成一团，一场真正的"求爱大战"就这样开始了。

在这场生死之恋中，半大的鲤鱼只是跑龙套的角色。最终，雌性鲤鱼会选择一条个子大的雄鲤鱼，作为自己的交尾对象。它们凭借自身的力气，甩开那些小家伙们，摇摆着扇形的尾巴，得意地拍打着水面，溅起一片片水花，在阳光下忽闪忽闪的。鱼儿们爱得太深了，如同一个个毛头小伙子，奋不顾身，爱得疯，爱得痴，爱得忘乎所以。雄鱼与雌鱼，聚在河口岸边，绞作一团。雄鱼用头冲撞雌鱼的腹部，有时甚至会用身体将雌鱼顶翻，雌鱼在前面开始摆尾甩子儿。雄鱼会紧接着排精子，从而使鱼卵体外受精。河边的水草，是雌性鲤鱼的产床，它们将卵产在水草丛中，卵黏附于水草上。鲤鱼卵在自然孵化过程中，有的被鱼类吃掉，有的则被激流冲走，其成活率极低。几天光景，米粒大小的鲤鱼苗就会孵化出来，大概用半年的时光，就会长到四五两重，村民称之为"鲤鱼拐子"。鲤鱼不论大小都有三十六道鳞片，每个鳞片上都有小黑点，呈十字纹理，故以鲤称之。长大以后，变得体长鳞大，嘴两边有二对触须，背苍黑，腹淡黄，尾胭色，是名副其实的"美人鱼"。

鲤鱼"群恋"时，极易让人捕捉。熟悉它们习性的本家大哥，先捕获一条个体较大、不伤鳞片的"香婆子"，用一条细绳子拴住它的腮，系在长竹竿上，在河边慢慢引逗雄性鲤鱼。等到了浅滩处，我举起荆条编成的鱼篓罩下去，有时竟能罩上好几条大小不等的雄性鲤鱼。然后用既细且柔的柳条穿起，提着一嘟噜鲤鱼，沿着窄窄田间小道走回村子。开始刮风了，风有些羞怯，鱼却狠命地"啪、啪"甩动着渗有透明血丝的尾巴，把粘在我小腿肚子上的泥纷纷拍落。

春夏之交，草木萌发，地气升腾，老黄牛拉着犁，村民在后面播种着。乡间的日子，就像清晰的牛蹄印，又像河水里的鲤鱼脊背，犁开了土地，划开了水面，既清晰又了无痕迹。在泥土中，在浪花里，播下了希望的种子。风一过，雨一来，鱼子孵出了小鱼，大地化育万物，新的一年就这样开始了。

二

在牤牛河岸边，有一大片生产队的麦地。麦子得来实属不易，它是越冬作物。谚云：白露早，寒露迟，秋分种麦正当时。秋冬交替之际，当麦苗长到寸许时，一畦一畦的麦苗，被碌碡碾压。朔风一吹，雪花纷飞，绿毡般的麦苗，仿佛盖了层棉被，酣然进入梦乡。麦田的上空很安静，连飞鸟的影子也极少见到。太阳无数次地升起与落下，时间，仿佛被无数灰色的云朵注视，被一种期许和信念注视。惊蛰的第一声春雷响了，大地像一个沉睡日久的巨人，从东风呼唤里醒来，从麦子宿苗的悸动里醒来。

水仿佛是时间的写意，浇过返青水的麦子，一望无际的麦田摇曳出轻微的声响。麦子舒展着春的血脉、骨骼与筋络，开始拔节、分蘖、孕穗。一片麦子在月下，咀嚼青色，于子夜无声拔节，悄悄灌浆。小满早就过去了，"小满不满，芒种开镰"。燥松松的西南风吹起来了，布谷鸟的叫声由远而近，满田满垄的麦子一天一个成色，那是一片沉甸甸的金黄。夏忙的序曲开始了，村民的脚步变得匆忙，那些隐藏在草帽下的神情也舒展开来。黄透了的麦根处，田鼠忙着往窝里搬运着因曝晒而掉在地上的麦粒；瓢虫憨憨地展开彩色的软翅起飞，摇摇晃晃地伏在麦穗上歇着脚。多年后读到描写一首割麦子的诗——《麦子黄了》：

> 麦子黄了　麦子黄了
> 麦子真的黄了
> 它们整整齐齐地站在微风里
> 一点也不害怕刀子

　　寥寥四句，似简实丰，寓意深远，与遥远岁月里的麦收场景不谋而合，重叠交错。记忆里的麦子，整整齐齐地站在微风中，被初夏的风一吹，涌起一阵阵滚滚的麦浪，仿佛听到了麦子的呼啸，心随之被丰收的季节，以及大地的恩赐所感动。

　　开镰的日子就要到了。山月像一个调皮的孩子渐渐爬上树梢，一眨眼的工夫，清辉就铺满了整个窗口，院子显得朦朦胧胧的。父亲打上一盆井水，放在磨刀石旁。蹲下身来，上半身向前弓着，只让脚尖点地，后脚跟处于悬空状。他左手手掌摁着镰刀头，右手抓着镰刀把儿，吭哧吭哧地磨起来……每次父亲磨刀，我都会在一旁看着，那青色的磨刀石也在一点点地变薄。父亲起身捶捶腰，我帮父亲往磨刀石上撩些水。镰刀在洒过水的磨刀石上来回打磨，磨刀石越来越细腻、光滑，镰刀也越来越锋锐。月光里的父亲，就像弯成一弯月牙的磨刀石，磨砺着全家人披星戴月的日子。

　　麦芒刺破六月，也刺破了村子安静的黎明。开镰割麦子的清晨，天蒙蒙亮，全村的男女老少来到麦田。每年麦子熟了，学校都放麦收假，让学生回村帮着村里"龙口夺粮"。大家一字排开，各就各位，齐刷刷开了镰。随着"唰唰"的镰刀声，麦子瞬间躺在麦茬上。等攒够一捆儿，回过头来脚尖一挑，扯一绺略青点儿的麦子随手一拧，便捆成麦个儿。太阳升起来了，热辣辣照在身上，晒得人浑身像着了火。汗珠子噼里啪啦地往下掉，砸在滚热的地上，很快就被蒸发了。紧握镰刀的手已经磨出了血泡，尖细的麦芒，把胳膊、脚踝拉出一道道血绺儿，经汗水一浸，火烧火燎地疼；汗水渗进眼里，被蜇得难以睁开，嗓子也渴得冒了烟。太阳爬到头顶，生产队派人送绿豆汤来了。大家赶紧放下手里的镰刀，急不可耐地围上来，端起大碗"咕咚咕咚"灌下去，然后再将碗传递给下一个。不一会儿，几桶绿豆汤便喝个精光。趁着间歇，母亲帮捡麦穗的女孩子们，把篮子里的麦穗倒在马车上，父亲和三叔二大爷躲在树荫下抽起了旱烟。

　　我和几个小伙伴儿，偷偷跑到牤牛河边，找到一个水湾，三下五除二地脱去衣裤，赤条条地跳到水里，打闹嬉戏。疯玩够了，偷偷跑到地头，揪几个麦穗，放在手心，不顾麦芒扎手，两掌相合使劲地揉搓，随之手心便露出一捧饱满的麦粒。籽实椭圆形，腹面有沟，像一颗颗绿中沁黄的小海贝。我深吸一口气，"噗"地一吹，那些麦壳就四散开去，往嘴里一捂，清爽的麦香从舌尖传递到全身，整个身心都沉醉在那种新香、糯甜之中。水湾里的鱼被我们搅得晕头转向，纷纷钻到岸边的草丛里。二柱子是摸鱼能手，不一会儿工夫，就逮到几条鲫瓜子和"麦穗鱼"。我们用镰刀刮去鱼鳞，把麦粒塞进鱼肚子里，用树枝串起鱼，放在火上烧烤。鱼香裹着麦香，吃到嘴里芳香四溢。

　　我们这些乡野的孩子，就像那一株株将满而未满的麦子，时光拔节我们的生命,灌注着琼浆。来自家乡土地的馈赠,让我懂得了世间万物皆源于种子,它是宇宙的时间和生命,"相信岁月,相信种子"成了我的土地哲学、麦浪的诗意和世俗的烟火。

三

麦收之后,雨季就来了。

牤牛河是一条不起眼的河,平时细瘦、清澈,可到了七八月汛期来临,洪水泛滥,好像发了狂的牤牛,裹卷着树木、箱柜、牲畜,甚至是尸体,淹没庄稼,汪洋肆虐。水库里的各种鱼跃过险滩,冲过洪峰,逆流而上;等水一消退,鱼又顺流而下。村里年轻人用粘网、漩网,到河里捕鱼。老人开始做鱼晾子,嘴里念叨着:"河里有水,就会有鱼;有鱼,就会有鱼晾子。"父亲也开始做鱼晾子,他找来一捆约两米长的高粱秆,撸掉上面的叶子,扎成前宽后窄的鱼晾子。其多为四五尺宽、八九尺长的长方形,两侧有一尺来高的秫秸帮儿,前端为鱼晾。鱼晾一般要选设在有水位落差的地方,在其两边的河道,用石头码放成倒八字,呈漏斗状,宽二三尺,让河里的鱼顺流而下。在流水口的下边把鱼晾平放在水中,底下用石头垫好,加以固定,使鱼晾高出水面。在鱼顺水而下时,自然就困于鱼晾之上,使它们无法逃脱。

一个有月亮的晚上,河水在月光下泛起粼粼波光,河湾长满了芦苇,芦苇丛中不时有野鸭子飞落,鱼儿不时跃出水面激起浪花。父亲带着我来到水湾处,选择好位置,固定住鱼晾子。河水哗哗地流着，没过一会儿，我迫不及待去查看鱼晾子上有没有鱼。父亲告诉我，要等到天亮才能捡鱼，一边说一边拽着我回到岸边的窝棚里。

夜深了，月光漏进窝棚，父亲很快睡着了。四周很静，只有蛐蛐躲在草丛里吟唱。我躺在干草垫子上，心里惦记着鱼晾子，实在忍不住了，悄悄地起来，蹑手蹑脚地爬出窝棚。拿起长满铁锈的手电筒，拎起一只柳条编的小鱼篓，深一脚浅一脚来到河湾。我挽起裤脚，光着脚丫子下水，裤子马上被打湿了。来到鱼晾子旁边，鱼晾子上的鲤鱼、鲫鱼、草鱼活蹦乱跳的，我抠住鱼鳃，把它们一条一条地装进鱼篓。此时，东方泛白，虫声此起彼伏。挂在草丛间的晶莹露珠，由大地孕育，从苍天降生，滴落在我的脚背，凉凉的。望着岸边的窝棚，好像是一只小船，载着父亲的鼾声，载着满船的星辉，也满载着我的梦，在绿野里悄悄航行。

时光倏忽，意与年去。恍惚之间，不知野鱼游到哪里去了，但我总感觉少年时的微风，还牵挂在那些野鱼的鳍背上，悄然地泅渡着牤牛河。

飞过北纬四十度的候鸟

一

候鸟的迁徙，是一种对回归的承诺。

东经116度，北纬40度，是密云的主坐标，它是我国三条候鸟迁徙路线之一，东亚—澳大利西亚候鸟迁徙通道，每年都有大量的迁徙鸟类由此过境。密云水库正北岸的不老屯镇，坐落于山水之间，云峰山幽然隆起，密云水库碧波万顷。库区的十万多亩"押宝地"已全面退耕，恢复了土地原状；水库周边，构建了水生、湿地、陆生植物相结合的生态保护带。初春的原野，万物正在渐渐复苏。蓦然间，大团的鸟群冲天而起，不知是云雀、蒙古百灵，或者其他鸟类，飞翔的鸟群如雾似烟，忽聚忽散，异常壮观，仿佛是唤醒天地之间的一股春潮。

我和镇林业站的王巡视员，隐蔽在一棵松树后面，借助墨绿色的望远镜观察各种鸟类，默默地数记着灰鹤、海鸥、白天鹅、野鸭等鸟的数量。他告诉我，近十年来，水库栖息的鸟类越来越多，有天鹅、金雕、黑鹳、白尾海雕、大雁、苍鹭等等。他的观鸟日记密密麻麻写满了十几个本子,从最初的二十余种到如今的上百种,从一天一千多只,到现在一天最多观测到五千多只,详细地记录着各类鸟的数据。其中有一种嘴上长着胡子、羽毛像芦花鸡的大鸟,学名叫大鸨,是国家一级重点保护动物,最多的一次观测到十二只;还有一种楔尾伯劳,身披暖灰色长衣,束着白色腰带,宛若婀娜翩翩的少女。

曾经看过法国著名导演雅克·贝汉执导的自然纪录片《迁徙的鸟》,让我为之动容。影片描写了各种候鸟为生存而艰难迁徙的历程,从寒冷的北极到酷热的沙漠,从幽深的峡谷到万米云霄,候鸟在迁徙中,面对各种危险和人类贪婪的猎杀,表现出了惊人的勇气、胆略、智慧和情感。鸟类迁徙飞行是以地面山川河流、海岸线或空中的月亮、星辰为导航标志。它们大多数是白天觅食休息,夜间飞行。月明星稀、天气晴朗之时,飞得既高且快。当阴雨天或大雾弥漫之际,飞行高度降低,飞行速度减慢。特别是大雾弥漫的夜间,鸟类会迷失方向,候鸟很容易被人们亮起的灯火所诱惑,人类对其杀戮往往在此时展开。从一本介绍保护鸟类的书上了解到,解放之前,在江西"千年鸟道"上的吉安遂川县,山区民众生活比较困苦,每年把捕下的候鸟腌制晾晒起来,成为他们一年里重要的肉食来源。《羊城晚报》报道过这样一则新闻——"千年鸟道"上的杀戮:每年春季,在湖南、江西等"鸟道"上,有火枪、鸟铳、竹竿和大网等夺命暗器,对鸟类层层截杀。那时候鸟的每次迁徙,几乎就是一次死亡之旅。

我小时候也像雅克·贝汉一样,是个顽皮的孩子,和小伙伴们爬树,喜欢掏鸟蛋。生活在水库边的村民,用渔网粘捕水鸟,用鸟铳猎杀野鸭,甚至用药毒害大雁。一想到那些被我们伤害的鸟,内心就会愧疚不已。我问王巡视员,现在这样的事情还会发生吗?他说,村民经过爱鸟护鸟知识宣传,增强了鸟类保护意识,很少有人再去伤害鸟类了。如果遇到有迁徙受伤、飞不动的鸟,村民还会主动抱回家治疗、调养呢。他又对我讲起这样一件事:陈各庄村有一户人家,临近而居,捡到一只受伤的白天鹅,抱回家后精心喂养,天鹅很快就痊愈了。送到镇林业站后,却因过于肥胖飞不起来了。林业站只好给天鹅"减肥",才得以野外放飞。为了能给鸟儿提供更及时的救助,镇里还建了一处面积约为二百平方米的野生动物救护站。一间竹板屋、一间水池屋,以及一间沙地屋,可以供不同类型的鸟儿暂时居住、疗养。

燕落村,原名为燕乐,其历史悠久,可追溯到远古,村里流传着许多古老的神话传说。其名源自《诗经·南有嘉鱼》:"南有嘉鱼,烝然罩罩,君子有酒,嘉宾式燕以乐。"该村地处潮、白两河冲积盆地,"前有照,后有靠",自古至今,都被视为风水宝地,长寿老人很多,是著名的长寿村。每年候鸟归来之时,村百鸟翔集,村名由燕乐演变为燕落,成为名副其实的"燕落之地"。村民爱鸟、护鸟,自发地给候鸟送去"口粮"。

为了体验村民是怎样喂鸟的,我跟着刚下完渔网的村民李大哥,拎着半袋玉米棒,沿着坑坑洼洼的土路,俩人一前一后,来到水库边的旷野。一眼望去,日落西山,太阳燃烧起来了,把白云和水面统统点燃。那些红色连成了片,一朵、两朵、三朵,不留余地地渲染着。恰好有一群飞鸟,擦过火焰起舞,暗色的翅影与晚霞交叠,扑棱棱的声音,迅疾而突兀地划破一片苍茫的宁静。

　　李大哥从口袋里掏出玉米棒，我俩一起搓下玉米粒儿，均匀地撒在地上。他对我讲，这地是鸟的"食堂"，早晚没人的时候，它们就会飞过来吃。前天，他在水库上打鱼时还看到一群天鹅呢，有三十多只。灰鹤、苍鹭、黄头鸭就更多了，数都数不过来。这点棒粒儿，明天一早准没。

　　给候鸟送"口粮"，已成了燕落村民的惯例。全村有一支三十多人的候鸟保护队，大部分都是像李大哥这样的渔民。他们在捕鱼的间隙，到水库边巡视，发现有受伤的候鸟就及时向镇林业站汇报，所送的"口粮"，有撒玉米、谷子的，也有撒豆类的。

　　"嘎——嘎"的雁叫隐隐由蓝天深处传来，循声远望，排列齐整的雁阵由水天相接处渐飞渐近，一会儿排成"一"字，一会儿又排成"人"字，它们准备飞落在水库周边的荒野之上。飞过头顶时，可以清晰地看见它们奋力前伸的箭一般的长颈，双翼展开像一张引箭欲发的弓，舒展而有节律地扇动着……

二

　　迁徙的候鸟，都是有着冒险精神的勇士。每年世界上有近百亿只鸟在秋季离开繁殖地，迁往更为适宜的栖息地，而人类的目光很早就追随着鸟的迁徙之途。我国秦汉时期对候鸟就有记载，《吕氏春秋》言："孟春之月鸿雁北，孟秋之月鸿雁来。"

　　候鸟是指那些有迁徙行为的鸟类，它们每年春秋两季沿着固定的路线往返于繁殖地与避寒地之间。在不同的地域，根据候鸟出现的时间，可以将候鸟分为候鸟、留鸟、旅鸟、漂鸟等。燕子是一种候鸟，起初人们并不是这么认为的。冬季燕子在池塘的冰下越冬，这是古希腊亚里士多德得出的结论。天经地义，人们尊奉了两千四百多年。十八世纪，瑞士巴赛尔城的一位修鞋匠，看到棚下筑巢的燕子，好奇心使他写了一张纸条："燕子，你在何处越冬？"并将它绑在燕子的腿上。第二年春天，当这只燕子翩然而归时，鞋匠意外地发现了一张新的字条："雅典，在安托万家越冬。"鞋匠的好奇使一个被信奉了两千四百多年的谬误终于得以澄清。一般来说，候鸟经过长途跋涉，体能消耗巨大，变得十分脆弱，中途需要饮食补充体能。它们选择森林湿地等便于捕获鱼虾虫草之地，来停歇补充食物。密云地处北京东北部，境内河道纵横，东面有潮河、清水河、安达木河、洪门川河等河流及其支流；西面有白河、蛇鱼川河、白马关河等河流；域内库塘众多，有密云水库、沙厂水库、半城子水库、遥桥峪水库、小水峪水库、转山子水库、司马台水库等星罗棋布，总计有湿地1.6万公顷，占北京市湿地面积的27.9%。其中北京最大的饮用水源地密云水库，已经列入国家重点湿地名录。根据密云区陆生野生动物名录鸟类篇记录的最新数据，区域内野生鸟类已达四百零四种。在这一经纬度上的初春，广袤的水库一片苍茫，田野看似萧瑟，其实是候鸟的丰饶"粮仓"。白天鹅飞过荒原，飞过森林，飞过集镇，落脚水库周边。在田野里寻觅根、茎、种子，在没有封冻的岸边找食螺类、小鱼小虾和其他小型水生动物。丰富的湿地资源为野生鸟类提供了良好的栖息场所。

北庄、太师屯镇位于密云水库东岸，镇域内河流均处于水库上游。其中，清水河发源于雾灵山，经新城子、北庄、太师屯汇入密云水库。过去因上游水域出现断流，导致河水渗漏而常年干涸，经过生态清洁小流域治理，蜿蜒曲折的清水河四季长流，水质清澈，鱼虾丰富，两岸水草丰美。特有的乡土物种山鹬，在树枝间穿飞跳跃，羽色艳丽的环颈雉拖着长尾巴悠闲踱步，悬停的斑鱼狗瞄准目标一个猛子扎入水中。清明前后，几十只野生白天鹅飞临清水河，与碧水蓝天、苍翠青山相映成趣，呈现出一派生态和谐的自然景象。

我有一位摄影朋友，年逾七旬，除了拍摄长城，还跟踪拍摄一对在密云水库过冬的西伯利亚天鹅。稠浓的灰白笼罩天地，冰面如镜，泛着冷清清的光。他躲在冰面上搭建的隐蔽物后面，拍摄天鹅在未封冻的清水河入口处觅食、嬉戏。春天来了，天鹅妈妈产下了四枚蛋，经过孵化，三只小天鹅破壳而出。天鹅一家五口纷纷跳入水中。小家伙模仿着爸爸妈妈的一举一动，在水中嬉戏、觅食。累了，就钻进父母的羽翼中休息，露出圆溜溜的小脑壳儿，似乎玩着捉迷藏的游戏。有时两个天鹅家族相遇，大天鹅都会伸着脖子、扑打着翅膀，热情地打着招呼；日出或日落之时，白天鹅带着小天鹅演练着各种各样的队形。他把天鹅一家的故事，制作成细腻而生动的图片，走进学校的环保教育课堂，潜移默化地培养孩子们的生态文明意识。

去清水河观看天鹅，是件愉悦的事情。白天鹅的鸣叫，嘹亮地划开黎明时分的薄雾。橘红的太阳颤抖着从东山一跃而起，刹那间将东边的天空渲染得流光溢彩。清澈的河水，泛着粼粼波光，水中的天鹅有的并排游弋，有的交颈亲昵，有的嬉戏觅食，有的姗姗漫步。突然间一只天鹅伸直了脖子，张开翅膀，用尽全身力气拍打着翅膀，鹅掌快速蹬踏水面，借助凌波微步，翩然起飞。河面被拉出一条粼光闪闪的水线，紧接着一只、两只、三只天鹅相继而起，在清水河上、碧空之下翻飞。

天鹅回旋曼舞之后，像滑翔机一样，又徐徐地降落在碧波之上。柔柔的波光似乎荡涤了尘世的所有喧哗，天地在顷刻间变得静谧而安详。"幽深宁静的碧湖光滑如镜／天鹅划着巨蹼在水中滑行／无声无息／它两胁的羽绒／犹如春雪在阳光下消融／可它的巨翅／在微风中抖颤／坚定／洁白／如一艘慢船。"这是法国诗人苏利·普吕多姆的《天鹅》中的诗句，它承载着春天的梦想，慢慢驶向远方……

三

龙云山自然风景区，地处水库西岸的白河上游。白河盘曲东流，至四合堂村，两山对峙，似巨龙开山。四合堂大桥横跨其上，从东侧桥头步入峡谷，河水哗哗流淌，两岸垂柳依依，芦草茂密。耸立的峭壁被岁月冲刷出道道沟壑，坦露出峡谷的本色，黑白灰的基调，皴然成一幅幅写意山水画。

每年3至11月，都有上百只苍鹭在陡峭岩壁上筑巢、繁衍后代。峡谷里偶尔还会看到一级保护鸟类——黑鹳在河里觅食。除了这两种大型水禽，还有金雕、秃鹫等猛禽出没。抬头仰望，蓝天就像一条铺满棉絮的蜿蜒的小路,随着飘移的白云、耀动的阳光,在幽深的峡谷之中闪烁着神秘的光影,刀砍斧削般的崖壁,映衬着苍鹭的身影。

苍鹭,又称灰鹭,为鹭科鹭属的一种涉禽。置身峡谷,为我们近距离观察苍鹭提供了绝好的机会。一只翠鸟,站在一根芦苇上,身体随风微微晃动着。透过芦苇丛,仔细观察苍鹭,其头、颈、脚和嘴甚长,与鹤很像,但比鹤细瘦一些。其身上的羽毛以黑、白、灰为主,头顶长着两个冠羽,好像是梳了两条小辫;胸前羽毛窄而长,羽毛的尖端都是白色的,与其他灰色的羽毛混在一起,像是垂到胸前的花白胡子,很有些苍老的样貌。苍鹭的眼睛,狭长似一叶含羞草,滚圆的瞳仁像一粒黑珍珠;眼球覆盖一层薄膜,在光线的作用下,转动时左顾右盼,显得变幻莫测。苍鹭涉水而行,细长的、有鳞的两只脚高高地交替提起,九十度弯曲,稍稍停顿,带蹼的四趾爪蜷缩如拳,然后脚干倾斜朝下,趾爪平面张开,无声踏下,像极了电影里的慢镜头。

苍鹭喜欢在水田、湖边、浅滩、沼泽等地觅食,主要以小鱼、泥鳅、虾蟹、蝲蛄、蜻蜓幼虫、蜥蜴、蛙类和昆虫等小动物为食。苍鹭在捕捉小鱼时,显得很狡黠。它把翅膀展开,像撑开的遮阳伞,小鱼以为是庇荫所在,纷纷聚拢在一起,不经意间就成了它的腹中之物。大多时候,苍鹭采用"守株待兔"之法,似披着蓑衣的渔翁,入定一般,脖颈伸直与水面保持一定角度,只有头和眼睛偶尔微动。一旦有小鱼、蛙类等游过,苍鹭便迅速出击,用它那又尖又长的嘴啄取猎物,几乎从来不会失误。有"长脖老等"之称的苍鹭,等待猎物耐心十足,有时一等就是数小时，其强大的耐心和意志力，真是令人钦佩。

登上龙云山之巅，感觉有些晕眩。

俯瞰峡谷，白河恍如一线，群山巍峨，峻岭逶迤。薄云蔽日，天光斑驳，忽地几束阳光箭矢般刺破云层，给葱郁的山峰镀上一层金辉，那亮色随光束移动不断变幻，时而璀璨，时而浅淡，谜一般奇异瑰丽。苍鹭的巢，参差错落在对面悬岩处的岩石上或矮小的柏树杈之间。其巢的形状为浅碟形，结构较为简单，主要以枯树枝和草叶构成。苍鹭一般只产五枚蛋，颜色为淡蓝色。繁殖期为每年的5至7月，孵化期为二十四至二十六天。在苍鹭繁殖过程中，孵卵工作由雌雄亲鸟共同承担，亲鸟也会在附近保护小雏鸟，带领小雏鸟在巢域附近活动和觅食。

龙云山自然保护区的工作人员，给我们播放了监测视频。在那悬崖绝壁之上，白天有喜鹊、乌鸦等啄食鸟蛋，苍鹭夫妇回巢后，目睹着这一幕心碎的场景，绕枝悲鸣不已；夜晚一只果子狸两眼泛着荧荧的绿光，苍鹭用翅膀拼命地驱赶，依然无法阻止果子狸贪婪的吞食。在另外一个监测画面上，一窝苍鹭幼鸟在父母的精心呵护下，羽翼渐丰。随着它们食量的不断增加，父母外出觅食的任务也日渐繁重。守护与养育不可兼得，终于有一天，危险降临到幼鸟身上。一只金雕突然飞落在它们的巢穴旁，在此劲敌面前，幼鸟们幸存的概率几乎为零。当金雕发起攻击时，苍鹭幼鸟并没有坐以待毙。一只幼鸟为保护自己的兄弟姐妹，率先奋起反抗。这只"出头鸟"遭到金雕攻击，可小苍鹭毫不退缩，毅然举喙迎战，遇到意外反击的金雕不愿恋战，用利爪将小苍鹭的弟弟妹妹迅速掳走，那只勇敢的小苍鹭自救成功。工作人员说，整个春季，苍鹭繁衍了总共有五六十只，真正能够离巢飞翔的这些小苍鹭，也就总共不到十只。苍鹭之殇，让我心生感叹，苍鹭为了育雏，即使把家安在悬崖绝壁，也依然逃脱不了弱肉强食、适者生存的法则。

候鸟为什么要进行周而复始的迁徙呢？也许出于遗传和生理的本能，也许出于生命繁衍的需要，抑或出于适者生存的天择。候鸟在永不停歇的飞翔中，形成生物习性。习性的力量是伟大的，习性的延续可以改写基因。

谁说飞鸟不能留下飞翔的痕迹呢，它们从纬度较低的热带、亚热带，飞过中高纬度的温带，直至高纬度的寒带。当候鸟用羽翼去实现梦想，翱翔在我们永远无法凭借自身企及的天空，人类又该赋予它们怎样的赞叹呢？但对于鸟类来说，飞翔不是乐趣，而是为了生存而拼搏。正如雅克·贝汉说："它们要穿越云层、迎着暴风雨，许多困难不是我们能够想象的。迁徙是使命，是责任，是一种承诺，需要一生的不倦经营，就算前方有喜马拉雅山上的暴雪和雪崩，有鬣狗的利齿和猎人的枪管，有工业区的机器怪物和污染后的烂泥，有抓捕者的牢笼，而飞翔不能停止。鸟儿生命的全部意义，就在于飞翔，即便是短暂的歇歇脚，也是为了更好地前行。"

候鸟的翅膀，一边接着天空，一边接着大地，与天空有约，与大地结盟，它们用一生守护承诺，去履行一年又一年生生不息的约定。

第三辑

安澜　安澜　安危澜

一

天苍苍，野茫茫，山之上，国有殇。

在"京师锁钥"的古北口帽儿山，矗立着一座闻名中外的抗日七勇士的墓碑，那无名的七勇士来自国民革命军145团的士兵，其团长是戴安澜。七勇士长眠在长城脚下，他们的团长却在古北口抗战中浴火重生，最终磨砺成一代彪炳青史的抗日名将。

戴安澜原名戴衍功，出身于安徽省无为县仁泉镇风和村。无为自古就是文化底蕴深厚之地，正如其地名那样，暗合了道家、儒家思想的内涵。其祖父戴昌淦，前清贡生，以文名乡里，耕读传家；父亲戴礼明，性格豪爽，以农为业。风和村坐落在一座山岗向阳的斜坡上，村南一棵枝繁叶茂的古枫树，亭亭如华盖地站立在小道旁，衍功和小伙伴们经常在树下玩耍。衍功七岁进私塾，从《三字经》启蒙，进而熟读四书五经。北雁南飞，枫树染黄，桐城学派名士周绍峰来村开设塾馆，他入馆就读。他学习勤奋加之天资聪慧，周绍峰对他异常喜爱。一天父亲来到塾馆，先生赞许道："此子禀赋优异，后必有成。"激动之余，给衍功起了个学名——戴炳阳，意为徐徐升起的太阳，前途光明无量。传统文化就像人生的精神之"钙"，补足了戴炳阳成长所需的钙质；钙足了，脊梁自然直了，因此他的人生就有了根基、有了风骨、有了血性。

男儿立志出乡关，十八岁戴炳阳远赴南京，考取安徽公学高中部，跟随安徽老乡平民教育家陶行知先生学习。在虎踞龙盘的六朝古都，他学习新文化，接受新思想，尤其是陶先生爱护平民的思想在他的心中扎下了根。1924年孙中山先生创建黄埔军校，戴炳阳在一位长辈的推荐下，决定报考黄埔军校，但那时的他还是一介书生，身体单薄瘦弱，未能通过黄埔军校的体能测试。推荐戴炳阳报考军校的长辈本想找校方通融一下，他谢绝了长辈的好意，执意去国民革命军锤炼自己，两年后，经过了严格军事训练的他，由原来的文弱书生蜕变成一个铮铮硬汉，再次报考黄埔军校，顺利考入黄埔军校第三期步兵科。

戴炳阳入学后，当时军阀混战，时局风雨飘摇，他把自己的名字改为安澜，表示自己要有挽狂澜于既倒、扶大厦将倾的志向；以海鸥为号，表明自己既要有海鸥搏击风浪的勇气，又要有俯瞰大海、胸怀天下的情怀。

与张灵甫的冷血、孙立人的变通、胡琏的狡悍、张自忠的刚毅不同，戴安澜不仅忠勇，还是一代儒将，他多才多艺，熟读文史，琴棋书画均有涉猎。即使在戎马倥偬之中，也是手不释卷，挑灯夜读。比如有一年，他计划着一年要看二百册书，到年末总计读了一百三十册，少读了七十册。他还将其作为一项"失败"，记于《民国二十六年之回顾》一文，并在来年的计划里列出了如下任务：完成数学和理化，熟悉英文的应用；下半年学习日文；尤要研究兵器、地形，增进画图技能等等。他对自己读书的要求是，不但书要读得多，而且读得精、读得深。他曾经对大儿子覆东说："一事不知，不更二事；一书未解，不读二书。"安徽自古都出文人，要不是有战乱或外敌入侵，戴安澜很有可能像历史上的不少安徽人一样，成为一个有所建树的专家学者，可是国家危难，却把他引向了血与火的道路。

二

1931年"九一八"事变后，东北军奉行不抵抗政策，仅仅三个月东北三省沦亡，伪满洲国建立。为了进一步蚕食华北，1933年1月1日，日军炮击山海关，守将何柱国下令坚决抵抗，著名的榆关之战爆发，何柱国率部打响了长城抗战的第一枪。1933年2月21日，日本关东军、伪满洲国军十余万人，以锦州为基地兵分三路进犯热河。绰号汤二虎的热河省政府主席汤玉麟吓破了胆，于3月4日凌晨由承德弃城逃跑，汤玉麟统帅的数万大军溃败如山倒，上午十时，日军一百二十八个先头骑兵几乎兵不血刃地占领了热河首府承德，旋即剑指古北口、冷口、喜峰口等要隘，长城燃起了战火硝烟。

1933年3月5日，时任国民革命军第17军25师145团团长的戴安澜，奉命随部从安徽的蚌埠星夜赶往古北口，增援东北军张廷枢部。古北口位于万里长城的东端，北依燕山，山岳襟连，关险错列；南接华北平原，扼锁着华北通往东北和蒙古高原的咽喉，是北京、天津天然的军事屏障。西边的卧虎山与东边蟠龙山对峙，中间夹着蜿蜒而来的潮河，中日两军在此展开了鏖战。

10日，日军向古北口发起攻击，在古北口南天门右侧高地，戴安澜率部与日军主力展开血战。这是戴安澜将军抗战生涯中第一次与日军交锋。日军装备精良，训练有素，中国士兵却多为农民出身，缺少训练，不懂战术。有的士兵枪还没摸热，便走上战场。12日拂晓，日军向145团正面攻击，数十架战机轮番轰炸，重炮火龙般倾泻向中国守军，战至午后三时，中国军队全线被动，士兵死伤惨重。

为弄清日军机枪与步枪如何协调作战，他亲自带上两个营长和卫士摸到前沿去观察敌情，被日寇发现，一挺轻机枪和数支步枪封锁了他们退路，打得戴安澜一行人抬不起头来。原本他们只要往下撤六十多米，平常只需要一分钟就能跑到的一小段山路，戴安澜等人用了两个多小时。他们几乎找不到日军射击的火力间隙，机枪子弹打完，步枪马上跟上，步枪一停，机枪换好了子弹，又打响了。日军配合默契，枪法既准且快，戴安澜趴在石头后面琢磨日军的枪声，终于悟出了日军步机枪配合的奥秘。

3月12日下午二时许，25师指挥部被敌机炸毁，前线失去指挥和支援，致全线后撤。待国军部队南撤后，硝烟散尽时，蜂拥而至的日军发现帽儿山山顶仍有人抵抗，即调重兵围攻，进攻数次均被打退。遂先以五架飞机助战，后又调十门大炮狂轰，均未果。日军无奈，只好空、炮、步兵联合进攻。同时，日军还曾经找了俘虏向他们喊话，予以诱降，但在抱着必死信念的士兵面前毫无作用。子弹、手榴弹打光后，战士们就用石块、刺刀、枪管与敌拼杀，直至壮烈殉国。

日军原以为山上至少有上百人阻击，但攻到山顶一看，惊诧至极，仅仅有七名中国士兵。此役，日军付出战死一百六十余人、负伤二百余人的惨重代价，计一个日军整编营的兵力。日中双方死伤比例竟达到了50∶1以上，创日军侵华战史上罕见战例。日军最终占领了帽儿山和它脚下的土地，但却被七名中国士兵的精神和战斗力所征服。战斗结束后，日军把七具中国士兵的遗体背到山脚下，给这七个人下了葬，立了块一米八高的木牌"支那七勇士之墓"，然后全体日军官兵列队向墓地鞠躬。

军队撤退时，来不及打扫战场，留下了许多阵亡官兵的尸体。古北口有位道士叫王乐如，他联系当地官商、百姓，上山收敛。一时间古北口男女老少不分尊卑，家家出动，收敛阵亡的中国军人遗体。王道士通过有关渠道得到国民政府军事委员会北平分会的捐款，把中央军25师阵亡官兵遗体五百具交由军分会运往安徽（该师驻防地）蚌埠陵园。古北口汤河村一王姓老人，在南天门战场捡到一个头骨，不顾天气寒冷，脱下上衣包了起来，送到墓地。东关菜园子李老太在山上捡到一具尸骨，背下山时发现少根腿骨，又爬上山去找。最终又找到无名遗体三百六十多具，就地挖了大坑掩埋。一层尸骨一层苇席，层层叠叠，堆起一个巨大坟丘，当地人从此叫它"肉丘坟"。

古北口战役历时七十余天（3月10日至5月14日），大小战斗数十次，中国军队以血肉之躯阻挡日军的飞机大炮，伤亡近万人，日军伤亡近四千人。古北口战役被称为"激战中的激战"。此役让漫漫雄关的草木为之含悲，风云因而变色，真可谓惊天地，泣鬼神。

兵败长城，戴安澜也身负重伤。撤离的时候天气薄阴，铁马关河，残血斑斑，他心绪纵横，心灵之痛超过了身上的伤痛，他苦苦思索着："将来我们怎样才能有效地抵抗日寇的飞机大炮呢？"由于戴安澜作战英勇、指挥出色，荣获三等云麾勋章一枚，古北口的浴血苦战使其一战成名。

戴安澜对古北口之血战一直耿耿于怀，那次激战虽予日军重创，但他亲睹中国士兵由于不懂战术而伤亡惨重。四年之后写下自己军旅生涯的第一本书《痛苦的回忆》。他在序言中说："长城之战，迄今思念，而印象新鲜，犹如昨日，此盖因死难袍泽惨烈情形，感人至深，而动人至，每一回忆，痛苦万分。"对中日两国关系，他写道："中日是站在两个极端，永远不能调和。"《痛苦的回忆》分三大部分：射击法则，阵地编成，对特种兵器之战斗。他强调要做一个真正的现代军人，一定要懂得军事知识和现代战法，既要不怕牺牲，又要减少牺牲，直至千方百计地减少牺牲。他通俗易懂地总结战术，说战士打枪有三个不打，第一是看不见敌人不要打，第二是瞄不准不要打，第三是打不死不要打。

戴安澜爱兵，带军也严，他下属的年轻军官们如果想要晋升，须经过这样的考试：被测试的军官，用黑布把眼睛完全蒙起来，站在桌子前面，在规定的时间内，把机枪拆成最小的零件——如果对枪械不够熟悉，或哪怕是一点点紧张，就很容易出错，或者超过时间；最后把机枪拆成一堆零件了，还要丝毫不差地复原回去。他在注重实战动作的同时,也没有忽视对官兵的思想道德的陶冶,他要求官兵坚定民族自信心,树立远大的抱负,养成求学知识的习惯。他赠属下各军官的手书是:"人我之际要看得平,平则不忮;功名之际要看得淡,淡则不求;生死之际要看得破,破则不惧。人能不忮不求不惧,则无往而非乐境而生气盎然矣。"最终熔铸成"忠、勇、勤、廉"的品格。

抗日战争全面爆发的前夕,那是一个黑云压城城欲摧的晚上,戴安澜又想起了古北口血战,想起那么多的阵亡将士。黑夜弥天,凭栏北眺,涕泪滂沱,他朝着沦陷的北方,默默诵念着王维的《少年行》:

出身仕汉羽林郎,初随骠骑战渔阳。

孰知不向边庭苦,纵死犹闻侠骨香。

三

1937年7月7日,卢沟桥事变,抗战全面爆发,平津失陷。戴安澜此时已晋升为第73旅旅长,经保定、台儿庄、中条山、武汉会战等浴血苦战,戴安澜战功卓著,1939年1月,升任中国第一支机械化部队——第5军200师师长。年底奉命参加桂南昆仑关战役,苦战一月,击毙日军指挥官中村正雄少将,取得昆仑关大捷,被蒋介石誉为"黄埔精神战胜了武士道精神"。

战争闲暇,他写了一篇游仙体小说《自讼》,手法类似魔幻现实主义，他借孙子、霍去病、谢玄、李靖、薛仁贵、岳飞、戚继光等古人之口，极其愤怒地抨击了当时"前方吃紧，后方紧吃"的丑恶现象，揭露了执政的国民党腐败成风，大半河山在日寇的铁蹄下惨遭蹂躏，他们却花天酒地，贪生怕死，把抗战救国抛掷脑后。

文中霍去病说："匈奴未灭，何以安家？"

戚继光说："戚某当年所扫荡的倭寇，也就是现代的日本人，为什么我们能叫他们一见落胆，如今却不能制止他们的猖狂？"

他是想用霍去病和戚继光的话以销释自己心中的块垒。

太平洋战争爆发后，应美、英两国的请求，中国组建了中国远征军开赴缅甸。戴安澜奉命率200师作为中国远征军的先头部队赴缅参战，战前戴安澜曾和蒋介石抵足而眠，他认为：出国远战，必须计出万全，不可草率而行。蒋介石未予重视，给几个月后中国远征军折戟缅北埋下无法弥补的隐患。

1942年早春，滇西怒江大峡谷，松山和高黎贡山余脉夹峙的惠通桥两岸，尘土飞扬。第200师万余名官兵蜿蜒如龙，浩浩荡荡跨过怒江……

进入缅北后只见山上的野花，开得漫山遍野，开得自由烂漫。

戴安澜问当地百姓："山上开的是什么花呀？"

百姓说："这种花叫香芸草，百年难得开花。"

百姓还告诉他，相传诸葛武侯率兵南征时，纪律严明，不扰百姓，深得民心。返回时，当地百姓热情挽留。诸葛亮安慰说："我还重来。"百姓便问："丞相何时再来？"诸葛亮指着香芸草说:"待此草开花,余定重来。"

戴安澜听了甚为感慨,当晚在日记上写道:

余今日行军作七绝两首,其一云:万里旌旗耀眼开,王师出境岛夷摧。扬鞭遥指花如许,诸葛前身今又来。其二云:策马奔车走八荒,远征功业迈秦皇。澄清宇宙安黎庶,先挽长弓射夕阳。

3月8日,作为远征军先遣部队的第200师昼夜兼程赶到同古,同古亦名东瓜,它位于缅北,是扼守公路、铁路和水路的战略要地。从3月20日起,第200师与日军三个师团在同古城激战,这支日军正是最早攻进南京,制造"南京大屠杀"的日军之一。在同古保卫战的关键时刻,做好与日军死战的准备,他立下遗嘱:"命令各团营进入阵地,准备战斗。本师长立遗嘱在先:如果师长战死,以副师长代之;副师长战死,参谋长代之;团长战死,营长代之……以此类推,各级皆然。"面对五倍于己的日军,200师坚守十二天,歼敌五千余人,挫败了日军的疯狂进攻,创造了前所未有的战绩,国际舆论为之震动。

将军在给夫人王荷馨的遗嘱中说:"为国战死,事极光荣。"说到其夫人,我们可以窥见将军铁骨柔肠的另一面了。当年从黄埔军校毕业后,戴将军投身轰轰烈烈的北伐中,成长为才俊风华的副连长了,或许身边不乏美女,也备受新思想女性的青睐爱慕。然而戴将军却依然信守婚约,把寒微到连名字都没有的未婚妻接来完婚,并且善待她。就这样缠着小脚目不识丁的王家姑娘成为了戴将军的夫人，从此改变了自己没有文化的命运。戴将军给夫人取名为荷心，何谓荷心？乃荷花之芯，花是香美的，但莲子芯是苦的。王家姑娘自幼吃了不少苦，一个没有文化的村姑嫁给一个连年征战的军人，必须要有含辛茹苦之心及坚韧的精神。在那段艰苦征战的岁月中，也只有屈指可数的相聚，也只有在相聚的时候，戴将军那执惯了钢枪的手才暂时放松，改用温情执起了妻子的手，在笔墨纸砚之间尽洒温情与爱意。在戴将军的支持关爱下，不到一年，荷心夫人不仅能书写家信，还能看书看报。戴将军非常高兴，第二年就把荷心改为荷馨，意思是荷花已发出了馨香。

1928年5月大儿子覆东满月，荷馨去照相馆照了一张照片，寄给了她日夜思念的丈夫。戴安澜接到妻子寄来的信和照片，十分惊喜，更令他感动的是照片后的留言：产后特摄此照，以此纪念，兼赠亲爱的澜哥哥存之。落款：荷馨。他们一共养育三儿一女，分别是大儿子覆东，意思是覆灭东洋人；大女儿藩篱，意思是筑起一道藩篱，让东洋人进不来；二儿子叫靖东，意思是平靖东洋鬼子；最小的儿子叫澄东，意思是澄清东洋鬼子。每一个孩子的名字，都和杀敌报国有关，戴安澜对日本侵略者的仇恨，以及他的拳拳报国心可见一斑。

在妻儿扯心连肝的牵挂中，戴安澜将军率部突围同古，之后又奉命攻下棠吉。5月初，中英盟军全面溃败。第5军军长杜聿明给戴师长下了命令，让200师翻越野人山撤退回国。远征军大部队退至缅北的野人山。野人山亦名胡康河谷，意思是魔鬼居住的地方。在野人山，日军第56师团层层阻击，在进行地面攻击的同时，大批日机还屡屡向路面俯冲而来，对着人群密集扫射。迎着日军的密集火网，数千名远征军士兵义无反顾地端着刺刀冲了上去。敌人以逸待劳，据险伏击，200师伤亡惨重。激战中，日军的子弹击中了戴安澜，一颗击中了戴安澜的胸膛，一颗射进了他的腹部。师长受了重伤，剩余官兵便轮流用担架抬着他，一边与日军周旋，一边艰难奔波在缅北的高山峡谷和原始密林之中。

26日傍晚，200师与敌周旋至缅北一个名叫茅邦的克钦山寨时，因伤口溃烂感染，一代抗日名将戴安澜遗恨而逝，年仅三十八岁。当时缅境无木棺，将军马革裹尸回国。真是血雨腥风，壮志未酬身先死，倩何人、揾英雄泪！

在向野人山撤退的时候，戴安澜将军有这样的选择，他可以像新38师师长孙立人一样远走印度，假以时日，重整旗鼓，以期反攻缅甸。但是他没有，他服从杜将军的安排。这不仅由于他和杜聿明的私人感情深厚，更来源于他对军人这一神圣职责的尊重，军人的天职是服从命令，军人的宿命也是在战场上牺牲，他选择了为国捐躯这一壮烈的归宿。这位悲情将军，他深受儒家思想的熏陶，讲究忠诚信念、仁义道德，也造就他的弱点，比如变通不足，常囿于愚忠。当困境出现时，他会无畏无惧地选择精忠。或者精忠于国家，或者精忠于领导，从不考虑自身的安危和退路，这也是让世人最为钦佩的地方。我们可以这样说，戴将军的人格是伟大的，他的灵魂是高贵的。

四

1943年4月1日，国民党政府在广西全州香山寺隆重举行有一万多人参加的国葬。此前美国国会授权罗斯福总统追授戴安澜一枚懋绩勋章，戴安澜将军成为第二次世界大战反法西斯斗争中第一位获得美国勋章的中国军人。国共两党领袖均亲撰挽词，毛泽东的挽诗《海鸥将军千古》是："外侮需人御，将军赋采薇。师称机械化，勇夺虎罴威。浴血东瓜守，驱倭棠吉归。沙场竟殉命，壮志也无违。"周恩来题写了挽词："黄埔之英，民族之雄。"

当蒋介石接到戴安澜殉国的电报后，万分痛心，泪流满面，他拿着电文纸的手颤抖着，嘴里喃喃地说着："安澜，安澜，他——"蒋介石为他的黄埔爱将，撰写了如下挽联："虎头食肉负雄姿，看万里长征，与敌周旋欣不忝；马革裹尸酬壮志，惜大勋未集，虚予期望痛何如？"

戴安澜殉国后，王荷馨真的是痛不欲生，承受住了常人无法忍受的煎熬。依照丈夫的遗嘱，她一手拉扯着四个孩子，当时小儿子只有几个月大。她一手操持着全家二三十口人大家族的家务，举步维艰，艰辛度日。当国民政府给她和孩子二十万元法币抚恤金时，她想到丈夫生前淡泊金钱、热心教育，就与杜聿明、徐庭瑶将军商议，毅然将抚恤金全部捐出，在戴安澜灵柩暂放地广西全州，创办了私立安澜高级工业职业学校，为国家培养急需的机械、土木和汽车方面的人才。她还把戴将军家中珍藏、阅读过的两千余册书籍，全部捐给学校，建起图书馆，让更多的青年学子像戴将军一样读书上进。

烽火连天，国家战乱，家庭四散。王荷馨带着四个孩子居无定所，四处漂泊，从全州到昆明、贵阳，最后举家迁到南京。在南京的暂住地旁是一家大旅社，正赶上国大代表选举期间，那些争当代表的人，天天在旅馆内行贿请客、饮酒贪欢。王荷馨心如刀绞，感到丈夫的死，换来这些贪官污吏鱼肉百姓，真是夫复何言？

1949年，国民党政府在撤离大陆前，派人来找她，要她带四个孩子一同去台湾，她对腐败的政府已是失望至极。她对来人说："我丈夫葬在哪里，我就带着孩子一辈子在哪里，绝不离开他。"对孩子的教育她说不出什么大道理，常说的只有三句话：要做一个好人；国家兴亡，匹夫有责；人穷志不穷。这位平凡而伟大的母亲，终于盼到了抗战的胜利，终于把四个儿女培养成人，并学有所长，都成长为祖国的栋梁之材。

戴安澜将军九泉有知，也当欣慰了。

有人说时光可以洗掉一切伤痛，抗日战争过去七十年了，但那场战争仍是民族之痛，那种椎心泣血的痛，痛过了一个花甲轮回，痛得两代人满头白发。再回首，在民族存亡的狂澜中，从那"一寸河山一寸血，十万青年十万军"的战争中，抗日英雄戴安澜将军走进了我们的视野，走进了我们的心里，心底传来这样的声音：安澜　安澜　安危澜……

老家的青瓦房

每次遥望远处的青山，就会想起老家的那一片片青瓦。

十几岁的时候，总爱落寞地坐在山坡上，看天边的白云涌起，白云苍狗地变幻着。假想着手里要是有一根长长的钓竿，一定会跑到山顶去垂钓隐藏在云彩里面的奥秘。背后山峰的一抹晚霞，似乎燃烧着山村少年懵懂的梦想，渴望像一朵云彩，孤单单地飘向天外。炊烟从绿树掩映的鱼鳞状的屋舍升起，把小山村氤氲得温暖而寂寞。痴痴呆呆中听到母亲呼喊我的乳名：柏山，回家吧！该吃晚饭了。

山村青灰色的瓦，鳞次栉比地待在房顶，庇护着整个村子的男女老少。每逢春天村子里的人都要修补一下老屋的瓦。破损的瓦不怕急风暴雨，就怕连绵的细雨，雨水容易从破损的瓦缝渗下。记得一次漏雨把我从睡梦中惊醒，母亲用洗脸盆放在炕上接雨，不一会儿就滴答大半盆。天一放晴，父亲头戴草帽，手脚麻利地架上梯子爬上屋顶，母亲在屋内用木棍敲着漏雨的地方，指示着父亲换瓦的方位。

每隔几年，老屋都要捎次瓦。父亲蹲在房上，揭下一垄一垄的旧瓦，铲掉瓦下的旧房土，用泥铲把和好的麦花秸泥抹好，从屋脊开始，青瓦一块一块地凹凸相扣，俯仰相合，一片片相挨、一行行相接，层叠紧凑，交错成行，一两天工夫就把三间房的瓦捎好了。我在屋下看着父亲忙碌的身影，感觉父亲真有点像缄默的青瓦，外表冷漠内心却是温情的，默默地为一家人遮风挡雨、避暑御寒。

夏天的雨时疏时骤，我最喜欢牛毛细雨的连阴天，蜷缩在炕上，瓦上的雨，顺着瓦垄流下，一股细微的水柱，从屋檐下连绵地流下，溅落在青石板上，漾成小小的溪流。滴滴答答的雨声，伴我进入了梦乡，梦中自己仿佛变成了一片青瓦，躺在房檐上，看着雨滴轻轻地打在我的身上。

一到秋天，屋上的青瓦就属于母亲了。母亲把翠绿的萝卜秧编成一根根长辫，挂在屋后的屋檐下阴干；把蒸熟的白薯切开放在屋前的青瓦上晾晒，晒得的白薯干呈琥珀色，上锅一蒸韧性十足，放在嘴里细细咀嚼，有阳光的味道，有瓦片的味道，更有母亲的味道。

冬日，雪粒轻敲瓦片，不大一会儿整个房瓦就被雪覆盖了。几只麻雀在挂着红辣椒的窗台上蹦蹦跳跳，白晃晃的太阳一照，加上山风一吹，屋顶上一沟沟浅浅的白雪映衬着一道道青黑色的瓦脊，山村犹如一幅雪景木刻版画。

少无适俗韵，性本爱丘山。误落尘网中，一去三十年。一眨眼我在城市生活了那么久，城市的水泥森林越来越让人透不过气来，城市的喧嚣让人心浮气躁，向往小时候的亲近自然的农村生活,只要有闲暇就要回老家接接地气。家里的老屋几年前就重新翻盖了,老弟想把青瓦换成红洋瓦,父亲老大地不情愿,好歹算保留下来了。每次回老家都要睡睡土炕,父亲已经过世了,母亲睡在炕头,我睡在母亲身旁,感觉是那样地踏实平和,仿佛回到了小时候。

近些年山村发生了很大的变化,新盖的房屋大多换成了红洋瓦,石头墙换成了红砖,有的粉刷上了白灰,前脸贴上了瓷砖;有的屋内空调、冰箱、电视一应俱全,燃气灶让烟囱显得有些尴尬,孤寞地回忆着如烟的往事;山村小路也被水泥硬化了,整修过的河套发着呆。小村整洁得有些冷清,看不到小时候鸡飞狗跳的场景。少了鸡鸣狗叫的村庄,就像没盐的菜一样寡淡。

晚辈们大多外出打工去了,许多土地都种上了树。不愿外出的青年人凑在一起打牌消磨时光,乡村似乎失去了往昔的精气神。让人心酸的是很多孩子不愿上学读书了,早早地随父母到城里打工去了。漫步在既熟悉又陌生的村子,想起十年砍柴曾说过一句话:如今的故乡,已经不是我们可以栖居的诗意家园,每一个人的故乡都在沦陷。

乡村在行走,行走的乡村在蜕变。可在我的内心依然残留着青瓦上的乡愁,依然怀念儿时那一串串欢声笑语,怀念那此起彼伏的蛙声和青瓦屋檐下一窝温热圆润的麻雀蛋……

挂在树梢上的暖

天然璞玉，需要时光雕琢，九曲人生，则要善心滋养。

小时候家里穷，上学要走五六里的山路，夏天中午不能回家，就着凉水啃一两块玉米贴饼子，有时趴在课桌上眯瞪一觉，有时趁老师不注意偷偷溜到水边逮鱼摸虾。最难熬的是冬天，没有棉鞋，赶上下雪，走到学校鞋里已经灌满了雪，四十多人的教室只有一个三开煤炉子，脚指头冻青了，脚后跟裂开几道口子，走路一瘸一拐的。母亲把土鳖虫用阴阳瓦焙成粉面，再找些茄秧，兑上锅里的开水，让我烫脚。母亲说：开春咱娘俩去刨药材，说啥也得给你买双棉鞋。我说：妈，物理老师说摩擦可以生热，您给我找几根棒胡子，上课踩在脚下，一边听课，一边来回轱辘着，脚就冻不坏了。第二天母亲从柴棚子里找了几根棒胡子，这土办法果真管用，脚再也没有被冻着。

清明过了，天渐渐暖了，没有单衣可换，我和弟弟身上还捂着棉袄。一天放学回来，母亲让我脱下棉衣，我裹着棉被依偎在炕头。母亲动手拆洗棉衣棉裤，我问：妈，明天我穿啥？母亲说：穿棉衣改成的夹衣呀！我问母亲：一宿工夫洗的衣服怎么干得了呢？母亲说她自有办法。母亲拆洗完棉衣，从院子里抱来一捆豆秸，把洗过的衣服平摊在锅里，蹲在堂屋灶膛前开始烧火，铁锅慢慢地变得温热了，母亲不时地翻着冒着热气的衣服，几袋烟的工夫洗的衣服就被烘干了。夜色浸黑了山村，灯光如豆，母亲就着微弱的灯光缝补着夹袄，我迷迷糊糊地睡着了，炕一直到早晨还是温热的，早晨睁开睡眼看见身旁叠放着整整齐齐的夹裤夹袄。

大山赐予了母亲生存的智慧，也砥砺了母亲的坚韧善良。

母亲总是嘱咐我：走路时遇到上坡拉东西的车，顺道帮着推一把；别偷吃上学路上的瓜果梨桃，宁可身子受凉，也不让脸上受热；要饭的到家门口时，别舍不得施舍，给东西时递到乞丐手里，别没好脸色扔给他……就是这最简单的善的因子，潜移默化地融入我成长的血液里了。

五月槐花开了，浅黄色的蝶形槐花，一嘟噜一嘟噜地悬挂树梢；耐旱、耐寒、耐瘠薄的荆条，淡紫色的花开得满坡满岭。那些养蜂人每年都到山村来放蜂采蜜。有天，父亲领回一个黑黑瘦瘦的养蜂人，走路直打晃，父亲说他让雨淋着了，有些发烧。父亲让他躺在西屋炕上，母亲从老婶家借来半瓢面，从米缸里掏出两个鸡蛋，抻了一碗面片汤，对养蜂人说："大兄弟，趁热吃了，发点汗，没大碍的。"养蜂人道谢的话有些哽咽，他眼前的异地他乡，因为那碗面片汤，升起了温暖的人间烟火。

秋天来了，山村忙碌起来。我早晚帮父母割豆子、掰棒子、打栗子。后山坡晚熟的红肖梨挂满了枝头，低矮树枝的梨摘得差不多了，树梢上又大又红的够不着。我对母亲说干脆用竿子打下来吧。母亲说打下来也糟蹋了，给鸟留着吃吧。此时夕阳碰在西山的碇尖上，仿佛溅起一片光的海洋，我觉得夕阳中的母亲，浑身散发着温润的光辉。

光阴脚步似乎走快了，草木演绎着季节轮回的故事。有时坐在老家的炕上，看云在窗外踱步，燕子在檐下翻飞，母亲蹒跚着一双小脚在山前屋后忙碌着。对面山坡上的杏树和梨树，记不清花开花谢多少回，恍惚中老了青砖，湿了黛瓦。记忆就像封存在岁月里的窖酿，母亲一声轻轻的话语，漫山遍野全都是过去的回忆。

岁月蹉跎，母亲快九十岁了，我也五十多了。

红肖梨树和母亲一样垂垂老矣，母亲的头发白了，背也驼了，梨树容颜消瘦枝头干枯了，可记忆中挂满红肖梨的树梢，依旧在我心中摇曳着，它虽不及珍珠璀璨，但却饱含暖意，我深知那才是发自心底的至真至纯的大爱呀！

月如邮戳

如果说太阳属于父亲，那么月亮就是属于母亲的。

我生长的山村，虽说天是窄窄的，可月亮从未嫌弃过。如期而至的月亮，透过窗棂照在温热的炕上。母亲轻轻地哼唱着童谣：月亮牙儿，本性张。骑着大马去烧香，小马拴在梧桐树，大马拴在庙门上……

在母亲的童谣里，月亮瘦了，月亮圆了。

我们家的房子是依山而建的，院墙是父母用山石垒的。门口外有条时枯时盈的小溪。在离家一里多地的拐弯处，横斜着一道山坡，山坡上是父亲垦出的梯田，山坡下是一小块平地。谷雨前后，母亲就在上坡种瓜点豆。母亲告诉我，倭瓜、豆子是易种的，它们不挑剔土地的肥与瘠。一埯一埯地种下，一准是种瓜得瓜，种豆得豆。种完山坡的豆子和倭瓜，我跟着母亲在山坡下的平地，打了几块小菜畦。天气温和而平淡。菜畦被水浇过，泥土渐渐濡湿，又慢慢被风吹干，然后种下芸豆、黄瓜。一两个月后，就会变得藤蔓郁郁，虫声满架。碧翠的豆角累累垂下，青绿的黄瓜敦敦实实。忙碌中的母亲，好像把月亮种在了山坡上，不知道山坡上的月亮滚落了多少回，也不知道山坡上的月亮瞌睡了多少次。

夏天的傍晚，父亲坐在门口的青石板上。石板上吸存的阳光，熨帖着父亲的寒腿；明明灭灭的火绳，不急不缓地燃着。父亲和三叔二大爷议论着村里的大事小情，譬如东沟的谷子该耪第二遍了，北山坡的豆子地该薅草了；母亲则端着木盆，到小溪边洗衣服，一边用棒槌捶打着衣服，一边和婶子大娘说着家长里短，譬如谁家的小猪仔跑丢了，谁家的母鸡抱窝了。在"哳——哳"的声音里，我们一群小孩子，有的去捉萤火虫，有的光着脚到小溪里摸鱼。不一会儿，弟弟大呼小叫一声："快瞧，我捉到一条。"一尾寸许长的小鱼，在弟弟摊开的手中，在如水的月光里摆动着。

八月十五的月光，已是很凉很凉的了。分得一角月饼后，母亲告诉我和弟弟，夜深人静的时候，把镜子放在水中，就会看到月亮里的嫦娥和玉兔。我和弟弟把一面镜子，放在盛满清水的盆子里。水中的月亮盈盈地看着我和弟弟。眼睛瞧得酸了，也没看到嫦娥和玉兔。用手轻轻地一拨，荡漾的水就搅碎了明月的圆润，幻化出无数个月亮，漾来漾去地耀着我和弟弟的眼。弟弟有些失望，回屋睡觉去了。我抬头望着圆圆的月亮，遐想着：月亮上面真的有嫦娥吗？玉兔和我们家养的小白兔一样吗？我的那颗好奇心，就是那个时候母亲给种下的。

秋收之后，母亲把红薯放进荆条筐里，在溪水里一根根地洗净，用锅蒸熟，晒在房上，以备冬日的口粮；有时把白菜叶、萝卜缨洗好，编成一辫一辫的，挂在房后的屋檐下阴干，以做来年的蔬菜。有时我真有些责怪月亮，是月亮让母亲疲惫不堪。月光怎会那么多，母亲怎么洗也洗不完；有时傻傻地去拍打水面，可刚把圆月拍碎，马上又变圆了。

时间是一只鸟，驮着光阴的故事，张开翅膀飞走了。叽咕叽咕的叫声，溅起了一蓬时间的轻烟，染得鬓已星斑，可儿时的那轮月亮，始终在我岁月的树梢上圆缺着。

有一年我在滇西的洱海，圆圆的月亮已升起来了。掬水月在手，那皎洁的月亮，让我一下子想起母亲哼唱过的、洗过的、种植过的月亮，对母亲的想念瞬间便饱满起来。洱海的圆月，就像一枚邮戳，封缄在想念之上。热泪盈眶的我，祈求着，快把我邮递给远隔千山万水的母亲吧！

无法替母亲老去

2019年第一场雪后,九十三岁的母亲,因心衰住进了区医院的内科病房。

我知道,衰老是每个人都逃不掉的,可她那衰老的样子让我异常揪心。躺在心电图床上的母亲,干瘪的乳房,像两只空而皱的布袋,袒露的胸脯,瘦骨嶙峋,已无法吸住心电图的电磁头。我只好用手按住,感觉她的身体,温热中透着微凉;上下波动的心电图曲线,好似母亲短暂而漫长的人生。自从父亲去世后,每年冬天一到,我们都要把母亲接进城里过冬。每次从老家走,母亲都要在院子里这里瞧瞧,那里转转,眼里满含不舍。母亲托付给老婶家的小狗"途途",知道母亲要走了,用舌头舔舔母亲的手,用嘴咬咬母亲的裤脚。汽车开动了,"途途"跟着汽车跑出好远,我从后视镜里,看到母亲一边回头,一边抹眼泪。

我家小区的楼下,有个不大的街心公园。母亲每天都坚持到公园里,散散步,聊聊天,有时蹒跚着一双小脚,跟在跳广场舞的队伍后面,认真地比画着,笨拙的动作,逗得周围的老人们笑声不止。有时母亲把从小区里捡来的废报纸、旧纸箱，连同我写完字的毛边纸，一起叠得整整齐齐，码放在楼下的车库旁。我劝母亲多次，不要捡了，车多，危险，她却依然如故。攒够一摞，她把小区里的一个五十多岁聋哑的女人领来，一分钱不要地给了她，聋哑女人跟母亲比画着。过些时日，聋哑女人给母亲做了一块坐垫，俩人又是好一阵比画，我感觉母亲是在用心与她交流。在那个无声的世界里，也许会给孤独的彼此添一丝温暖。

　　我琢磨，用什么办法排解母亲的孤独和寂寞呢？左思右想之后，决定把一层的车库装修成一个小工作室，托人找了一麻袋花生，在我看书、写字时，让母亲剥花生消磨时光。仅仅几天的光景，一袋花生就被母亲剥完了。有一天，我对母亲说，妈，我教你写字吧！母亲稍微迟疑了一下，继而，眼里闪现出一种兴奋和惊喜的亮光，说，写字？好啊！就怕学不会。我说，学得会，您聪明着呢。我让她握好毛笔，颤巍巍地蘸上墨水，先教母亲写阿拉伯数字。我用儿歌形式，边写边念叨着，1像铅笔直又长，2像鸭子水中游，3像耳朵两道弯，4像小旗随风飘，5像钩子挂半空……一个星期之后，开始教她写横竖撇捺，然后过渡到写简单汉字，比如上、下、日、月、中等字。母亲看着自己写的字，虽七扭八歪的，但很得意，很开心。

　　母亲名叫郭明兰，这三个字跟随了母亲一生，是与母亲血肉相连的汉字。母亲辛苦一辈子，心里装着父亲和我们六个儿女，唯独没有她自己。我专门用半天的时间，教她写自己的名字。我想让她能认得自己的名字，写好自己的名字，让母亲在她生命的黄昏，真正地认识和关注自己一回。有一天，我下班回家，轻轻地推开工作室的门,母亲正坐在桌前,夕阳晚照,落日余晖正洒在写满字的纸上,那歪歪斜斜的"上、中、下""一、二、三、四"等字中间,竟然写着"郭明兰"三个字。那时,那刻,心头一热,鼻子酸酸的……

我对自己的生日总是忽略,可母亲记得很清楚。那是2016年深秋的傍晚,我回到工作室,母亲不在。我到小公园里找她,没有找到。公园里的梧桐树叶已经泛黄,树杈间垂满了带刺的小铃铛。就要飘零的落叶,仿佛禁不住西坠的落日,瞬间滑落下去。天边也收起最后一束阳光,天慢慢地黑了,窗口里的灯一个接一个地亮了。母亲去哪儿了?我焦急万分。爱人回来了,大姐也来了,我们用手机的照明灯,找遍了侧柏墙后,小区的犄角旮旯,可仍然没找到。爱人说,报警吧。我说,再找找。那天是阴历九月十四,一轮满月从楼群中爬上半空,五十多年前母亲就是在这轮满月的银辉里生下了我,可在我生日的那天,我却把母亲给丢了。焦急之中,手机突然响了。电话是学校门卫打来的,他告诉我,你的老母亲在门卫室呢。我和爱人驱车来到校门卫室,母亲真的坐在门卫室里。我一把抱住她,母亲像犯了错的孩子,把头埋在我的胸前。母亲说,今天是你生日,想去找你,结果迷路了,真是老糊涂了,连家都找不到了。门卫师傅告诉我,你母亲遇到了好心人,她告诉路人,儿子在县城中学教书,好心人便把她送到学校的门卫。我和爱人带着大姐和母亲,来到小区旁的小面馆,要了几碗面和三个小菜。我瞧着低头吃面的母亲,苍老消瘦,卑微如小草,可在我心里,她是我厚重盈满的生地。从心底涌动着一种浓得化不开的情愫,父兮生我,母兮鞠我,抚我畜我，长我育我，顾我复我，出入腹我。欲报之德，昊天罔极。

　　现在，母亲就躺在病床上。握着她瘦瘦的手，她跟我说，想回老家去。我说，您安心治病，病好了，天暖了，我们就回去。老家的小院，魂牵梦萦着她的心。小院有一棵银杏树。父亲去世时，大哥、老弟和我，在院子里栽下两棵银杏树，一棵在几年前生虫害死了，另外一棵已高过屋檐，亭亭如盖。那一溜屋檐，冬天时挂满冰凌，夏天时蓄满鸟鸣，母亲守着屋檐上下翻飞的燕子。银杏树叶，从淡绿变成碧绿，从浅黄变成金黄，那都是她想念儿女的颜色。

　　从医院出来，开车回家，遇到了红灯，收音机里正在播放黄绮珊的《灯塔》：

　　　　海浪不停，整夜吟唱／孤独陪着我守望／忐忑徘徊，执着等待
　　　　我要穿越过这海／灯塔的光，就在彼岸／那屹立不变的爱
　　　　忽然领悟，铭心刻骨——

　　一轮圆月升到半空，我知道我正踏着母亲的衰老而衰老，岁月无法伸出手，更无法替我拾起满地的月光，就像我无法替母亲老去。城后冶山上的佛塔仙灯慈悲地亮着，我双手合十，泪，早已潸然。

　　补记：2019年第二场雪后，己亥11月25日，母亲于老家溘然长逝。

云蒙之子

怀念一个人,就像怀念一座山;人的名字叫郑云山,山的名字叫云蒙山。

他说自己是云蒙之子,先生走了,回到了生他养他的云蒙山的怀抱;云蒙山层峦叠嶂,伟岸而宽厚,有血有肉地伸展着自己的脉络,仿佛是生命的符号,是岁月的年轮。

1929年冬天先生降生在云蒙山东麓一个叫柳棵峪的小山村,先生相蛇,母亲请算命先生给他算命,算命先生掐指一算说:"你儿子是刀尖金命呀,命硬妨父母。"母亲惶恐地说:"可有解克的办法?"算命先生说:"办法还是有的,给你儿子早娶媳妇,再认一个寿命长的自然物为干妈,有可能解克。"父母商量好了,认门前大槐树做干妈吧,千年松,万年柏,不如老槐树歇一歇,于是大槐树就成了先生的干妈。

山里的风,干瘦干瘦的,像刀子,打在脸上,削皮刮骨地青疼,在寒冷的冬季,不到两岁,先生的母亲就死于难产。年迈的奶奶一把屎一把尿地把他拉扯大,奶奶枯瘦的双手成为先生艰辛而温暖的成长之路。可命运就像一只很沉重的脚,又重重地踩了他一下,十二岁时父亲撒手而去。云蒙山的山峰撑起狭长的天,春风吹绿了云蒙,仿佛是吹醒了他的灵魂,十二岁的他毅然参加了革命,并当了儿童团团长,十五岁加入中国共产党。于是抗日的烽火,解放战争的硝烟,新中国建设的暴风骤雨,犹如铁在炉火中、在铁砧上,把他锤炼成一块好钢。之后他走上了领导的岗位,历任兵站站长、公社书记、党校校长、宣传部长、县人大主任等等。他就像田里生长的庄稼,以挚爱和淳朴从春到秋;又像一朵逐日的葵花倔强、执着、追索。

云蒙山的风知道心疼先生,理解先生的苦。先生少年失去父母,中年又遇上了丧妻之痛;十年"文革",先生蹲了一年零四个月的监狱,平反之后,两次被误诊为癌症,这些似乎成了卡在历史咽喉的鱼刺,令他的岁月隐隐作痛。

我和先生结缘是受朋友之托,做先生《晚霞集》的特约编辑,在编辑的过程中,先生厚道的人格深深打动了我。他的厚道似乎是冰层下的劲流,它有力量,但表面不起波浪;又像麦田的土地之厚,予人以默默的温暖。他对文学的执着更让我肃然起敬,先生只受过半年的正式教育,他坚定走上了自学成才之路,几十年如一日,白天工作晚上当作家,他把别人打麻将、下象棋、闲聊天的节假日的时间都用于伏案写作。有时连老伴儿都不理解:"你这么干图个啥?"先生发自肺腑地回答:"我想告诉后代,密云怎么可爱,中国怎么可爱,这就是对国家做贡献。"他正是靠着这实实在在的思想动力走了几十年明亮而又充实的路,又取得了写作上的丰硕成果。

1991年离休后加入北京作家协会，先后出版了《密云揽胜》《密云风物史话》《京东随笔》《云蒙奇观》《云山漫笔》《晚霞集》等著作，成为密云文学的耕耘者、奠基人。

著名作家浩然是这样评价他的作品的："他是一位地地道道的农村基层干部，然而，在已经超越过知天命的年龄，他竟然老树新花、大器晚成地著书立说起来，而且连连告捷，大有才华洋溢之势。他辛勤命笔，以朴素的文词、真挚的感情绘景状物，把他劳动和工作过的家乡的风景名胜、山林野趣、乡土民俗，以及传说故事等，一一展现出来，使他的文章具备了丰富的知识性、趣味性和可读性；他的作品，篇篇都是写作的亲身经历，言意谋篇，起笔行文的一句一逗，大都实话实说，让人一目了然，且都是一题一事，一景一文，言事有根据，为文有内容，见物见人，文笔朴实流畅，无浮华、雕琢、晦涩之嫌；他不喜欢夸夸其谈，文章和他为人一样，处处体现着真实、朴实、扎实。"

先生已去，怀念是一缕暖风，我心中的先生已变成云蒙山上的一株草、一块石、一棵树。

时值正月，我想起先生曾对我说过，柳棵峪三大奇，南边高来北边低，万绿丛中无柳树，月亮躲在山洞里。先生你看到了吗？老家的天门洞镶嵌在山顶，月亮从山那边爬起来了，天门洞穿过一束银光，天门洞里，一月高悬；柳棵峪静静地睡了，云山苍苍，魂兮归来，云蒙山以母亲般的温暖拥抱着归来的儿子。

娘娘榆

在北方的原野，随处可见榆树的影子。它永远是一副其貌不扬的样子，没有杨柳的绰约，没有松柏的挺拔，土里土气的，就像是忙完农活的农人，闲散地或蹲或坐，散居在田间地头、山岭薄地。父亲喜欢榆树，他常说："中门有槐，富贵三世，宅后有榆，百鬼不近。"我问其缘由，父亲不知所以然。长大后方知其中的道理：榆树栽植于宅后，根系发达，利于固土；树冠翁郁，利于遮阴。特别有意味的是，榆树喜阳，具有极强的吸附毒气、烟尘的功能，能够净化空气，美化环境，故有此说。

父亲在屋后栽植的榆树，每年都枝叶繁茂。喜鹊把窝搭建在榆树梢的树杈间，疏疏密密的树冠，无法笼盖住喜鹊的喳——喳——叫声，唤醒了一树榆钱。榆钱是榆树的种子，形状似钱，色翠成串，俗称榆钱。榆钱指甲盖大小，中间为籽，四周是薄薄的一层。每当榆树窜出榆钱的季节，我就会和村里的小伙伴一块，爬树捋榆钱。榆钱一撮撮，一串串，缀满枝头。我急不可耐用力捋下一串塞进嘴里，榆钱味道清香，略带甜糯。那种甜滋滋的味道，顺着舌尖沁入心脾。小伙伴们骑在树杈上吃够了，才拿出事先准备好的小书包，捋好一包榆钱，然后双手环抱榆树滑下。有时稍不留神，肚子就会被又粗又硬的树皮，剐蹭出一道道的血绺子。

回到家中，母亲掏些灶膛里的木炭，碾碎敷在肚皮的伤口上，三五天就会结痂痊愈了。然后把我捋来的榆钱，仔细择拣，清水洗净，然后就着湿气，掺上高粱面或玉米面，加少许盐，抟成榆钱窝窝，放到笼屉上蒸熟。当揭开笼屉的刹那，有股清香扑鼻，那种山野滋味啊，可真是惹人垂涎呢。大约半月之后，榆钱老了，变干、变轻、变黄。风起了，榆钱随风飘落。榆钱飘落在哪儿，哪里就能长出一棵顽强的小榆树。

旧时春荒三月，陈粮将断，新粮未登，青黄不接的日子最是难熬。榆树的皮、根、叶、花皆可食，是穷人的第一茬庄稼。明李时珍《本草纲目》称："荒岁，农人取皮为粉，食之当粮，不损人。"历史上一遇蝗灾、水灾、旱灾，收获无几，饿殍满地。浑身是宝的榆树，就成了穷苦人活命树，被唤作娘娘榆。村里老人们心存感念，对晚生后辈说，到什么时候，也别忘了榆树的恩德呀。

榆树皮要在冬、春季采收，趁新鲜时刮去土褐色的外皮，纵向剖开，用锤子敲打，使其外皮与内心分离，剥取白皮，晒干，剪成寸许。等把剥下的榆树皮晒得响干，用碾子碾压成粉状，用细眼罗，筛成榆皮面。榆皮内含淀粉及黏性物，多用于掺在高粱面、红薯干或者玉米面里吃。遇到饥荒年景，人们拿榆皮面掺上粗粮、谷糠，煮粥或烙"糊饼"，以应付辘辘饥肠。

最好吃的就属饸饹了，逢年过节，家家户户要吃饸饹。用玉米面、白薯面或小米面，掺上榆皮粉，和好后抟成粗细适中的面团，将饸饹床子架于锅上，抟好的面团放于饸饹床内，压入沸水锅中。铁锅里热气腾腾，饸饹床吱吱呀呀。边压边煮，熟后捞出，浇上卤，夹一箸香菜、点几滴香油，那是山里人一道别具风味的吃食。

榆树耐旱，耐寒，耐瘠薄，不择土壤，成材也慢，难砍难伐，故此在乡下被称作"榆木疙瘩"；有时生活中那些迂讷笨拙之辈，也以此称之。但在木匠眼里，榆木是做家具的上好木材。村民对榆树宝贝得贴心连肉，用榆木盖房，梁柱和檩条，结实耐用。榆木做的门窗、家具、农具，经济实惠。1958年修建密云水库，石匣城拆迁，父亲用两块钱，买回一个榆木炕桌。其榫卯相连，不用一根铁钉，刨面光滑，四周饰以浮雕，质朴天然。不管阴晴圆缺，不管刮风下雨，全家人围坐在一起，暖心暖胃地吃着母亲做的粗茶淡饭。榆树以这样的形式，见证着那段苦涩的岁月，让苦涩的日子有了脉脉温情。

榆木的最高境界，是以自己坚韧的品性、厚重的性格、通达理顺的胸怀，以凡显圣。早期的榆木家具多以供奉为主，宽厚的榆木被做成祠堂庙观里的供桌、供案，成为最接近神灵的宠儿，传达倾听着虔诚的人们，发自肺腑的与神灵的祈祷，比其他的东西更多了一份灵性与神性。

娘娘榆树早已垂垂老矣，那些晚生后辈的榆树，木拱而增围，早已遗世落寞，那榆钱、榆皮面也成了历史的记忆。榆树质地硬朗，年轮绵密，一圈一圈地扩展，如岁月的涟漪，密匝于枝干，循环滋升，绵绵不息……

九搂十八杈

"九搂十八杈",是一棵已有三千五百年树龄的古柏。

我第一次见到古柏,是在儿子上小学的时候。几家人站在古柏前,整个古树的形状,如同扩展在空中的巨掌,擎举着高二十余米疏朗而苍绿的树冠,显得遒劲,气概凛然。几个孩子在树下嬉戏、玩耍,手拉手未能环抱古柏。孩子们呼喊着,让我们前去相助,最终十几个人才把古柏合围。仰头而观,粗大的树干像同时钻出树身一样,细细数来,一共十八个一搂多粗的枝杈。它们几乎一般粗细、一般长短,伸向四面八方。我们用手体悟着"九搂",用眼感悟"十八杈",用心领悟着奇偶相对、大象有形的玄妙。

古柏屹立在长城脚下,密云新城子村西的山岗上,与燕山主峰雾灵山遥遥相望。古柏之根,沿着瘠薄的土壤,扎进大地深处,牢牢地抓着土地,狂风吹不倒它,洪水冲不垮它,成为了山村最忠实的守护者,被村民奉为"神柏"。它魂系着乡音乡情,即使离乡在外的游子,一想到古柏,心窝里便会流淌着踏实的温暖。虬枝连北斗，老干挂南箕。上溯历史长河，这棵"神柏"诞生之时，正是周初武王伐纣之际，树龄甚至比北京城还要古老。它带着远古的气息，带着汉、隋、唐、宋、明、清的历史跫音，遗存今世，阅尽岁月的风云变幻。

九搂十八杈与陕西黄帝陵的"轩辕柏"，同属侧柏，其嫩枝、叶及果皆可入药，又叫药柏树。万木皆向阳而生，枝叶向南尤密，唯独柏树枝叶，向西而长。古人认为五行之中，西方属金，其色为白；柏，阴木也，木皆属阳，而柏向阴指西，盖木之有贞德者。加之，柏树经冬不凋，被视为品行坚毅的象征。故孔子言：岁寒，然后知松柏之后凋也。

自古以来，侧柏常栽植于宫殿、寺庙、园林和庭院中。其树干遒劲，树姿优美，树形奇绝，乃百木之长。古人赞曰：高者参天，低亦拂云，非烟非雾，亦青亦苍，黛横半岭，绿堆高岗。2018年"九搂十八杈"被评为北京"最美十大树王"之一。为了更好保护古柏，政府相关部门修建了"九搂十八杈"古树公园。园内步道蜿蜒，植栽的乔木，葱葱郁郁，环绕古树，成为村子一道风景，长城风貌的标志。

一个晴朗的日子，我来到古柏公园，那片绿色葳蕤、鲜花艳美的风景园地，与古柏形成古今相糅的草木寓意。古柏不只是一种自然风物，人们对于古柏爱之、护之、传之、歌之，更是一种历史文化情怀的寄寓。走近古柏，发现古柏的树干上有爬动的黑点，仔细看时，是灰褐色的小蜘蛛在爬行，枝丫的背风处还结了一张小小的蛛网。一只喜鹊，从高天飞入树冠深处，在枝干上鸣叫着。古柏枝干繁密，扁平的小枝上长满了深绿色鳞片状的叶，有的还挂着卵形带尖的柏树籽。偶尔有过路游客,三三两两地前来观光,更多的是当地的村民,坐在树下闲谈,向人讲着有关这棵古柏的故事。早在唐代,村民便于古柏树下,修建一座"关帝庙"。古柏为关帝庙遮风挡雨,出于对关公的敬仰和对古柏的爱护,村民称古柏为"护庙柏"。古庙早已无存,但当地百姓,在古柏的枝干上,挂满了写有祈愿的红布条,祈求得到神柏的护佑。

另传,明嘉靖年间,有两个南方憨宝人,来到新城子古堡,发现古柏的树干中藏有宝物。他们在树根处凿开一个树洞,神柏却突然着火了,吓得憨宝人落荒而逃,时至今日,古柏根部还留有火燎的痕迹呢。拔地孤根的古柏,曾经为戚继光和戍边将士遮过风、挡过雨,那些修筑长城、勒石清凉界、赋诗雾灵山的历史,都成了古柏一枝一叶的记忆;参天虬柯的古柏,也经受了抗日烽火的洗礼。以雾灵山为中心的冀东人民,开展了艰苦卓绝的抗日战争,成为刻在古柏年轮里的峥嵘故事。

古柏之于这方水土,或这方水土之于古柏,是一种历史的因缘,一旦和历史某一个文化点契合,即为相知相依,无法分舍。山山攒簇雾灵山,壁陡崖悬不可攀。太阳高悬,所有的云朵都被季节没收了。古柏公园后面的黛色山影,衬着湛蓝天幕,显得纯净、深邃;石板铺的小路,仿佛是一册线装书翻开的书脊,蜿蜒而过的安达木河,不舍昼夜地阅读着。而我所有的思绪,酿成了一首讴歌古柏的诗:

  古柏虬曲龙蟠根,守望长城慰忠魂。

十八枝丫风云过,苍柯似铁旧烧痕。

老干新枝垂成盖,历乱星河仰欲吞。

雄鸡报晓鬼魅遁,树王苍苍玉虚存。

大地的滋味

一

如果说大地有味道,那一定是盐的滋味。

"盐"最早解释,来自许慎的《说文》:"盐,咸也。"

在中国的地理分布上,东部出海盐、中部出井盐、西部出湖盐,因盐而兴的城镇贯穿东西南北。江苏的盐城、四川的自贡、山西的运城分别是海盐、井盐、湖盐的代表。早在五千多年前的仰韶时期,中国人就学会了煎煮海盐。《中国盐政史》云:"世界盐业莫先于中国,中国盐业源于神农时代夙沙氏煮海为盐。"传说夙沙氏是海水制盐的鼻祖,其生活在东海岸边,用海水煮鱼的时候,无意中烧干了海水,发现了盐。夙沙氏被认为是第一个煮海为盐的人,被称为"盐宗、盐祖、盐圣"。

山西运城的解池自古就有盐池、盐都之称,其南依中条山,北踞峨嵋岭,东靠安邑,西临解州,东西长,南北狭,周长约六十千米。晋南又称河东,该盐池约定俗成为"河东盐池"。国史大家钱穆先生在《中国文化史导论》中说,解州盐池是当时古代中国中原各部族共同争夺的一个目标，谁占据了盐池，便表示他有了担任各部族共同领袖的资格。

我们所说的"三皇五帝"在历史记载和民间的传说中变动不一，没有一个清晰的概念。但不管怎么说，伏羲、女娲、炎帝、黄帝、尧帝乃至舜帝等，都被各种历史典籍视作了中华民族理所当然的祖先，都成为了我们炎黄子孙顶礼膜拜的对象。中华文明的源头其实就氤氲在他们的血液里，传统文化的精神特质在他们那里成为原点。有人说，一千年文明看北京，三千年文明看陕西，五千年文明看山西，而山西文明看晋南。无论是尧都平阳、舜都蒲坂、禹都安邑，都在盐池附近。在海盐远未普及的古代，解州之盐早已闻名中原，西出秦陇，南过樊邓，北极燕代，东逾周宋，被誉为"国之大宝"。为争夺河东盐池，黄帝分别与蚩尤及炎帝进行了两场战争，即历史上著名的涿鹿之战和阪泉之战。

"夺盐之战"蚩尤战败，被肢解于运城西南，得名解州。解州古称解良，是三国蜀汉名将关羽的故里。为什么读"解"为"害"呢，因蚩尤在此地殉难，当地百姓为纪念他，故而读"害"。黄帝控制了河东盐池后，掌管了中原地区主要经济命脉，最终成为各部族的首领，纪念蚩尤意味也随之逐渐变淡，甚至变成了对蚩尤的怨恨。盐池水呈赤色，人称"蚩尤之血"。

盐池带来丰稔岁收，被视作神灵所赋予。盐湖区南郊的卧云岗，有座盐池神庙，昔者舜帝于此抱五弦之琴，以歌《南风》，诗云："南风之薰兮，可以解吾民之愠兮；南风之时兮，可以阜吾民之财兮。"古人在池盐晒制过程中，技术原始，需借助阳光晾晒。水为载体，阳光为热源，使卤水快速成盐，另外"盐南风"是另一个有利条件。宋代沈括在其《梦溪笔谈》中记载："解州盐泽之南，秋夏间多大风，谓之'盐南风'。其势发屋拔木，几欲动地。"而且这种大风只在这个区域出现，温暖的南风吹来，盐田上飘浮的水蒸气被吹走，肉眼就能看到食盐结晶的出现，"回眸一瞬，积雪百里，一夕成盐"，说的就是这一奇景。

倘若离了"南风"这一媒介，盐层就不会稀释，食盐就不会析出，有害的矿物质就不会排除。盐非但不能结晶，反而成为粥状，且气味难闻，不能食用，致使百姓烦忧。盐民就如种庄稼一样，垦畦浇晒，心怀惴惴，担忧天时。舜帝借以弦歌的方式向苍天祷告，期盼南风吹来，以解民之忧。南风一吹，吹走了"吾民"的烦恼，吹来了"吾民"的财富。

可以这样说，盐，孕育了远古的历史。

二

盐是咸的，泪水是咸的，人的欲望也是咸的。

春秋战国，群雄并起，盐已经成为左右诸侯国兼并战争走向的隐性力量。因盐税暴富而强大的，除了西部的晋国外，东方的齐、燕等国也因盐利而受惠。《管子·轻重甲》称："齐有渠展之盐，燕有辽东之煮。"齐国、燕国这些重要的海盐产地，财富急聚，国力大增，很快在战国风云中占得上风，入选"七雄"。想称霸诸雄的齐桓公曾问管仲，我想要征收房屋税、人口税、肉食税，仲父以为如何？管仲回答说，征收百姓看得见的税赋，会使天下怨声载道,只有专营山海资源才可收税于无形。

桓公问,什么叫做专营山海资源?

管仲答,靠大海资源称霸的国家,一定要征税于盐。

桓公又问,怎样征税于盐?

管仲答,十口之家就是十人吃盐,百口之家就是百人吃盐。如果征收盐税,其利百倍。桓公听之,由此齐国凭借着渔盐之利,一跃为七雄之首。

汉承秦祚,经济凋敝,经文景之治,至武帝时强盛。由于武帝常年征战匈奴,文景两朝积累下的充沛国库,竟被消耗一空,财政出现了用度不足的危急状况。在理财家桑弘羊的建议下,从富商豪强手中夺回盐铁经营权,进行盐铁专卖。专卖古称"禁榷",榷的本义是一种外形似鹤颈的城门吊桥,意指国家垄断,从此在专卖制度下,盐成为一种权力商品。

唐中期实行"榷盐法",即食盐国家专卖制度。盐民生产食盐,政府低价买来,再高价卖给商人,由商人运输到政府指定经销店贩售。政府不但控制了食盐的货源,也掌握了食盐的批发环节。"安史之乱"后,朝廷把每斤盐价提高到三百七十文钱,而当时一斤盐的成本不过十文。如此盘剥百姓,真是令人骇闻。

北宋时,由于盐商垄断淮盐的买卖,造成一些地区的民众"斗米换斤盐,斤盐过半年"的淡食境况。贵州僻远乡村有三十年未吃过盐者,人们痛苦地以稻草灰、酸菜汤代替盐巴。嗷嗷待哺的孩子想吃咸食,父母常用一块石头放在水里蘸一蘸,样子很像当地的灰色盐巴。孩子真的以为是盐,拼命吸吮着。

宋神宗熙宁年间（1068—1077），苏东坡任杭州通判时，目睹"食盐之家，十天二亡"的惨状，诗中流露出一种悯恤之情：

老翁七十自腰镰，惭愧春山笋蕨甜。
岂是闻韶解忘味，迩来三月食无盐。

盐业带来的富饶离不开艰辛劳作的采盐人，柳宗元在《晋问》中曾经形容垦畦引水晒盐的情景："沟塍畦畹之交错轮囷，若稼若圃，敝兮匀匀，涣兮鳞鳞，迤㴠纷属，不知其垠。"据记载，宋、元、明、清四代，官府都用特殊的户籍制度管理盐民。这种特殊的户籍不能改变，盐民们只能世世代代积薪、晒灰、淋卤、煎盐，以致蓬头垢面、胼手胝足。盛夏，盐丁们顶着暑热，在滚烫的煮盐大灶之间熬煮食盐。他们的身体，被灶内的火和锅内的蒸汽熏蒸炙烤，肌肤由白慢慢地变成了红色，疲劳侵蚀，赤日熏蒸，时间久了，就成了铁青色，如干脯一般。辛苦所得，仅百枚铜钱，每日的饭食，不过是些芜菁、薯芋、菜根等；时常所穿，都是鹑衣百结，到了严冬，也仅仅穿着夹衣。盐民后代，累世相继，如牛如马，凄惨苦悲，终其一生。煮海做盐的人，也煮着日月星辰。那一粒粒、一堆堆的盐，在悲辛的歌谣与滴答响的汗滴里缓缓凝结。历代王朝实行盐铁专卖，对私盐严惩不贷，但由于暴利的驱使和生活所迫，私盐贩卖屡禁不绝，因盐而起的社会事件也层出不穷。如唐末，贩私盐出身的王仙芝、黄巢率先起义；再如元末，盐户出身的张士诚、陈友谅带领盐民揭竿而起……

一粒盐，蕴含着历史的腥风苦雨，裹挟着电闪雷鸣，演绎着朝代的更迭和兴衰。沾满咸味的史页上，那纷繁的历史，也许是被盐腌制过了，充满了苦涩的味道。

三

扬州是一座曾经因盐商而富甲天下的城市，不见扬州一粒盐，富甲一方却靠盐。扬州正处于大运河与长江的交汇口，南临大江，北接黄淮，从这里可横穿东西，纵贯南北，是古代水运交通最大的枢纽。唐朝时代逐步发展成当时最繁荣的城市，被誉为"扬州富庶甲天下"，时人称"扬一益二"。

建城两千多年的扬州，与盐业有着不解之缘。扬州繁华以盐盛，腰缠十万贯，骑鹤下扬州，这是历史的真实写照。到明朝时，扬州大型盐商多达一百多家，扬州也因此成为全世界最繁华的城市之一。由于盐一直是官方控制的珍贵资源，在盐运输售卖领域有着重要地位的扬州，就这样成为了一个无比富庶的城市。乾隆十八年（1753），扬州一城的税收就占了全国财政收入的四分之一。

在扬州，盐民们含辛茹苦熬出的食盐，变成了盐商们手中白花花的银子，和他们歌舞升平、穷奢极侈的生活。1813年，一个叫黄至筠的山西商人在扬州最繁华的东关，修建了一座空前绝后的私家园林，名为个园。这座园林当时估计要耗费六百万两白银，相当于整个江苏省当时一年的财政收入。黄至筠究竟有多少钱？谁也说不清楚，只知道他养了一个二百多人的戏班子，他们家用人参喂鸡，每吃一个鸡蛋相当于吃掉一两白银。园子里有用白银浇铸的假山，每座重达千斤，因为无人能够偷盗，故称为"莫奈何"。自黄至筠始，类似这样大的园林在扬州又先后建起二百多处。与"苦卤、苦水、苦扁担；苦屋、苦路、苦海滩"的盐民两相对比，盐民的境遇是何其悲惨艰辛。

四川自贡，源自"自流井"和"贡井"两座最古老的盐井。早在汉代，四川就开始生产井盐，明朝时不断发展盐业，到清朝咸丰时期达到鼎盛。当时四川一半的盐都是自贡生产的，盐税占了总税收的四成以上，仅以弹丸之地，自贡的盐商数量达到了四百余家，成为了四川最为富裕的城市。正是有这样的家底，在抗日战争中，自贡捐献的钱款是全国最多的。

在西方，耶稣称赞自己的门徒是大地之盐、世间之光，是积极的旨意所在，象征着悲悯及希望……世界上许多城市依盐而建，比如奥地利的商业重镇萨尔茨堡（Salzburg），它的名字可以分解成Salz和Burg，前者意为德语"盐"，后者意为"高地"。再比如英国，所有以wich结尾的城市，诺里奇（Norwich）、格林威治（Greenwich）、华威（Warwick），都是产盐的地方。像利物浦、纽约这样的大港，其崛起过程也与盐的运输有着极为密切的关系。那些依盐而建的城市，就像大地上绽开的花朵，炫耀着财富与荣耀。盐所赋予城市的，或许不仅仅是缤纷的生活，也涉及城市历史文化的记忆。城市的夜，或许是另一片海，那些璀璨的灯火，则是另一种形式的盐。

173

四

盐，站在生命源头，携着一粒粒白雪般圣洁的光，穿越幽暗的陶瓿和梦境，紧挨着民间平凡朴质的日子。盐商经营它，朝廷倚重它，百姓离不开它。《尚书·说命》就有"若作和羹，尔惟盐梅"的记载，说明商代人们就已经用盐做调味品，配制美味的羹汤了。盐的药物功效也得以利用，《神农本草经》中说盐可以"主明目、目痛、益气、坚肌骨，去毒虫"。除了抗菌、消毒，还认为盐可"解毒"，如误中"班茅"毒，用"戎盐解之"。在古人眼里，盐被视为无所不能的"天藏之物"。

俗话说："早起开门七件事——柴、米、油、盐、酱、醋、茶。"在这七件事中，有的可以用替代品，有的不用亦可，唯独人不吃盐却不行。有趣的是，在我们现实生活中，人们对于甜的食物吃了几顿后，也就腻了。而吃咸的，顿顿吃，天天吃，百吃不厌，一直吃到老。人为什么喜欢吃带盐味的咸东西呢？人吃盐不单单是为了调味，确切地说是人体的需要。在日常生活中，人体流出的汗液、眼泪，用舌头舔一舔，都是咸的，这种咸味就是盐。通常说来，一个体重七十千克的人，身体内就含有一百五十克盐。人的血液里含有0.5%左右的盐，淋巴液、脊髓液和汗液里，盐的含量还要高。在人体亿万个细胞的周围，都包围着液体，这些液体里也有盐。

其实盐的味道也不仅仅是咸，咸中还有甜和鲜。烹饪中少了盐，再有名的厨师都做不出美味来。好的盐，其实不是一咸到底，细品之下，充满了层次和韵味。随着岁月更迭，盐不仅仅是单纯的调味品，已经演化成一种具有文化内涵的民风民俗了。

晋南汾河两岸各地婚俗中的纳彩，俗称过礼，男方要给女方一定的财物，如银元、绸缎衣服、八幅罗裙、鞋面、红绿手帕等，一般要凑足十件，表示"十全十美"。女方也回奉一些简单的礼物，如"莲生贵子"面人一个，面石榴十个，纸包麸、盐十包，其民俗象征意义是预祝婚后连生贵子，多子多福。食盐带回男方后，要撒在公婆和妯娌身上，表示婆媳、姑嫂之间有"严（盐）法"。全家老少有"福（麸）气"。同时，盐与缘谐音，包含有缘分的意思，希冀婆媳、妯娌关系亲密。

生活在青海的牧民，一般不喝绿茶，也很少喝红茶，而喜欢用铜壶、铝壶或陶瓷罐熬煮的色泽黄褐、口味浓醇微涩的茯茶。茯茶是紧压茶，形似砖块，俗称"砖茶"。熬茶时，一般在茶里放一点儿盐，味道微咸，青海牧民常说："人没钱，鬼一般；茶没盐，水一般。"

盐不仅浸透了历史，也浸透着人生。盐从我们皮肤里渗出的是汗，从眼角溢出的是泪，从血管里流出的是血。盐衔着汗水与父母早出晚归，被汗滴和泪珠浸透的土地，所有的生长都是对生命的顶礼膜拜。到底是一粒盐在母亲的手掌上舞动，还是母亲在一粒盐中劳作，只知道，母亲的霜发，闪烁着一种无法言说的疼痛，就像一首小诗写的那样：

母亲的盐／和雪一样／下雪的声音／也是盐落地的

声音

　　世间之盐／开在屋檐上／那一蓬乱草／被盐碱锈蚀

　　仿佛母亲纷乱的头发／结出霜花

　　母亲把岁月腌成一缸咸菜／春捞秋播／把着笊篱的母亲

　　总是把自己漏掉／直到劳作的影子

　　盐／大地的汗滴／化成一缸浓浓的咸菜汤／母亲也被岁月熬成了盐……

说　蝉

一

我一直认为蝉是具有哲学意蕴的。

蝉来自何处就是个谜，它明明是从土地里钻出来的，父亲却告诉我，蝉是上天派到人间的仙子，是一场暴风雨将它震落于土地里的，蝉也就有了令人遐想联翩的名字——雷震子。

如果云是时间的写意，那么季节的转换，就是蝉修行的道场。风吹麦浪，麦子悄悄灌浆，我在麦田尽头的柳树上捉到一只蝉，也许它刚刚从土里爬出，全身裹着土黄色，两只眼睛鼓起来黑黑的，胸部的三对足纤纤柔柔，腹部有一条一条横向的条纹。我偷偷地拿回家把它放到一块肌理斑斑的树皮上，开始观察它脱壳的过程。阳光暖暖的，蝉从背上慢慢地裂开了一条缝，隐隐约约可以看到里面土白色的内皮，比外面的颜色稍稍淡了一点。裂缝逐渐扩大，大到露出整个背。蝉拱起身子，尾部出来了。背上露出的翅膀卷曲着，湿漉漉的，随着时间和微风相助，翅膀开始风干，变硬，变平，薄薄的蝉翼从淡绿色过渡到浅驼色，缓缓地变成了黑色或者深棕色。它趴在那里积蓄力气，过了一会儿，"吱"的一声，便腾空而起，飞进一个光明的世界里去了。

　　破壳而出的蝉，羽化为大地的歌者，嘹亮的叫声，宣告夏天正式开始了。它们躲在树枝上，叫声忽而高亢，忽而低沉，好像在演奏着热烈的乐曲。天气越是闷热，蝉的叫声越是欢快，持续时间也就越长。我问母亲，蝉为什么这么爱叫呢？母亲说，爱叫的都是公的，它们要靠叫声来吸引母蝉，以便进行交尾，为的是传宗接代。我明白了雄蝉为什么从清晨到傍晚叫个不停，原来是在演奏《婚礼进行曲》呀。不过，雄蝉与雌蝉交尾之后，雄蝉很快就衰老坠地死去。雌蝉用矛头状的产卵器在嫩枝上刺一圈小孔，把卵产在树木的木质内部。产下的卵为白色，和针鼻一样大小，每个孔里有四到六枚。蝉还要在嫩枝的下端，用针样的嘴巴刺破一圈树皮，使树枝断绝水分和养料的供应，嫩枝渐渐枯死。遇到暴风雨，有卵的树枝被刮落到地面，幼蝉的卵便钻进土里，我猜想这就是父亲管蝉叫雷震子的原由吧。

　　差不多半个月的光景，卵就孵化成幼蝉，幼蝉在地下开始了漫长的生命历程，其长度超出了我们的想象。最短的也要在地下生活二至三年，一般为四至五年，有的长达十七年之久。幼蝉长期生活在幽暗的地下，像闭关的修炼者，无丝竹之乱耳，无五色令人目盲。从来不知清晨熹微的光芒，也不知暮色如约而至的繁星闪烁，亦不知四季更替轮回演绎色彩的斑斓，更不知风花雪月、风雨雷电的变幻，它们只是静静地等待，等待重生。它们经过四五次蜕皮后,拱出一条手指粗细的浑圆通道,爬出洞穴寻找生命的空间。要想完成这次飞跃,必须再经历最后一次关口,爬上树枝进行最后一次蜕皮。那神圣的金蝉脱壳瞬间,世界于体内虚空,有风吹来,一粒粒未成熟的禾谷再也压抑不住它们的叫声了。

蝉经如此漫长的煎熬和蜕变,可它们的生命却只有一个短暂的夏日,便戛然止于秋风之中。为此我对蝉有了无比的敬意,源于它们对生命的等待凄美悲壮,对生命的责任义无反顾,对生命的终止淡定从容。

二

记得小时候老人们常说,亏了这个东西听不清亮,要不非得被自己聒噪死。

蝉的叫声严格说起来,声量应该属噪音一类,因为声音既大且尖,有时可以越过山谷,说它优美也不优美,只有单节没有变化的长音。但我喜欢听蝉,因为蝉声里充满了生命力,充满了野性,充满了飞上枝头之后对这个世界的咏叹。如果在夏日正盛的林中听万蝉齐鸣,会使我们心中荡漾,真想学蝉一样,站在山巅放啸一回。

当我读到法布尔《昆虫记》关于蝉的描述时,更令我愕然。原来蝉是一个聋子,是听不见声音的。对于这样的说法,我心存疑惑,做过这样的验证:在河边蝉鸣叫的柳树下,用力地拍手,重重地跺脚，手拍得通红，可那只蝉依然我行我素，继续表演它的"奏鸣曲"。可当我爬树要捉它时，它却嗡的一下就飞走了，时至今日我还不敢肯定蝉是不是个聋子。

老家有一种蝉，叫声特别奇异，总是吱的一声向上拔高，沿着树梢、云朵，拉高到难以形容的地步。然后，在长音的最后一节突然以低音"了"作结，戛然而止。倾听起来，活脱脱就是：

知——了！

知——了！

也许是蝉和禅谐音，也许蝉的叫声暗合佛家真谛，于是人们把蝉与禅联系在一起。两个字除了语音相同，在字形上，都有一"单"。这"单"字，酷似蝉形，尤其繁体字的两个小"口"，活像两只眼睛。披上丝绸似的轻薄之翼，俨然就有修禅高僧身披袈裟的肃穆长者之风了。佛教最终让人看破放下，知了宇宙人生实相，做到了无牵挂，达到明心见性。写《西游记》的吴承恩，把去西天取经的唐僧说成金蝉子转世。金蝉子是释迦牟尼悟道时菩提树上的一只蝉，其得道成佛后，点化了这只蝉，且收为弟子。佛祖在灵山讲道，金蝉子频频瞌睡，佛祖罚其下界取经，契合了蝉的磨难、拙朴、圆融和觉悟。

"禅"是佛教中国化的产物，它与儒道思想、与中国传统文化的血缘联系是很明显的。"禅"在中国，早已越出佛学宗教的范围，在哲学文学艺术和广泛的思想文化领域，以至社会生活中都产生了深远影响。禅是一种修炼方式，属于思想活动的范围。坐禅不过是形式，沉思才是它的实质。

三

昆虫中，蝉也算名角了。

古铜器中，包括周鼎之类，都雕镂着"蝉纹"。从汉以来，皆以蝉比寓人之再生，如将玉蝉放于死者口中，成语称作"蝉形玉含"，蝉能入土生活，又能出土羽化，寓精神不死，再生复活。而雕琢玉蝉的手法被誉为"汉八刀"。何谓汉八刀呢？"八"并非确指，是用来说明玉蝉的刀法工艺简古粗放，是专门为殓葬"减笔"赶制的。其线条劲挺有力，像用刀削出来似的，俗称"汉八刀"，寥寥数刀，给玉蝉注入了饱满的生命力。

许多画家亦以蝉入画，近代画坛流传这样一则轶事。某年，著名画家张大千兴致走笔，绘一《绿柳鸣蝉图》赠予"吉林三杰"之一徐鼐霖，画中之蝉硕大，以头置下，其状欲飞，伏于柳枝。徐乃大收藏家，知大千与齐白石友善，欲请白石先生题词其上，以为镇宅之宝。越数日，徐鼐霖携画至白石先生案头，言明此意，白石欣然允之。乃展卷观之，摇首叹曰："大千此画谬也！"徐愕然问曰："何也？"白石曰："蝉附于柳枝，其头焉有朝下之理？"徐默然记之，遂将此言告之大千，大千其时名声日大，白石虽年长大千三十有五，然画名远逊大千，大千心中不服，却等来年再作理会。

时抗日事起，大千返回家中，安居青城山下。一日午后，林中之蝉大噪不已，大千忽记白石之语，遂往林中观之，见附于柳条之蝉，头尽向上，心服白石，然久思不解其意。抗战凯旋，大千返成都，恰逢白石先生，遂向其请教。白石曰："蝉者，头大身小也，附于柳枝因何头上尾下，盖为站得牢固也。试想柳枝轻细飘柔，蝉附于上，若头下尾上，焉能安稳？偶有如是者，所附枝为粗壮也。"大千欣然称是。

后来，张大千为此事在回忆录中这样写道："真知，乃实事求是为根本。无论做人处世，还是作为职业，都要有一颗坦荡的心去面对真相，让事实成为人生信条的操守。"

蝉的生命轨迹总是这样挥之不去，像一枚别针把盛夏钉在了树的年轮里参禅。

蝉鸣知了，禅说明了。

四

蝉，是一种物候性意象，在中国的文人诗中负载着诗人悲愁哀怨的情感体验，成为一种情感符号。

自古蝉被称为五德之君：头上有绫，文也；含气饮露，清也；黍稷不享，廉也；处不巢居，俭也；应候守常，信也。文、清、廉、俭、信，是君子之德。正因为人们认为蝉不食五谷，餐风饮露，栖身高洁，出尘泥而不下尘，向来为文人志士所称道，有不少骚人墨客，借蝉咏怀，佳句颇多。

对蝉的吟诵，出现于我国最早的一部诗歌总集《诗经》。在《诗经》里，不同的地域，蝉就有着不同的名称，《诗经·硕人》："螓首蛾眉，巧笑倩兮，美目盼兮。"这里的蝉就称螓。

西汉辞赋大家牧乘《柳赋》中有"蜩螗万响，蜘蛛吐丝"的诗句。南朝谢惠连《捣衣》诗中有"肃肃莎鸡羽，烈烈寒螿啼"的诗句，"蜩螗""寒螿"均指蝉而言。

如果仔细查阅全唐诗，就会发现一个很有趣的现象：作为中国古典诗词中常见的意象——蝉，在初、盛唐时，以"蝉"命题的诗篇也就十来首。到了中唐增加到二十来首，到了晚唐则有近五十首，且"蝉"作为诗歌意象也在变化。纵观唐代的咏蝉诗，哀怨是其最为常见的主题，且随着唐代历史的进程，其感伤的氛围也越来越浓。这就促使我们思考这样一个问题：其中的历史含蕴是什么？我们可以从被称为"三绝"的诗人虞世南、李商隐和骆宾王的咏蝉诗中窥见管豹。

虞世南是唐初开国功臣，颇受唐太宗器重。其咏蝉诗为：

垂緌饮清露，流响出疏桐。
居高声自远，非是藉秋风。

曹丕在《典论·论文》中指出"不假良史之辞，不托飞驰之势，而声名自传于后"。他的咏蝉诗表达出对人内在品格的热情赞美和高度自信，表现出一种雍容不迫的风度气韵。唐太宗曾多次称赞虞世南的"五绝"（即德行、忠直、博学、文渊、书翰）。诗人笔下人格化的蝉，一部分在土里安详，一部分在风里飞扬，最后一部分洒落阴凉，从不依靠从不寻找，骄傲地吟唱，带有诗人自况的意味。虞世南的咏蝉自然是他人格、品德自我画像的表白,其诗清新爽快,春风得意,世上有几人能如此?

《在狱咏蝉》是骆宾王身陷囹圄之作。公元678年,屈居下僚十八年,刚升为侍御史的骆宾王被捕入狱。其罪因,一说是上疏论事触忤了武则天,一说是"坐赃"。这两种说法,后者无甚根据,前者也觉偏颇。从诗的尾联"无人信高洁,谁为表予心"来看,显然是受了他人诬陷。闻一多先生说,骆宾王"天生一副侠骨,专喜欢管闲事,打抱不平、杀人报仇、革命、帮痴心女子打负心汉"。这几句话,道出了骆宾王下狱的根本原因。其诗为:

> 西陆蝉声唱,南冠客思深。
> 不堪玄鬓影,来对白头吟。
> 露重飞难进,风多响易沉。
> 无人信高洁,谁为表予心。

骆宾王为"初唐四杰"之一,他出身寒门,七岁的咏鹅诗,妇孺所知;其《讨武曌檄》写得文采飞扬,富有鼓动性。据说武则天刚看这篇檄文的时候还若无其事,可当她读到"一抔之土未干,六尺之孤安在"这一句的时候,变色道:"宰相安得失此人。"到了晚年的骆宾王,因卷入了政治纷争,站错了队,被朝廷所孤立、所放弃。他早些年的那些朋友,也没有一个人敢站出来挺身帮他,他就一个人茕茕孑立在冷风中,无依无靠,无所适从。他在监狱中一待就是好多年,他就一直待在这个几尺大的地方,这个地方写满了他无尽的悲伤和委屈。他一生的雄心壮志和抱负,仿佛到了这里都无处施展,变成了一地碎片。在这首咏蝉诗里，骆宾王把自己的哀伤和迷惑、不被人理解的痛苦，一表无遗。读了骆宾王的咏蝉诗，让人有忧郁、孤愤之感。

晚唐的李商隐，他生活的年代正是"牛、李党争"的激烈年代，因他娶李党王茂元之女而得罪牛党，长期遭到排挤，潦倒终生，因而他的咏蝉诗就别有一番苦涩滋味：

本以高难饱，徒劳恨费声。
五更疏欲断，一树碧无情。
薄宦梗犹泛，故园芜已平。
烦君最相警，我亦举家清。

诗的前半首闻蝉而兴，重在咏蝉；它餐风饮露，居高清雅，然而声嘶力竭地鸣叫，却难求一饱。后半首直抒己意，他乡薄宦，梗枝漂流，故园荒芜，胡不归去？因而闻蝉以自警，同病相怜。诗人托物言志，是"感时伤世"之作，也是诗人自己的影射，让人不由得产生了对命运的恐慌和无奈。

人生一世，蝉不过一秋，无论长短，都是天地之间的匆匆过客而已。李白云：夫天地者，万物之逆旅；光阴者，百代之过客。在这横无际涯的时空交错中，人生如蝉，人生不如蝉。

铁蝈蝈

在京东密云的西邵渠村南山，以及东、西葫芦峪村相连接的山野里，盛产一种享誉京城的黑蝈蝈，人称"铁蝈蝈"。

古代人们视蝈蝈、蟋蟀、油葫芦、金钟等为兴旺吉祥之物，"冬养秋虫"成为一种古老民俗。蝈蝈有南北之别，北方人叫它"蝈蝈"，南方人称之为"哥哥""蚰子"，从品质看北方蝈蝈优于南方蝈蝈。蝈蝈体长一般在四十毫米，颜色为绿、黑、山青、草白等色，就价值而言，有"黄不如绿，绿不如黑"之说。蝈蝈最突出的特点就是善于鸣叫，是昆虫"音乐家"中的佼佼者。它发出的各种美妙声音，是靠一对覆翅相互摩擦形成的。能够发出声音的只是雄性蝈蝈，雌性是"哑巴"，但雌性有听器，可以听到雄性的呼唤。夏日炎炎，常听到其引吭高歌，铿锵有力。天气越热，叫得越欢，谚云："蝈蝈叫，夏天到。"

我国养蝈蝈的历史可追溯到三千多年前，《诗经·周南·螽斯》有云："螽斯羽，薨薨兮，宜尔子孙，绳绳兮……"这里所说的螽斯，就是蝈蝈，其产卵极多，可谓是宜子之物。诗用比兴手法，借物咏人，是一首祝颂子孙众多的喜庆民歌，由此演化出成语"螽斯衍庆"。自宋代开始已经有人饲养蝈蝈了，到了明代，养蝈蝈之俗已蔚然成风，且遍及朝野。明人写的《帝京景物略》载，因其声聒聒，故又名"聒聒"；又因其双翅上的纹理纵横，又称"络纬"。

清代宠爱蝈蝈之风尤盛，人皆言"夏虫不可语冰"，但为了冬季也能赏玩蝈蝈，从康熙年间起皇宫内就开始在温室里人工孵化蝈蝈。每年春节到正月十五，宫殿暖阁里摆设火盆、烧上木炭，周围架子上摆满蝈蝈葫芦，"日夜齐鸣，声可震耳，盖取'万国来朝'之意"。

宫中如此，民间对蝈蝈的追捧更胜，喜爱者甚至蝈蝈不离身，清代的京城掀起了前所未有的"蝈蝈热"。满人唐鲁孙在《盘鸽子·养蝈蝈》中写道："冬天养蝈蝈，能揣着蝈蝈葫芦，照样外出办事毫无妨碍才算个能手。"当时有人作《都门竹枝词》说："二哥不叫叫三哥，处处相逢把式多；忽地怀中轻作响，葫芦里面叫蝈蝈。"为了能听到蝈蝈更美的声音，人们甚至发明了一种"点药术"，即用朱砂、松香等配制成特殊的药膏，点在蝈蝈的翅膀上，使得叫声更加悦耳动听，酷似交响乐。

葫芦是冬日蓄养蝈蝈的最佳虫具之一，分为范制与本长两种。范制是人工迫使葫芦按模具的形状长成，本长则是天然长成的。制作蝈蝈葫芦是专门的手艺，要经过多道繁复的工序，品相好的蝈蝈葫芦，也是收藏界的宠儿。蝈蝈养在这样的器具里，鸣叫时能与葫芦发生共鸣，发出的声音浑厚低沉，具有较强的穿透力，故广受玩家青睐。

另外，蝈蝈也是众多艺术家喜欢表现的题材。最著名的有关艺术品当属现存台北故宫的翡翠玉石"蝈蝈白菜"；大画家齐白石的"蝈蝈"画作形神俱佳、活灵活现，流传下来许多佳作和故事。

北京人养的蝈蝈主要生长在北京郊外的山区，以西大山、东大山为主。我国著名文物鉴赏家、收藏家王世襄在其所著的《秋山捉蝈蝈》一文中说："东山所产（蝈蝈）曰'东大山'，东葫芦峪、西葫芦峪颇有名。"另据我国著名昆虫学家吴继传所著的中国有史以来的第一本蝈蝈大全《中国蝈蝈谱》中记载："北京以前讲究西大山和东大山的蝈蝈……东大山指京东密云、平谷、顺义、焦庄户一带，东葫芦峪、西葫芦峪为北京东大山蝈蝈的最佳产地。"

西邵渠地区处于黍谷山之南，华北大平原北缘，南面开阔，日照充足，北面吹来的冷空气被高峻的燕山所阻，导致这里气候温暖，适宜农耕。蝈蝈喜阳，在向阳的山坡高燥之处特别适宜蝈蝈生长。西邵渠及东、西葫芦峪地区产的黑蝈蝈，像铁皮的颜色，故又称铁蝈蝈。正宗黑蝈蝈个大，皮坚翅厚，通体青黑色，紫蓝脸，红牙，粉肚皮，褐色前翅背，前翅侧区斑黄绿色或黄色，黑青腿，棕须，黑眼或棕眼。体色随时间、年龄的增大而加深，直到全身黑亮似铁，鸣声强劲有力，响亮、宽厚。一虫鸣叫能盖过群虫的鸣声，一膀一膀地叫，沉着而稳重，有大将的风度。

西邵渠地区的很多老辈人都曾以抓蝈蝈卖蝈蝈为生。从明代开始村里的蝈蝈即以加盖"密玩"字样专供宫廷和王公大臣，产地一度为高度机密，秘不外宣。据说只有京城"份房"（由宫廷设置的专为大内和王公大臣们玩乐而繁殖、饲养鸣虫的机构）的总管李四爷和其徒"蝈蝈寇家"专门负责采购。直到清末和民国时期，西邵渠的蝈蝈才流入北京和天津的市井。解放前，很多村民在每年六七月间挑担步行去北京花市、官园、龙潭湖一带卖，一声"西邵渠铁蝈蝈"，便被抢购一空。

蝈蝈是山野田间常见的鸣虫，它曾是乡村的标志，由于气候的变化、化肥、农药的使用，加之过度捕捉，蝈蝈日渐稀少。可穿越时空的蝈蝈叫声，仿佛是人类生活的知音，山野里自由的歌手。它那响亮、欢快的鸣叫，唤起了许多人儿时的记忆和浓浓的乡愁——

稻草人肩上的乌鸦

　　乌鸦是很聪明的鸟，可人们为什么厌恶它呢？

　　乌鸦和喜鹊是亲戚，二者同属于鸦科，境遇却是天壤之别。"乌鸦叫，祸事到"时常挂在人们的嘴边，却对喜鹊、鸳鸯和布谷鸟喜爱有加。我小的时候，每当喜鹊在门口杨树上鸣叫，母亲就会说，喜鹊叫喳喳，喜事来到家。田野里传来布谷鸟的叫声，有叫两声的，音同"布谷——布谷"；有持续叫四声的，好像催促人"快快播谷，快快播谷"。芒种前后，几乎昼夜都能听到它的啼叫，明快叫声中透着些许的凄凉。父亲把锄镐从墙上摘下，准备翻地播种了。没有媳妇的前院三哥却说，这鸟骂我"光棍好苦，光棍好苦"呢。等我读了科普书籍之后，才知道布谷鸟又名杜鹃，它性情孤僻，不筑巢，不孵卵，不育雏，把自己产的卵放到黄雀、云雀等巢里，把亲鸟的蛋叼走，让别的鸟替它孵卵。等孵出雏鸟，布谷鸟为了确保自己的雏鸟安全，甚至残忍地杀害其他幼雏。鸠占鹊巢的布谷鸟，却被人誉为"报春鸟""吉祥鸟"。

　　上中学后读古诗，说鸳鸯对爱情坚贞不渝，是用情专一的

"守情鸟"。诸如"在天愿作比翼鸟,在地愿为连理枝""得成比目何辞死,愿作鸳鸯不羡仙"等等。多年之后,才知道鸳鸯是薄情的。雄鸟称鸳,雌鸟称鸯,合称鸳鸯。鸳鸯繁殖期间,双双游泳于水中,雄鸳频频向雌鸯曲颈点头,竖直头部艳丽的冠羽,然后伸直颈部,头不时地左右摆动,雌雄并肩,形影不离,恩爱嬉戏,显得情深意长。殊不知雄雌交配后,便分道扬镳,雄鸳鸯自由潇洒去了。孵化和抚育后代的重任,全由雌鸳鸯承担。科学家做过这样的实验,捕捉一对鸳鸯中的任意一只,另一半并未守情终身或殉情而死,而是不甘寂寞,不久便都另觅新欢了。可时至今日,薄情的鸳鸯,依然被人视为用情专一的象征。

其实,历史上的乌鸦并不总是这种负面形象,在很长一段时间内,乌鸦都深受喜爱,是一种祥瑞之鸟。凡是有阳光照耀的地方,均有太阳崇拜的存在。远古先民长期仰观天象,发现太阳周围有黑云,太阳中有黑斑。地处东方的东夷部族率先将太阳崇拜、天象观测和乌鸦崇拜结合起来,创造出了"阳乌载日"的神话。《山海经·大荒东经》云:"汤谷上有扶木,一日方至,一日方出,皆载于乌。"太阳每天都是由乌鸦背负运行的,于是"阳乌""金乌"成了太阳的代名词,备受敬仰,乌鸦也成了一种神鸟。

相传周室将兴,有赤乌出现。《瑞应图》云:"赤乌,武王时衔谷米至屋上,兵不血刃,而殷服。"太阳是上天的象征,赤乌是日之使者,代表天意所至。赤乌出现就预示着王业可成,是一种祥瑞之兆。清朝人关前,在盛京清宁宫前立有一根索伦杆,有丈余高,顶部有一碗型之物,木杆置于汉白玉基座上。萨满在祭祀仪式中,将五谷和猪杂碎放在神杆的顶端,敬饲鸦鹊;皇太极则不准任何人伤害乌鸦,且专门饲鸦。《东三省古迹遗闻》言:"必于盛京宫殿之西偏隙地上撒粮以饲鸦,是时乌鸦群集,翔者,栖者,啄食者,梳羽者,振翼肃肃,飞鸣哑哑,数千百万,宫殿之屋顶楼头,几为之满。"这里,乌鸦的崇拜是因其"偶然"救主而被赋予的。

自汉代起,儒学成为社会主流思想,深受统治者重视。"孝"是儒学核心思想之一。古代中国是一个以血缘关系为纽带的宗法制国家,家国同构,忠孝相通,维护家族秩序的"孝"可以有效转化为维护国家秩序的"忠"。而乌鸦反哺的习性,正好符合统治者的需求。乌鸦就被赋予了鲜明的伦理色彩,与"孝"结合日益密切,成了一种孝鸟、慈鸟。《说文·乌部》云:"乌,孝鸟也,谓其反哺也。"乌鸟私情、慈乌反哺等词语也就成了为人子孙表达孝道的固定意象,广为沿用。读西晋李密的《陈情表》,其中有这样的句子:"臣密今年四十有四,祖母今年九十有六,是臣尽节于陛下之日长,报养刘之日短也。乌鸟私情,愿乞终养。"李密以乌鸦反哺之情,乞求陛下允许他为祖母养老送终,表达他不愿出来做官的决心。

乌鸦本身不具有任何意义,它所代表的一切都是人类附加上去的。早在春秋战国时期,乌鸦的文化象征意义中就有"恶"的含意,但仍以祥瑞为主流。到宋代时,乌鸦为恶鸟的观念逐渐占了上风,其形象被彻底颠覆。

为什么会发生这样的转变呢?其原因或许跟乌鸦的颜色有关。乌鸦种类多,颜色也不相同,俗语"天下乌鸦一般黑"从某种意义上说并不准确。时代不同，人们对黑色的态度也明显不同。在秦汉时期，受阴阳五行学说的影响，社会上崇尚黑色，以黑色为尊。而到宋元时期，黑色却成了邪恶、阴森可怖的象征。乌鸦长得不讨喜，通体黑色的羽毛，尖锐刺耳的叫声，又与腐臭、死亡牵扯不清而为人厌烦。乌鸦代表灾祸，总认为它是不祥之鸟，会给人带来晦运。乌啼兆凶的观念最终在宋代确立，至今仍然影响着人们的思维，成了一类民俗禁忌。

不管讨厌与否，乌鸦与我们的生活息息相关。不知什么原因，乌鸦与猪能够和睦相处。在我记忆的深处，珍藏着这样的画面。每值秋收之际，我和小伙伴们赶着自家的猪，去收过秋的田野觅食。猪拱食饱了，在坝坎下懒洋洋地晒太阳。此时几只乌鸦飞来，若无其事地落在猪身上。乌鸦啄着猪身上脱落的皮屑，猪惬意舒服，一动不动。乌鸦啄得差不多了，单腿站在猪身上也晒晒太阳，此番景象，让我觉得温馨而感动。

秋天的傍晚，很静。夕阳就快接近西山头了，它的光辉构成一道道金色的光线。西天红霞尽染，溶尽归鸦的翅膀。乌鸦飞过晚秋的田野，呈现一派萧瑟。谷子已经收割完毕，攒在地里。一垄一垄的白薯，被霜打成了酱紫色。掰完玉米的秧，苍荒而立，光棍三哥一镰一镰地砍着。经历风霜的稻草人，失落地站在那里，显得格外孤单。

我转身向西，伫立黄昏，与夕阳在同一个平行线上，感觉离夕阳近了。似乎伸开双臂就可以抱住夕阳，我整个人完全沐浴在金光之中，乌鸦们也都披上了一层金光。蓦然，一只乌鸦轻轻落在稻草人的肩上，稻草人一动不动。田野之大，乌鸦不祥，唯有

193

稻草人接纳它；草木之微，稻草人木讷，唯有乌鸦为伴。光棍三哥见了，也许怕乌鸦偷吃谷子，也许不忍稻草人与乌鸦为伍，喊着轰走了乌鸦。趁着暮色，我们赶着猪回家了。稻草人望着空茫四野，看一弦白月摇曳上枝头，迎一轮世道浇漓的圆日，独守苍凉，企盼着那只待归的乌鸦……

蚌与珠

我一直心存困惑，那么丑陋的河蚌，怎么会孕育出晶莹璀璨的珍珠呢？

我对河蚌并不陌生，上初中的时候，清明一过，就跑到水库边的沟沟汊汊摸河蚌。河蚌没有脚，靠一块像斧头一样的肌肉滑行，俗称斧足。它滑行的速度异常地缓慢，一点一点地向前挪动。有时累了，或遇到危险，就用斧足挖掘泥沙，然后收缩它的肌肉，把自己埋入沙里。在它经过的地方，会留下一道滑痕。孩子们顺着滑痕，就能轻易地摸到藏在泥沙里的河蚌了。一会儿工夫，便摸满一柳筐巴掌大小的河蚌。

河蚌外形呈椭圆形和卵圆形，两壳膨胀，壳面光滑，从壳顶到腹部呈青黛色。它呼吸用鳃，体内有两块很发达的肌肉，好似健美运动员的两个有力臂膀，遇到危险，柔韧的身体便缩到两个贝壳的中间，就像两扇门一样，紧紧地关闭起来，形成一道攻不破的"铜墙铁壁"。河蚌肉少，肉中含沙，收拾不净，会有些牙碜。住在水边的人，嫌麻烦，剥开河蚌，把蚌肉喂鸡喂鸭。有人告诉他们，河蚌里会长珍珠的。村民很难相信，说，我剥过那么多河蚌，怎没见过一粒珍珠哇？那么贵重的东西，怎会长在这丑玩意儿里呢？

难怪村民不信，我国民间自古就有"千年蚌精，感月生珠"的说法。明代学者宋应星在其《天工开物》中说："凡珍珠必产蚌腹，映月成胎，取月精以成其魄。"他也认为，珍珠是承受月亮精华孕育而成的，珠蚌是母，月亮是父。这个说法颇有意思，因而招来许多附和之说，其中最典型的莫过于《合浦县志》："蚌蛤含月之光以成珠，珠者月之光所凝。"《岭南见闻录》进而又有所改造："蚌闻雷而孕，望月而胎珠。"在这里，雷声成了父亲，月亮成了母亲，珠蚌只不过是个生育的胎盘而已，珍珠俨然成了月亮的女儿。

果真如此吗？

有一年我到珍珠之乡诸暨，当采珠人用刀割开贝壳的刹那，见到珍珠真的包裹在蚌的珍珠层中，我才消除心中的困惑。但新的困惑又来了，我问采珠人，珍珠到底是怎样长成的呢？采珠人的讲述，令我愕然。

自然之珠，机缘偶得。一只平凡的河蚌，张开两壳，静卧水底，惬意地开张着。蓦然，一粒沙，或其他异物，掉入蚌壳里，蚌的黏液牢牢拴住它，使它不能脱离。你可以想象，这粒沙子，就像飞进人眼的尘埃一般，痛苦难睁，人一定会想尽一切办法，把灰尘弄出来。蚌也一样，要挤出沙子，或者磨掉沙子，然而蚌没有这个能力。沙粒又很顽固，蚌越挤沙越往里钻。沙粒没有被挤出，也没有被磨掉，它钉在蚌壳里面，把蚌折磨得痛苦不堪。

　　在无奈之中，蚌以它的唇，以它的肌肉，磨它，舐它，卷它；以涎沫洗它，浸它，润它。日复一日，年复一年，蚌始终忍住痛，舔舐着那粒给它带来痛苦的沙。痛苦成为蚌的必修课，并把痛苦当成一种修炼。每当月明宵静，蚌则向月张开，以养其珠，珠得月华，日益盈满。终有一天，蚌惊奇地发现那粒沙已经不见了，一颗晶莹圆润的珍珠蕴含在体内。这对蚌来说，也预示着生命就此结束。采珠人拿着刀，开蚌取珠，蚌死了，肉烂了，蚌壳被弃置沙滩之上。

　　就这样，蚌给予珍珠的，是一生的恩养；珍珠给予蚌的，则是一生疼痛。蚌与珠，残缺与圆满，磨砺与修炼，痛苦与甜蜜，相伴相生，互因互果，看似矛盾，实则天道使然，让人叹为观止。

种莲记

第一次与莲花近距离接触，是我上初中的时候。本家堂哥在南方当兵，退伍时带回一小布袋莲子，他当礼物送给了我。堂哥问，你见过莲花吗？我说，长这么大，还真没见过，但我读过周敦颐的《爱莲说》，特别喜爱莲花。他告诉我，莲花浑身都是宝，莲子，可以熬粥，莲藕，可以煲汤，莲花，妖娆而清雅。我问：咱这地方能种吗？他说，种莲花一要有水，二要有淤泥，我俩不妨找个地方试试。

我宝贝似的把莲子珍藏起来，没事就拿出来，端详这来自遥远南国的莲子。其颜色浅黄，表面有细密的脉纹，大小类似银杏果。为了窥探莲子的秘密，我用牙嗑开一个，莲子涩中带甘，剥开果肉，中间部分，长着一根青嫩的胚芽，那是莲子心，尝尝，味道苦苦的。

冰雪消融，燕子衔泥。我和堂哥把莲子种在村口塘坝边的淤泥里。从此我怀揣着期待，每天上学放学都要偷偷地去瞧上一眼。屋檐下的燕子，筑好了巢，小莲也露出嫩嫩的、尖尖的角。

婴儿一般的小莲，打了个哈欠，蹬蹬腿，伸伸腰，一两天的工夫，就从水中举起了莲叶。一场雨后，气温渐高。莲叶纷纷蹿出水面，叶柄托举着椭圆形的莲叶，其边缘呈波浪形，叶脉由中心向四周散射。我惊讶地发现，每逢刮风天气，沙飞尘卷，莲叶便沾满尘埃。次日清晨，太阳从东边的山顶冒出，金光万道，莲花欣然玉立。碧翠的莲叶上，晶莹的水珠，随风来回滚动着，把莲叶洗得干干净净。我迷惑不解，莲叶是如何让水珠洗去尘土的呢？多年之后，我才知道，这是莲花特有的一种自我修复功能。莲叶具有极强的疏水性，洒在叶面上的水，自动聚集成水珠，水珠随风滚动，就会洗净叶面上的灰尘。

盛夏的莲花，一片茂盛，绿莲丛中，朵朵莲花，或红或白，蜻蜓、蝴蝶纷纷前来，绕茎戏耍。池塘显得意趣盎然，莲花则气象拔俗。放了暑假，我们几个乡野孩子，在水塘中游泳，折几张莲叶，戴在头上，在水边捉起迷藏。当花瓣一片接一片地掉落，莲蓬从花蕊中脱颖而出，起初很小，慢慢变大，变得饱满。颜色从深绿变成浅棕，扶茎轻轻一晃，莲蓬里的莲子，有轻微的响动，这时就可以摘下来，采吃莲子了。在炎热的夏末，水中游戏完的我们，被骄阳烤得头晕目眩，争先恐后地跑去摘莲蓬，剥开新鲜的莲子，送入口中，那种清苦淡远的滋味，沁人心脾。

秋风一来，一下子便把莲叶吹老了。深秋的塘坝上，干枯了的莲叶卷曲，莲蓬低垂，颜色苍苍，禅意十足。那败叶断梗，枝影横斜，清霜飞晚，使得池塘一片苍凉。淅淅沥沥的秋雨，轻敲残荷，自然联想起李商隐的"秋阴不散霜飞晚，留得枯荷听雨声"的诗句。

冷风透骨，残荷有藕。堂哥穿上雨鞋，让我和他一起去挖藕。下得塘中，顺着藕的长势，把一根根藕拔出来。藕根植于污泥之中，显得又黑又脏。堂哥让我洗净，掰开一段，藕露出了晶莹洁白之色。堂哥问我，经过一季的种莲挖藕，你对莲有了什么新的认识呢？我瞧着手里的藕说，亲自种莲，亲自挖藕，对莲就有了一种无法言说的感受。我把掰开的藕，用水洗干净，瞧着藕在躯体里抽丝，骨骼里拔节，节中有孔，孔与孔之间并不相通，却有着相同的排序和走向。藕，为了叶和莲，心有灵犀，凝心聚力，而藕的成熟，又以叶枯花凋为代价。那凌空的花、水面的叶、泥底的藕，三者是同一生命，却以不同的形式呈现。那高处的莲，那深处的藕，高洁与污浊、繁华与枯朽、孤寂与喧嚣，其中的情、其中的意，又岂是我能说得明白的。好在莲花结了很多莲子，明年可以接着种莲。

白菜的白

白菜让我百吃不厌，且情有独钟。

小的时候，每到立秋，暑去凉来，父亲就会说："头伏萝卜二伏菜，三伏种荞麦，又到种白菜的节气喽。"父亲和我在几分地的院子里翻土打畦，在垄沟里撒下芝麻粒大小的白菜籽。不到一个星期，白菜苗不急不缓地钻出地皮，在煦暖的阳光下吐绿，伸展着嫩嫩的身子。母亲一边给白菜苗溺水一边说："可别小瞧了这些苗，等它们长大了你都可以坐在上面呢。"

田野里的庄稼已经由青转黄，秋收的大幕就此拉开，等了一个夏天的白菜就此出场。我每天放学回来，都要到菜畦边，瞧着纤弱而倔强的菜苗，泛着油绿的光泽，心中有柔柔的情愫萌动。朴实无华的白菜，舒展着肥绿的菜叶，捧着嫩黄的菜心，吸纳着阳光雨露。当沙沙响的玉米秆被砍倒，谷子被拦腰捆起运走，白薯秧被霜打成酱紫色，空旷的田野里，白菜成了主角。蓝天高远，大地空旷，白菜撒欢一样铆足劲儿地生长。

有天夜里，我离开暖乎乎的被窝到院子里方便，冷飕飕的风让我打了一激灵,暗暗地为院子里的白菜担起心来,心想这么冷的天,它们如何熬过这寒冷的夜晚呢?母亲告诉我:"不用担心,天越冷,白菜的叶子越是往里面卷,等你穿上棉衣的时候,白菜也已经结结实实地裹在了一起。"霜降之后的风越来越硬了,大地上落了一层薄薄的白霜,我发现白菜心果真抱得越来越紧。

天阴阴的,偶尔飘几朵小雪花儿,我和父亲把院子里的白菜一棵一棵地砍了。在我成长的那个特殊年代,生产队把大部分农田种上了玉米、谷子、高粱等农作物,留一部分土质好、离水近的土地作菜田。秋收后每户能分几百斤白菜,加上自家种的百十棵白菜,就是一冬和来年春天的"当家菜"。母亲把那些没长好的白菜,码放在大缸里腌成酸菜;父亲在院子就地挖个地窖,仔细封好,来年开春,白菜、萝卜就能帮助一家人度过青黄不接的日子。

老人们常说,伏白菜不如冬白菜好吃,经过霜打日晒的冬白菜没有苦涩。平常素日,母亲炒的白菜,一片片厚薄匀称,长短整齐,不生不烂,吃起来又香又脆。最令我难忘的是冬天放学后,天上彤云密布,雪花纷纷,母亲把冻豆腐、白薯粉、白菜依次放进锅里,开锅后盛一大盆,一家人围在饭桌前,就着贴饼子暖心暖胃地吃着。有时母亲把切下来的白菜根泡在小碟里,在它周围再码上用秫秸篾串起来一圈蒜瓣儿,出不了几日白菜根就会窜莛开花,金黄细碎的白菜花,翠翠的青蒜苗儿,在窗台上站成惹人怜爱的小盆景。在那样的岁月,正是这棵棵白菜支撑着城市乡村的千家万户,成为那个时代的记忆。白菜陪伴着人们度过一个又一个单调枯燥的冬天，人们从中吮咂着"淡而有味"的生活，苦并快乐着。

千古一菜独此菜，纵横一白堪称白。从白菜之态、白菜之色、白菜之味，人们品味到世间的某些哲理。我有意无意地了解些白菜的历史知识，曾经给儿子买过齐白石画的白菜邮票，在电视里多次欣赏台北故宫里的翡翠白菜，对白菜有了深层的理解。觉得普通的白菜，有着不凡的内涵，一颗白菜，故事多多，大俗即大雅，雅俗尽在一棵菜。

白菜古时曰菘，明代李时珍引陆佃《埤雅》说："菘，凌冬晚凋，四时常见，有松之操，故曰菘，今俗谓之白菜。"古人赋予白菜松柏之性格。四季分明的北方是白菜的故乡，出生地在新石器时期的西安半坡原始村落，年龄已有六千至七千岁，明清以后漂洋过海，足迹遍步世界各地。

"白菜"与"百财"谐音，寓意招财纳福，又因白菜是一层一层的，所以被当作了层层见财的好兆头；且白菜帮白、叶子翠绿，与中国古代文人士大夫提倡"坚贞纯洁、清清白白"做人的思想暗合。

明嘉靖年间，江西徐九思任句容知县时，曾在县衙门前树立一块白菜碑，碑上有画有联，皆为知县所亲为。画是一棵大白菜，栩栩亭立，清风徐来，无尘无埃。联语曰："为民父母，不可不知此味；为吾赤子，不可令有此色。"徐九思以白菜自勉，与民同苦共乐，吃菜叶，嚼菜根，两袖清风，廉洁行政，得到句容百姓敬仰与爱戴。

大白菜给人的印象是平凡、开放、朴素、寡欲的，却有着自由与自律的本质。

白菜从幼芽开始，拥有一种开放的心怀，无拘无束地承浴阳光雨露，哪怕一点点，也心满意足；随着自身的渐渐强壮，大白菜自觉地收拢了无缰的心和无羁无绊的性格，把天光地气拥入胸怀，不浪费，不过多地消耗，不挤别人的位置，不占别人的营养；同时把空间让出来，表面上看自己吃亏了，拥挤了，难受了，演绎的是共存共荣的生存智慧。白菜的故事远离我们的生活，但白菜的那种品德，早已种在我的人生岁月里了。

掌心里的小米

小米,古称"稷",亦称粟,通称谷子,为五谷之首。

小米的生命始于谷子,每当谷雨前后,父亲一手扶犁,一手用鞭子赶着老黄牛,嘴里不住地吆喝着。牛犁翻卷着黑油油的泥浪,储藏了一冬的地脉气息,弥漫在田间地头,一呼一吸之间满是泥土的味道。谷种随着母亲的手飞出,穿过流动的空气,落入潮润的垄沟,在明亮的阳春里一闪一闪的。我紧随其后,用耙子掩埋谷种,用脚踩实。全家人怀揣着一年的期待和希冀,谷子的生命由此开始,梦也由此出发。

山谷里的冷,遇到了村子里的暖,酿成了一场淅淅沥沥的雨。微细的谷种,破土而出,由一粒而一株,而一丛,而一垄。母亲对我说,苗好一半谷,该薅谷苗去了。薅谷苗是很费劲的活儿,蹲在苗高寸许的垄间,屁股不能坐下来,免得压坏了它们。不时站起来,直直身,捶捶腰。就在站起蹲下、蹲下站起的当儿,瞧见头顶已经花白的母亲,低垂着头,背天面地,虔诚地面向翠绿的谷苗,一点一点往前挪动着。我的内心涌动着一股酸楚,可那一垄垄谷苗,像绿色音符的五线谱,又让我感到些许的充实和慰藉。

谷子不声不响地蹿过了膝盖,父亲扛起锄头要我和他一起耪谷。学着父亲的样子,双手握住锄把,前腿弓后腿蹬,倒退着顺垄一垄一垄地耪。耪除杂草,使土翻向两边的谷苗,让谷苗不易倒伏。耪谷时已是伏天,有时怕热,就趁清早凉快时耪,露水会把裤腿打湿,沾满了泥巴。风儿拂过,谷子左摇右摆晃着人们的心事,叶子哗啦哗啦地响动,牵着全家人漫长等待的心弦。

风过谷垄,谷子漾起一波又一波的绿浪。不知不觉间,谷花开了。谷子从来不在白天开花,它开花的时间是在后半夜,天将黎明时,谷花就开败了。它像花中的隐士,花开得既不张扬,也不热闹,没有香气,只有微微的青色气息,在风中飘散。以至蜜蜂、蝴蝶甚至人们都忽略了它的存在,从不见有画家染翰传神,也未有诗人讴歌赞美。可谷子却日积月累,吸吮着土地养分,吸吮着日月精华,拔节吐穗,默默成熟着。

谷花不见何时开,也不见何时落,假如到了处暑还没抽穗,那收成就成问题了。父亲就会担忧地念叨着:处暑不露头,割了喂老牛。抽穗后,要灌浆,如在灌浆期遇上天旱,那叫"卡脖子旱",收成会大打折扣的。

大约秋分时节,秋风吹黄了谷子,快成熟的谷子,谷秆上长着镰刀般的谷穗,沉甸甸的,满鼓鼓的。谷穗沉甸甸地低下头,谦虚地弯下腰,以感恩的姿势,向家人发出了烫金的请柬。我和父亲一手拿镰刀,一手抓住一把谷秆,用镰刀在谷根处"嚓"地一割,一把谷就割下来了。父亲手把手地教我捆谷子:麦捆根,谷捆梢,芝麻捆在半中腰。割倒的谷子,被一捆一捆捆起来,暂时码在空旷的田野里。

当秋雨在夏天的绳头上打了个结,父亲把谷捆背到场院里。母亲用笊镰把谷穗掐掉,一个个谷穗弓着身子躺在场上。父亲左手牵着戴着罩眼的驴,右手挥着鞭子,拉着吱吱扭扭的碌碡,将晒干的谷穗反复滚轧辗打。风起了,该扬场了。父亲站在下风头,脱下了上衣,扬起手中的簸箕,谷粒抛向天空,一道优美的弧线,闪动着饱满的金黄。在风的吹拂下,谷粒均匀地散落下来。而谷糠则像入冬的小雪,细细密密地随风飘落,谷粒与粮糠就此分离开来。我站在散落下来的谷粒旁边,用高粱穗做成的扫帚,负责清离谷糠归拢谷粒,渐渐地堆成一个金色的米丘。谷堆是不容许人来回跨的,如果哪个小孩子不小心或出于好奇跨过去,会招致大人们的呵斥。在秋天的场院里,母亲总要叮嘱我,千万小心,可别来回跨迈谷堆啊!父亲不紧不慢地扬着手中的簸箕,在灿灿的夕阳中,像一阵阵金色的雨。逆光之下,父亲的肌肤被阳光编织成纹理,紧绷的脊背上,沾着星星点点的谷粒。光影中的父亲,散发着一种力量,一种光辉。

谷子有了,要吃到小米,还要加工,从前是石碾、石磨,后来有了粮食加工厂。刚加工出的小米,黄澄澄得耀眼,抓一把在手里,热乎乎的,闻起来有股醇香味。用新小米做出的饭啊,那真叫色、香、味俱全。小米是粗粮中的细粮,家乡风俗,女人坐月子,须喝小米粥,其营养丰富,有"代参汤"之誉。山里人的生命是从小米粥开始的,这使我对小米有了一种难以割舍的亲情。小小米粒,小到不过一毫米,从谷子下种到加工成小米,经过了多少道程序,洒下了多少汗水呀。我曾经在烈日下与父母一起种谷、薅苗、耪谷、割谷、打谷、磨谷,对那句"一粥一饭,当思来处不易;半丝半缕,恒念物力维艰"有着真真切切的体会。

西部的黄土高原是小米的故乡,人文始祖轩辕黄帝,就是吃着陕北的小米,逐鹿中原,统一了中国各部落。陕北的小米肇始了中华民族的历史,那一眼望不到边际的山山峁峁、沟沟岔岔,到处种的是谷子。谚云:"只有青山干死竹,未见地里旱死粟。"小米既耐干旱、贫瘠,又不怕酸碱,在陕北山区广泛种植。每到秋收季节,一片片金黄的谷田,仿佛是上苍赐给我们祖祖辈辈的厚礼酬金。小米是养人的好东西,走在陕北,你可以看到健美绰约的米脂婆姨,看到健壮豪迈的绥德汉子,看到粗犷激昂的安塞腰鼓,听到辽旷高远的信天游,细细品味,都蕴含着小米那绵远醇厚的味道。

陕北小米不仅好吃好看,其革命故事也很多。红军长征到达陕北,创建了陕北革命根据地。党中央在陕北的十三年中,陕北小米滋养了千千万万的革命战士,用小米加步枪打败了反动军队的飞机和大炮。毛泽东主席曾深情地说:"长征后,我党像小孩子生了一场大病一样,是陕北的小米、延河的水滋养我们恢复了元气……"新中国成立,谷子走进了中华人民共和国国徽,国徽中间是五星照耀下的天安门,周围是谷穗和齿轮,谷子有了新的象征意义;改革开放的浪潮,起自于农村,那盛夏涌碧波、晚秋泛金浪的谷子,承载了新的历史使命。一粒粒谷米,正是在岁月的淘洗中,被注入了新鲜的生命和灵魂。

谷子稳重,低调,含蓄,双手捧起,是沉甸甸的喜悦,伸进谷堆,就像触到父亲那双正在田间劳作的手。米,一横一竖,四点间之。每一粒谷，如一粒粒阳光，亦如泥土，贮满了日月雨露的精华。它是炎黄文化的底色。土的颜色、河的色彩、人的肤色，都是富有生命力的黄色。

谷子，是大地的哲思。天道高远、地理深邃的华夏大地，培养出炎黄子孙小米一样的品质。我想不管世事如何沧海桑田，当一把小米握于掌心，体味小米之道，无论凸立于哪条纹路，都足可以温暖我们的灵魂和梦想。

第四辑

牦牛背上的玉树

一

向西，再向西，一路向西——

我们一行四人，前往玉树，去采访密云援助玉树脱贫攻坚的工作者。我从飞机的舷窗上，俯瞰着高原，想象着高原。走下舷梯，七月的巴塘草原，绿草如茵，簇簇白云在空中缓缓飘动着，牛羊在山坡吃着草。其间点缀着黑色和白色的帐篷。一幅天然画卷，呈现在我们眼前。

短暂休息之后，在玉树挂职的副市长薛云波、组织部副部长朱应延、州发改委副主任张磊三人，带领我们登上玉树当代山上的观景台，让我们感受着涅槃重生的玉树。站在观景台上，整个玉树市区尽收眼底，一座座色彩明快的藏式住宅沿着山势向谷地蔓延开来。清晰地记得，十几年前，玉树发生7.1级强烈地震。地震发生后，全国人民无私援助玉树，创造了一个又一个"玉树速度""玉树奇迹"，建成了一座布局合理、功能齐全、设施完善、特色鲜明、环境优美，又有着浓郁藏文化的现代都市家园。

扎曲河、巴塘河穿城而过，四纵十六横的马路上车辆川流不息。对面的结古寺矗立于半山，静穆于苍穹之下。

远眺巴颜喀拉山和唐古拉山，峰岭连绵，雪冠皑皑。玉树是青海高原腹地，也是青海地势最高的地方，全州平均海拔四千二百米以上，为世界第三极；黄河、长江和澜沧江均发源于此，即为"三江之源"，又是"中华水塔"。

"玉树"是藏文译音，为"遗址"之意，将音、义相连，则是"在故址上盛开的美玉之树"。

二

玉树以牧为主，是农牧结合的半农半牧地区。贫困面广、贫困程度深、贫困情况复杂，成为贫中之贫、困中之困地区的典型。薛云波介绍说，玉树的贫困人口，分别占全市农牧民总户数的近四成，这样的贫困比例，在全国深度贫困地区也是少有的。脱贫攻坚，对于玉树藏族自治州来说，是一场极其艰难的硬仗。密云区从医疗、教育、旅游、养殖、科技、培训、销售等方面，对口帮扶玉树，扶贫攻坚，携手奔小康。

玉树后面的神山上，飘动的五色经幡和袅袅上升的"桑烟"，把人们美好的祈愿向空中传去。玉树八一医院位于结古大道，北京大学第一医院（密云医院）根据玉树八一医院的特点与群众健康需求，先后完善了血液检验科、中医科、放射科和远程会诊等。副院长南杰介绍说，通过各类专题学术讲座，以及临床指导，整体提升了八一医院的医疗水平。玉树市第二完全小学与密云区檀营满族蒙古族中心小学建立对口帮扶。卓玛校长说，两校以"赏识课堂实践"为切入点，牵住课堂，更新观念。檀营小学把相对成熟的管理办法、教学经验等均供其参考。比如赏识课堂、课程体系构建、读书节、欢乐周等活动方案，展开专业、扎实、有效的帮扶。

晚上，我们去玉树的街头散步。格萨尔广场霓虹闪烁，人们围成圆圈跳着欢快的锅庄舞。我也按捺不住，加入了跳锅庄的队伍。亦步亦趋地"悠颤跨腿""趋步辗转"，两个手臂也撩、甩、晃动着，感受着高原之城的快乐与祥和。忽然听丛洲喊我，真是巧了，碰到老朋友张进柱和陈超了。我们聊了一会儿，知道他俩正忙着筹建北京通成网联科技有限公司玉树分公司。大家相约明天晚上去他们公司参观。次日傍晚，太阳的余晖把四周的山峰涂成了金色，我们如约前往。新公司办公地，是个二层藏式小楼。楼上楼下正在装修。站在二层露台，凝望对面陡峭的山坡，几只吃草的牦牛久久不动，仿佛钉在了那里。张进柱高兴地说，今天是他三十六岁生日，有朋自远方来，不亦乐乎。他让人点了几个外卖，因陋就简，在楼台上小酌抒怀。一轮明月从东方升起，进柱端着映着月光的酒杯说：我们想把公司成熟的经营模式，结合玉树的地域特点，企业对口支援玉树机关单位的系统管理、数据应用；同时网络营销玉树的土特产、旅游及历史文化宣传。这些领域对玉树来说，还是未开垦的"处女地"，我俩算是开拓者了。扎曲河发着哗哗声响，向通天河流去，天渐渐地凉了。在返回的途中，月光把我的所感，发酵成一首诗：

"密玉"结缘梦千寻,青海明月共举樽。

扎曲蜿蜒绕城去,雪山巍巍年年春。

耕在高原开拓者,关注民生抵万金。

两地携手行致远,脱贫攻坚玉树心。

三

  结古镇为玉树藏族自治州政府所在地,"结古"在藏语中是"货物集散地"之意。其地处扎曲河谷地,是唐蕃古道上的交通、军事、贸易重镇,自古以来便是青海西宁、四川康定、西藏拉萨三地之间的贸易重镇。

  密云西田各庄镇西智村与玉树市新寨街道卡孜村对口帮扶的旅游项目,已初具规模,建有木屋、帐篷等多种民俗设施。营地负责人介绍,营地能接纳几百个游客,有演艺、餐饮,下一步将借新寨玛尼石城扩大经营范围,做高端、特种定制游。

  卡孜村与玛尼石城近在咫尺。张磊是我十几年前教过的学生,他对玉树的宗教历史、藏族文化、动植物等颇有研究。他介绍说,玛尼石城建于公元1715年,第一世嘉那活佛于此地捡到一块自然显现六字真言的玛尼石,活佛从此居住在此地,同僧俗群众一起刻石度过余生。此后几百年,历代刻经匠人不断地将经文、真言、佛像、经典等刻在石块上,人们一边煨桑,一边祈祷默诵,把一块块玛尼石堆添到石堆上。天长日久,一座"石经城"拔地而起，愈垒愈高。如今石堆的玛尼石已经多达二十五亿块以上，被吉尼斯世界纪录称为"世界第一石刻图书馆"。

"玛尼"来自梵文佛经《六字真言经》"唵嘛呢叭咪吽"的简称，因在石头上刻有"玛尼"，故称"玛尼石"。这里的玛尼石大小不一、形状不同。不管大小，上面都有六字真言，或者图像。颜色多为白色，质地也不尽相同，有石灰岩、硅质岩、汉白玉等等。这些石碓，高高耸起，宛如一座石头城，让人看上一眼，烙印在记忆中，终生也忘记不了。

我跟着转玛尼城的人流，顺时针绕城行走。一开始听到的是自己的脚步声，静下心来，喃喃的诵经声，似有似无，丝丝缕缕，飘入耳中。转到玛尼堆北面，遇到许多卖玛尼石的。其中有一位怀抱四五岁孩子的藏族阿妈，我从她那儿买了一块玛尼石，许下心愿，虔诚地把它放到玛尼堆上。

四

玉树地广人稀，村与村之间、户与户之间，动辄相隔几公里、几十公里，甚至上百公里，来回就是一天；有时候进村入户，可能找不到人，白白跑了一趟。加上天气变化莫测，工作难度大，见效缓慢。我们去东邵渠镇帮扶的巴塘乡铁力角村藏羊繁育基地采访，有了切身的感受。

沿着巴塘河前往铁力角村，一路领略着玉树的山川景物、历史文化。巴塘河蜿蜒东流，汇入通天河。交汇之处，巴塘河清澈碧绿,通天河水浑浊不清。两河相汇,一半清澈一半混浊,景象蔚为壮观。

通天河,藏语里称之"珠曲",意为"神牛奶之河"。相传,远古时候,一头神牛从天庭来到玉树,为保护玉树,违抗了玉帝旨意。玉帝降天火于玉树。神牛为了拯救草原生灵,爬到一座雪山上,大吼三声,从两侧鼻孔中喷出两股洁白的奶水。奶水浇灭了天火,使草原重现绿色,变得更加美丽。玉帝愤然作法,将神牛变为石头。神牛从此就留在了玉树,成为保佑玉树的一座神山。神山石缝中,涌出清澈晶莹的泉水,日夜不息,汇聚成现在的通天河。自此,牦牛是玉树的地理标识,以牛命名的山川也比比皆是,如牛心山、牛脊梁、牛蹄弯、牛鼻子山等等。

牦牛在藏族人生活中,扮演着重要的角色。藏族有句谚语:"没有牦牛就没有藏族,而有藏族的地方,就有牦牛的身影。"数千年来,牦牛与藏族人民相伴相随。藏族称牛为"诺",意为宝贝。男孩子有起名"诺布"的,意思是珍宝一样的男子。女孩子起名为"诺增",意思是聚宝的仙子。在藏族百姓的习俗中,男女相爱未婚分娩,男方必须送两头母牛到女方家中。在民间歌舞中,牛也是主角,有的舞蹈动作是模仿牛的样子,情歌、山歌中更是必不可少的。牦牛在雪域牧民的心中,是忠诚、勇敢、踏实的象征。牦牛尽其所能供养着藏族人民的衣、食、住、运、烧、耕等各个方面。一路走来,沿途可见,那些牧民房屋和帐篷外都有一个一米多高、用来挡风的牛粪矮墙,院里都有一个牛粪垛。这些用牛粪砌成的墙,既可防止野兽侵袭,又可以防寒保暖。牧民称牛粪为"久瓦",意为燃料,对它不但不嫌弃,反而觉得很亲切。有了牦牛粪,也就有了牧民的烟火气。

沿着通天河边的险峻山径,一路前行,进入藏语意为"美丽之沟"的勒巴沟。它是两座山之间的一条峡谷,溪流中遍布玛尼石,当地人称之为水玛尼。溪流被玛尼石激起朵朵浪花,仿佛不舍昼夜地吟唱着六字真言。据说这些玛尼石,是文成公主途经此地时留下的。我和张磊在玛尼山下合影,他幽默地说,您讲过文成公主入藏的故事,可没讲过她可是历史上第一位援藏女干部呢。经过海拔四千三百二十四米尕日拉山的垭口,汽车拐入铁力角村,道路崎岖,起伏颠簸,终于到达铁力角村藏羊繁育基地,可羊圈却是空空的,说是去牧场放牧了。我感觉头晕晕的,胸有些憋闷,便坐在草地上,抬头看到天云之际,走过了一群藏羊。

五

上拉秀村,地处玉树市西南,距市区七十五公里。2019年初,玉树州普降大雪,上拉秀乡遭受雪灾尤为严重,出现道路积雪封堵,牲畜死亡,燃料、饲草料等物资匮乏。雪灾之后,密云区及时在村委会旁建了一座储藏救灾物资的库房,以备不时之需。

在我的印象里,藏族同胞世代生活在高原,应该不惧高原反应。到了上拉秀,彻底颠覆了我的认知。这里海拔四千多米,是个铁都能被冻弯的地方。村主任介绍,村民大多患有高血压病,村民们见面时,最珍贵的礼物是阿司匹林止疼片。如果举办婚礼,婚礼现场摆着一盘阿司匹林片,人们对其喜爱胜过喜糖,以解高血压之苦。

　　中午就在村委会用餐，有牦牛肉、血肠、自制酸奶等。牦牛肉有些韧劲，血肠有些腥味，我知道，我在咀嚼着高原的味道。村委会主任和村民，知道挂职干部三年的期限就快到了。村主任说，我代表村民从内心感谢北京来的挂职干部。你们的故事写在石头上，风吹不走，雨打不掉。2019年底，朱应延走访下拉秀乡的一所学校。他发现一个孩子面黄肌瘦的。老师说，这个孩子患有先天性心脏病，基本的体育课都上不了。玉树是先天性心脏病高发地区，患病率达1.7%。由于当地落后的医疗条件，患者在玉树无法进行手术。藏族孩子的生命变得非常脆弱，即使活到了成年，结婚生子都不行，特别是女孩儿。这个病不根治，一辈子就是个"雷"，不知道什么时候会炸。2022年8月1日，经过仔细筛查，一趟搭载着第一批二十名身患先天性心脏病儿童的希望列车进京，这些玉树孩子，在北京得到了"心"生。

　　村委会院内的花坛里，长着一棵擀面杖粗细的松树，高不过两米，树龄已近二十年了。放眼四望，辽阔的草原没有一棵树，全是低矮的牧草。我用手触摸了一下小松树，拍了一张照片，然后在手机里写了一句话：唯其艰难，方显勇毅；唯其磨砺，始得玉成。

　　七月的玉树，云朵身后叠加着云朵，雪山背后隐藏着雪山，河流上游连接着河流。几天下来，我和薛云波同乘一辆车，体会着玉树挂职干部的艰辛与付出。他们抛家舍业，忍受着高寒缺氧、病痛折磨、物质的匮乏以及想念亲人的孤寂。他们扑下身子，沉到基层、牧区，察实情、办实事。用他们的话来说，就是缺氧不缺干劲；苦熬三年，还不如苦干三年。苍古的高原，厚实地存在着。那一顶帐篷、一所学校、一群牦牛、一坡藏羊、一处寺院、一河清粼、一片雪花，都有他们的印迹和惦念。

草原上的野花，像铺向天边的彩色地毯，一派盎然生机。一群群鼠兔，在路上三五成群地晒着太阳、嬉戏着。每当遇到它们，藏族司机小伙都会放缓车速或耐心等待。我把拍照的图片发到朋友圈，在薛云波的微信里，看到玉树诗人索多写的一首《致敬，援青干部》：

既是一年离别时／又逢一年相逢日

七月／援青干部走了／三年耕耘／田野结满硕果

七月／援青干部来了／三年接续／使命牢记心间

缺氧不会缺干劲／高反不会少奉献

送行的人排成了长队／有您医治过的患者

也有您救助过的学生／有和您碰过额头的老人

也有您问候过的卓玛／哈达堆成了小山

祝福的话语流成了河／欢迎的人也排成了长队

他们为希望而来／为美好而来

也为信任而来／天上的流云

捧起了洁白哈达／山间的溪流／端起了青稞美酒

巴颜喀拉不会忘记／通天河水永远铭记你

和玉树在一起的日子说长不长

1095个日日夜夜说短不短

1095个风雨春秋／致敬／援青干部

我们的采访就要结束了，玉树正紧锣密鼓地筹备首届"中国（玉树）牦牛产业大会"。我们乘上飞机，从飞机的舷窗，再次俯瞰玉树的草原，牦牛像一个个行走的"符号"，赋予了广袤草原以不息的生命。我从随身的包中，拿出在机场购买的《吉祥玉树》，读到其中的《斯巴形成问答歌》一段问答时，其意蕴，让我心有所悟：

问：斯巴（藏语，意为宇宙、世界或大地）形成时，天地混合在一起，请问谁把天地分？最初斯巴形成时，阴阳混合在一起，请问谁把阴阳分？

答：分开天地是大鹏，分开阴阳是太阳。

问：斯巴宰杀小牛时，砍下牛头放哪里？斯巴宰杀小牛时，割下牛尾放哪里？斯巴宰杀小牛时，剥下牛皮放哪里？

答：砍下牛头放高处，所以山峰高耸耸；割下牛尾放山阴，所以森林绿郁郁；剥下牛皮铺平处，所以大地平坦坦。

藏族驯养了牦牛，牦牛养育了藏族。对于藏族人民来说，拥有了牦牛就拥有了一切。牦牛深深影响了藏族人民的精神性格，憨厚、忠诚、坚韧的"雪域之舟"，它们不仅是藏族家庭的一员，更是藏族人民的信仰和精神图腾。

2022年7月20日，我们已经回到了密云，首届"中国（玉树）牦牛产业大会"在青海省玉树藏族自治州开幕。开幕式上，玉树州获得中国肉类协会"中国牦牛之都"授牌，并举行了"世界牦牛之都"申请仪式。向西遥望，牦牛背上的玉树，以其坚韧、以其顽强、以其梦想，追寻着无限的诗和远方。

鹅　泉

鹅与泉是怎样的缘分，才会诞生出这泓圣洁的鹅泉。

时值入伏，我随北京市文联新时代文明实践文艺志愿服务团走进百色的靖西市，深入开展"结对子、种文化"文艺志愿服务活动。靖西地处桂平西南边陲，是典型的壮族人口聚居地。其山水奇美，群峰拔翠，洞邃幽奇，湖光山色，造态天然，素有"山水小桂林"之誉。

活动之余，我们到当地知名的鹅泉采风。鹅泉位于新靖镇鹅泉村念安屯西，听说与云南大理的蝴蝶泉、桂平西山的乳泉并称"西南三大名泉"。

鹅泉为峰林谷地中的上升泉，泉口属岩溶溶洞，是地下河出口，往东汇水成湖，面积达二百五十八平方公里，再往东宣泄成鹅泉河，为亚洲第一大跨国瀑布——德天瀑布的源头。其四周山峰峙立，谷中的稻田清新。鹅泉波平如镜，在阳光映射下如同镶嵌在山谷间的一块翡翠。水中藻、荇交错，像翠鸟的羽毛在水中曼舞。

鹅泉中央有座小岛,岛上有座龙神庙,庙前有三通碑刻,字迹尚可辨认。据碑刻记载,龙神庙修建于清嘉庆年间,坐南朝北,砖木结构,颇具古朴感。过木拱桥,凤尾竹下,为"鹅"字碑,字是一笔大草,碑后有"龙潭"碑序。对面山峰耸起,形似蹲鹅。山麓泉水从地下涌出,形成一个大潭。传说泉分三层,第一层深四丈,第二层深六丈,第三层无底,下通暗河,显得幽深莫测。因其汇水区域为裸露的石灰岩,故泉水清澈,泛着淡淡的蓝绿色,水中游鱼墨黑,清晰可见。此情此景,我自然想起柳宗元《小石潭记》中的句子:"潭中鱼可百许头,皆若空游无所依,日光下澈,影布石上,佁然不动,俶尔远逝,往来翕忽,似与游者相乐。"

蓦然间,雨像撒豆般地"噼里啪啦"地落下,水面瞬间被砸出了密密麻麻的水坑儿,游鱼四处惊散。几个在潭里戏水的孩子,连忙爬上岸。我也赶紧跑到龙神庙的屋檐下避雨。只见龙神庙雕像正中为龙神,左侧为一阿婆怀抱两只鹅,右侧为一拿笔书生。据《归顺直隶州志》记载:"相传昔日杨媪,拾得二卵,养出神鹅,揽田间沟洫成潭,深十余丈,阔数倍之,沂流成河。"故名鹅泉。从此,周围农田得泉水灌溉而丰稔,后人为纪念杨媪养鹅造泉之功,在泉边立了一间杨媪庙,后增加龙王塑像,为今之龙神庙。清蔡鸿遵有诗云:"龙钟一老妪,巡行江之渚。得卵试投泉,泉水清如许。至今水常青,仙人渺何处?"

庙内香烟袅袅,庙外烟雨苍茫。雨水顺着屋檐流下,好似透明的珠帘,隔开了喧嚣的尘世。在这空蒙之间,我与两位阿婆攀谈,询问老人家多大年纪了,不经意间想起过世的母亲。一位告诉我年龄为八十二岁,显得精神矍铄,另一位已是年过九旬,背驼得很是厉害。两人头发全白了,坐在龙神庙的屋檐下,相互偎依,开始浅吟低唱。山歌如精灵,在粼粼水波间回荡。沧桑婉转的旋律,沧桑婉转地滑出喉咙,沧桑婉转地绕进我的耳朵……我虽然听不懂,但我知道,她们是唱给龙神的,唱给杨阿婆的,唱给这片土地的,唱给远方客人的。纯净而真情的歌声,如天籁,在刹那间,令我感觉整个身心得到了净化。

雨过天晴,一个个孤峰饱满;偶尔有太阳雨飘落,仿佛是阳光的声音。

鹅泉西崖壁陡峭,壮语称之"岜搭书",意为"有字之山",上面刻有明成化皇帝赐封的"灵泉晚照"楷书,被雨水一洇,更显红得醒目。泉东不远处有一小石山,林木荟蔚,极为幽胜。相传石山脚下盛产鲤鱼,人若在泉边大声呼喊,岩石回音,声震水中,鱼受惊即跳出水面。旧时,每逢农历三月初三,文武官员、四乡男女来此祭祀,以庆丰年。向水中抛撒米饭,鱼群云集,连声叱喝,鱼群跃出水面。故有"鹅泉跃鲤三层浪",为靖西八景之一。

鹅泉,是一座湖,而湖,是一眼泉。相之于北京的玉泉、杭州的虎跑泉、济南的趵突泉等名泉,鹅泉藏在深闺,未能名扬四海,但其朴素、自然、圣洁而无雕饰。凭栏处,这悠久的历史,这诗画的山河,这勤劳善良的人,三者合一,美美与共,和谐共生。鹅形的山峰倒映水中,一对洁白的鹅,在远处游弋,身后泛起涟漪。暗忖,难道那对仙鹅又重回鹅泉了么?或者根本就没离开过?它们仿佛轻舞曼吟着,噢,鹅泉,噢,念安……

古井与西邵渠

一

一口古井和一本笔记,是我们打开西邵渠村的两把"钥匙"。

西邵渠村和其他大多数村子一样,村庄的历史上溯到三四代就很不错了,许多事情被时光遮蔽了,有的成了似是而非的传说。我们从2019年早春开始,为西邵渠编写村史,走进田间地头、村街小巷,走访耄耋老人,打捞着西邵渠村的历史文化。

从密云城向东南十几公里,翻过黍谷山,就到西邵渠村了。其地与顺义、平谷毗邻,口音是"平谷味、密云调、顺义腔"的"三不像"混搭语言。在村里流传这样一首民谣:"东邵渠的庙,西邵渠的井,俏大姑娘银冶岭。"说的是东邵渠村的宏善寺、西邵渠村的赵惠井、俊俏的银冶岭村姑娘。我们非常好奇,西邵渠村的古井有什么样的故事,能被传唱在民谣里呢?

西邵渠成村于元代以前,饱受缺水之苦。有关西邵渠村缺水的状况在明清两代《怀柔县志》里均有过记载(西邵渠村历史上隶属怀柔,清末划归密云)。人们吃水要到外村去"讨水""求水"。富裕人家赶着毛驴去驮水,穷苦人家挑着柏木水筲或背着水桶去找水,老人、孩子要用水桶去抬水。鸡刚一叫,三五成群的村民,踏上山间的羊肠小道,去七八里或十几里的外村"讨水"。

遇上干旱年景,临村也缺水,只能人和牲畜共吃村东的坑水。坑内的水,风吹日晒,水土粪便流入,水中有许多浮游生物以及青蛙、蝌蚪、水蚂蚱等,肮脏不堪。村民将水挑到家里,倒入水缸,需用石灰、白矾装入布袋,放在水中沉淀污水,然后才能烧水、做饭。全家不管有多少人,早晨只用半盆水轮流着洗脸,洗完脸洗衣服,最后喂牲畜,一点也不敢糟蹋,吃水堪比吃油难。

直到明代正统年间,西邵渠村赵家出了个举人赵溁,他卸任官职后,要为家乡做些实事,决定打一口水井。赵举人斥巨资从三河请来知名堪舆先生,踏察地形,确定方位,开始挖井。因地处山区,土层浅薄,深挖即为岩石层,开凿艰难,挖了二十多丈都没有见水,挖井的人开始萌生退意。赵家便以一斗石砟换一斗小米的工费往下开凿。就这样挖了三十二丈深,终于出水了。全村人吃到了纯净的地泉井水,村民感激不尽,称此井为"赵惠井"。并在井旁树立一个石碑,以记其事。

五百多年前人工挖凿的山岩老深井,入地之深,耗资之巨,挖凿之难,使之成为京东乃至整个北京地区的著名山岩深井,在华北地区,可与丫髻山庙齐名。由于井太深、绳太长,难以使用传统的辘轳绞水,于是,井台上东南、东北、西南、西北四角分别栽立四根石柱。石柱高出地面五尺(1.7米),东面两石柱顶端和西面两石柱顶端,各架一根木梁,东西两侧的木梁上分别装有支撑架，在两支撑架之间，横向架着一根酸枣木为轴，轴上垂直于井口处，穿着两个大木滑轮。两根长而粗的巨大井绳，分别挂在两个滑轮上，两根大井绳相同，一端拴着一个大柳罐垂入井中，另一端拴着一副驴拉套。两根大井绳分别套上两头毛驴，每头毛驴由一人牵引顺街道往南拉井绳，另有一人在井口负责卸水。如此，两头毛驴一去一回，循环往复着打水。这种赶驴拉水的方式，成一道奇特的景观。

古井在村庄中的作用至关重要。它是一个村庄的血脉，让所有的村民有了共同的血缘。村民不忘赵家挖井恩德，自发地形成了一条规矩：每天早晨打上来的第一罐水要留给赵家。另外，每逢赵家来人打水，无论是谁打上水来都会主动给赵家人，此规矩一直延续到清末。清康熙四十三年（1704），康熙帝经北务岭去丫髻山进香途经该村，饮此井水，赞赵濮义举："东晋吴隐之不惧饮贪泉，前朝赵濮凿石汲水，为官以爱民为本，我朝官吏当以诚之，饮此惠民之水而当爱民乎？"乃赐名"惠民井"。后凡新任县吏皆先至此饮惠民井水，习以传之。

二

悯忠山耸立在西邵渠村北面，为西邵渠村的天然屏障。清朝康熙《怀柔县志》云："悯忠山在县东五十余里。山上有双井，相传唐太宗悯东征将士至此多渴死者，因凿二井以悯忠名之。"西邵渠村坐落在悯忠山脚下一片北高南低的平缓坡地上。村庄东西公路，古时曾是北务岭到丫髻山的通衢。村前蜿蜒是错河，其源于银冶岭，经西邵渠、东邵渠、高各庄、太保庄村出密云境。错河出境后再东南至平谷区马昌营镇前芮营村东南汇入洵河。再经三河、蓟县、宝坻汇入蓟运河。每到夏日，暴雨成洪，河水暴涨，却因河川狭窄，纵深不足，洪水来时南北诸山夹持，不能驰骋泛滥，河水遂冲削两岸，形成斧劈刀削之势。洪水过后，两岸如削似砍，有如人工河渠一般。错河从银冶岭流出，到东邵渠村东一段似天然渠道，北岸东西两村遂名"东错渠""西错渠"，后逐渐演变为"东邵渠""西邵渠"。

西邵渠地区多为石灰岩山体，山高坡陡，渗漏性强，有水难存。雨天水浊，旱天水缺，形成"十八里干沟"。两山之间的河川谷地，地势相对开阔，土层深厚，适宜农耕。全村有七千多亩土地和一万多亩山场，土地潜力有上万亩。土质属黄黏土，抗旱能力强，适宜种植谷子、玉米等农作物。谷类有早谷、晚谷，种类有大白谷、大黄谷、大青谷、千尖儿谷（小春谷）等，还有鸡爪谷、猫爪谷等黏性谷。种植的玉米，有早玉米、晚玉米、黄玉米、白玉米等；还有黄马牙、白马牙、二黄棒子、三黄棒子、大八趟儿、小八趟儿等品种。

在西邵渠村的历史上，每到大旱之年，赵惠井和其他村的井一样，柳罐在井底搁浅，坑塘井枯。为了能吃水保命，人们焦急万分，只好求助于神灵。村人先把村旁关帝庙里的关老爷塑像抬出来，在赤日炎炎的太阳地里晒着，叫"他老人家"尝尝干旱之苦，以求得恩赐。如果再不下雨，人们便成帮结队地去求龙王下雨。每到大旱之年，人们排成长长的队伍，头戴柳条帽子去百里之外的白龙潭求雨。队伍前面是人们捐钱购买的供品，如整猪、整羊、茶叶、点心等等。队伍中间是村里金钟总督老会各会档，其中有大锣、大鼓、五虎棍、高跷会、地秧歌、什不闲儿、小车会等，加上会头、会首和管理人员，共一百二十多人在唱、舞、耍着行进。队伍后面是黎民百姓，有的拄着棍子，有的抱着孩子，有的扶着老人，此情此景，十分悲壮。求雨的队伍要往返四五天。到了白龙潭，人们为表示心诚，供上果品后，要在小白龙塑像前跪上一两个时辰，以表西邵渠人向天祈雨的虔诚之心。

新中国成立后，人口增加，牲畜量加大，赵惠井已无法满足需要。从二十世纪五十年代到八十年代，西邵渠人开始了找水的艰辛历程。1956年在土专家王启才指导下，开始了从银冶岭村输导河水工程：采用"竹筒"做输水管道，将几米长的竹竿，一根一根地连接起来，根与根的连接处用麻油掺水泥加以固定，深埋地下，将银冶岭的河水输到村内，缓解了当时人畜饮用水紧张的状况。可好景不长，这一费尽千辛万苦的输水工程，由于埋在地下的竹筒管道缺乏防护措施而腐坏，只用了两年便废弃了。后将原输水的"竹管"换成"石棉管"，最终还是没能成功。

二十世纪六十年代，开始修建银冶岭水库，因未做深入调查，水库修在"筛子峪"上，结果成了"汛期蓄水、秋后漏干"的病库；人畜饮水和粮田灌溉问题仍未得到有效的解决。直到八十年代初，在村东打成第一眼机井，井深一百八十六米，出水量丰沛且甘甜，之后又陆续打了几口机井，结束了村人辘轳提水、毛驴驮水、人力挑水与拖拉机拉水的历史。西邵渠村终于打通输水"动脉"，"毛细血管"织密入户。村里老人拧开哗哗的水龙头，嘴对嘴地喝上一口，用手胡噜一下花白的胡子，喃喃自语，水来了，水来了，西邵渠村的水，真的来了。

三

西邵渠村历史上以缺水著称，一度又以"上访村"闻名。是什么原因使其从"上访村"变成文明生态村的？村书记赵青山把一个黑色的笔记本交给我说，西邵渠村如何变化的，可以从这本笔记中找到答案。赵青山是赵溁的后代，赵溁生于明正统年间，通过科举考试，获取了举人的功名。后出任河南新野，任知县九年，组织民众兴修水利，惠及农耕，端正民风，赢得百姓爱戴，誉为"名宦"，载入《新野县志·名宦志》，并受祀于新野县名宦祠中。赵溁调离新野县后，擢升为荆州府同知（副知府）。赵溁在任九年，尽职尽责，政绩斐然，任满后告老还乡，出资开凿岩井，造福桑梓。赵青山依稀记得，村西北赵家老坟曾有石桌、香炉等，还有一块碑，为祖先赵溁的坟墓。坟、石桌、墓碑已在"文革"时期被毁。祖先的品德从小就熏染着他，让他立志做一个品德高尚的人。他从1999年接任党支部书记，二十多年，他从村里的党务、政务工作中，总结出"学、和、公、重、干"五字工作经验和方法，并请人书写，悬挂在办公室，时时警醒、激励自己。

我一边梳理他的笔记，一边走进西邵渠村，走访村民，沉浸与体验，寻找着"学、和、公、重、干"五个字背后的故事。

学什么？怎么学？在他的笔记中有这样的话："建设新农村关键在于提高村干部、村民素质：一是文化素质，二是科技素质，三是道德素质，四是法律素质。正如人们常说的，要想'富口袋'，必先'富脑袋'。"

在我的印象里，过去的村干部一般都是村里辈分大、威信高的人担任，随着农村的发展，过去那些粗放、经验型的管理和领导方式已经落伍了。怎样提高村干部和村民的素质呢？农村大喇叭几乎村村通、村村有，二十世纪八九十年代，昔日响彻农村家家户户的广播"大喇叭"成了"小哑巴"。农村广播符合村民的习惯，他们在房前屋后的院坝里，甚至在田间地头边干活边听，村委会决定让沉默的"大喇叭"重新响起来，村民可以方便、快捷地获得各种信息。农闲之时，村干部和村民走进图书室的"大雅之堂"，学科学技术、电脑网络，掌握新的致富门道；面对新矛盾、新问题，学会用法律解决，为"两委"干部与村民的和谐保驾护航。

居住村西头的一位老村委，给我讲了这样一个故事。二十世纪九十年代，在没有开村支委会，也没开村民代表大会的情况下，村里五百多亩土地以一年1.8万元的价格出租了。卖树是村里收入来源之一，但怎么卖、卖了多少钱，村民却被蒙在鼓里。村民意见很大，纷纷上访。2004年村里两千六百多棵白杨树，经过林业局批准可以砍伐。村委吸取教训，采取公开招标的方式。拟定招标公告，本着公正、公开、透明的原则，通过广播、电视公告，面向社会招投标，由"两委"干部组成评估小组，把所伐树木划为三片，评估标的为9.1万元。经过激烈竞争，最后以14.4万元中标。此事令村民对村委会刮目相看，树立了村委会的威信。前车之覆，后车之鉴。说明村民眼里不容沙子，每个村民心里都有一杆秤。

聚村而居，终老是乡，乡土社会是个熟人之间的社会，依然是当今乡村显著特点之一。

"在团结问题上，最能看出一个人的党性，也最能看出一个人的人品。一个团结和谐的班子，不仅能出成果，而且能出人才；不仅能形成合力，而且能得到享受。村和万事兴，人兴事业旺。"这是笔记里关于"和"的解读。

西邵渠村九百多户村民，两千多口人，在东邵渠镇算是个大村了。全村以马、王、张、李、赵、刘大姓居多。西邵渠村共有一百一十个姓氏，成为密云比较少见的百家姓村。村子的四条主街、八条小街、三十条胡同，是联系各家各户的"末梢神经"。二十世纪八十年代，和很多想致富的村庄一样，西邵渠村办起了针织厂、服装厂、砖厂等乡镇企业，但因管理不善都倒闭了。在此过程中，集体资产流失严重。很长一段时间，村里人心涣散，乌烟瘴气，缺乏生机，更遑论发展。村民相继上访，上访的人很多，最多的一次达三百多人，占村民总数的七分之一，两任书记相继被"拉下了马"，西邵渠村一度以"上访村"闻名。"你告我，我告你，此起彼伏，最后倒霉就是老百姓。"

新的"两委"班子从治理村里的环境入手，过去村务没人管，村里道路失修，污水横流，犄角旮旯，垃圾遍地。村里成立保洁队，每天定时对村内环境卫生进行清扫和保持，配齐了垃圾桶等设施，环境改善了。办实事，讲实效，村民竖起了大拇指。

村里的金钟总督老会已创立五百多年，是一支保留着古老传统、演艺形式多样的花会。村委会请人整理、挖掘，同时把党的政策、群众的生活编成各种节目，逢年过节为村民演出。将邻里纠纷、群众上访、宅基地纠纷、计划生育等矛盾，化解于无形。比如，规劝村民如何和睦相处，歌词是这样唱的：

> 住在一村是缘分，两家邻居一家亲。
> 早也见来晚也见，遇事不可起纠纷。
> 如有纠纷莫记仇，两家谦和让三分。
> 祖先有话说得好，远亲不如左右邻。
> 远水难救近处渴，邻居相交胜亲人。
> 邻居关系处得好，团结和睦胜万金。

"贵和"，减少了村级领导班子与群众之间的矛盾与纠纷，减少村民间的摩擦与内耗，办事既有规矩，又有人情味。"两委"班子本着"只谋事，不谋人"，杜绝为群众办事"门难进、脸难看、事难办"和"吃、拿、卡、要"现象，提高了办事效率，让权力在阳光下运行。

天地之大，黎元为先；政之所兴，在顺民心。笔记本的夹页中，有一个玉兰花瓣做成的书签。就在这一页记录着关于对"公"的理解："基层农村就是一本厚厚的书，读懂基层这本书，先要读懂村民的心，在农村，要办的事情和要解决的矛盾很杂也很多，尽量做到公开、公正、民主，村干部常怀为民之情，村民就会多一些耐心、理解和支持。"

随着村里新农村建设的推进，改造工程一年比一年多。从前有的包工头为拿到工程，给村干部送"红包"，影响了党员干部形象。为避免这种现象，村里大小工程，一律面向社会公开招标，标的由党支部、村民代表会根据工程量大小，共同研究决定。村务公开透明，是一剂良药，杜绝腐败，让村民心里敞亮。

西邵渠的四月，微风还带着凉意，天空的云，似乎被风耕耘过一样。村委会院里的玉兰花开了，那白的、黄的、淡紫的、粉红的玉兰，在枝头静静地绽放着。我驻足在玉兰树旁的橱窗前，仔细观看橱窗里展示的党务工作、财务开支、村务工作的图片、文字、表格等。这种"明厨亮灶"般的"晒账"，让群众明白、干部清白。

基层党员是村务工作的"压舱石"，笔记中关于"重"的体会是："党员干部与群众朝夕相处，是党联系群众的纽带，也是群众看待党的窗口。让每个人都过上好日子，让每个人都活出人的尊严，这是百姓的期盼，也是我们共产党的追求。重视基层党建，是筑牢党的事业根基。"

实践证明，村里党建工作必须与村民实际结合，凡事站在群众的角度去看，眼中就没有"刁民"，学会换位思考，就会有更多解决矛盾和处理问题的办法。"两委"班子积极主动为群众排忧解难，做到眼勤、嘴勤、手勤、腿勤。眼勤，多看群众困难；嘴勤，多问群众方法；手勤，多做惠民实事；腿勤，多跑田间地头。扎扎实实做好"从百姓中来，到百姓中去"。从群众最期盼的事做起，就能做出成效，就能赢得民心、凝聚民心。

2015年五一节前夕，是赵青山人生的"高光时刻"，他光荣地走进了人民大会堂，当选了全国劳动模范。当天，他在笔记中这样写道："当上了全国劳模，身份变了，地里的农活就不要亲自去干了，让别人干就行了。我想，我还是一个西邵渠村的农民。空说大话一万句，不如为民实干一件小事。"

西邵渠村虽地处偏僻，却建立了村级管理的网格化。把全村划分二十七个网格，在每个单元格内都安排专人和志愿者进行服务管理，着力解决群众生产、生活中存在的问题。网格管理信息化，在"新冠"防控中，四个网格人员，又是服务员，摸清原籍外地的村民和重点防控对象，做到精准防控，科学防控，"有事报事、无事报平安"，把问题发现在村里、解决在村里。

建立了镇村一体化便民服务站，有些事情就可以在村里代办了。村便民服务站共设六个窗口，一百一十七项便民服务项目可以在村内完成，还有村级换气站、交通卡充值等多项服务内容，解决了服务村民"最后一公里"问题。

西邵渠村的十月，收获的季节到了。犁头和镰刀是岁月里最美丽的两头，种植与收获，其间苦涩的汗水，已深入泥土，化作丰硕之果。2020年，西邵渠村年人均收入达到了2.3万元，近二十年来，村里基础设施焕然一新，曾经饮水用的东大坑，已改造成水榭亭台，一池荷开的乡村公园；村民不再上访，摘掉了"上访村""落后村"的帽子，安心过起了日子，成为远近闻名的小康村，获得了全国和市、区的各种荣誉。

时光无声无形，四季轮回却有声有色。一年一度村民大会召开，村书记已经完成了换届，新上任的小马书记，与村民代表商议着西邵渠村怎样更好地发家致富。会上，大家纷纷提出自己的建议：有人说种粮，有人说多栽果树，还有人说搞旅游。最后村"两委"把西邵渠村未来发展定位为：调整产业结构，发展特色农业和民俗旅游。

我们编写的《西邵渠史话》也正式出版发行了，村委会把书发放到村里的每家每户。村史的封面是画家精心绘制的"赵惠井"，井上建盖的亭子古朴翼然，封底是两头毛驴打水、村民翘首取水的场景。一章又一章熟悉而又有些陌生的内容，把西邵渠版图里的田野、山川、物语、风俗、变迁等，系统地梳理、挖掘、记录下来；在古井的浸润下，留住"乡形"、传承"乡魂"，让一个村庄鲜活、厚重、饱满起来。

崖　蜜

一

冯家峪镇有三宝：白马古道、满山的石头和中蜂"大熊猫"。

一条河，名为白马关河。

一条古道，名叫白马古道。

长河与古道，母子情深般地护佑着冯家峪。

"山""谷"，组成了"峪"字，给人以狭窄、封闭之感。我出生的村子，就带"峪"字，我却愿意把"峪"字，解释为祖先在山中播谷藏粮之地。按地名诠释，冯家峪应该有姓冯的人家。当地人告诉我，其实并没有姓冯的。村名源于传说，当年穆桂英与辽军交战时，盔甲被撕破了。辽兵败退后，她就坐在村边缝补盔甲。百姓为了纪念她，把她缝甲的地方就叫缝甲峪，日子一长就给叫成了冯家峪。

白马关河从镇最北端的良营子村发源，经番字牌，出白马关，逶迤前行，由保峪岭拐弯西南流，最终汇入密云水库。河两岸层峦叠嶂，或逼仄，或开阔，或险峻，绵延几十里，被称为白马川。伴河而行的就是白马古道。它是古时候关内和关外、经商或行军的重要通驿，也是北京东北的重要关隘。元代皇帝每年往返于大都至上都，走潮河川御路，过往行旅也会另辟通道走白马古道。古道上遗留了大量的历史文化古迹：上峪古堡、白马关堡、白马关水关遗址、独秀峰、将军石、下营城、番字牌摩崖石刻和西白莲峪村的古长城等等。白马关堡，位于镇域北部，其名称由来，源于杨六郎。传说在野马川里有一匹野马，雪白耀眼，凶猛彪悍，杨六郎在此遇到，驯服野马，收为坐骑，征战沙场，无往不胜。于是，野马川改为白马川，关，为白马关，河，为白马关河。故事精彩，口口相传，演绎出诸多版本。白马关城堡因地势而呈长方形，南北长一百五十多米，东西宽六七十米，坐北朝南，设一南门。《四镇三关志》中描述："白马关，永乐年建。通大川，正关河口通众骑，极冲。"城堡是白马关自然村，有五十来户，一百多口人，城里城外各约一半，有些住户并不在此居住。一进城堡，迎面墙上刻有简介白马关的文字。中午时分，城内人少，可以在城内自由探看。进城不远，场地开阔，古槐葱郁，旁有古井，上面安装了电机，仍在使用。此处是古时人们聚集的场地，古井处的空场，过去是衙门。城里有老房子，有的已有几百年历史，房上露出裂缝。有空置房，住户不在，院内长出荒草。街上多处可见石槽、碾盘、碌碡等闲散石器。明代在此地做过军事统领的杨选作过《白马关遇雨》，诗中有"崚嶒石径黑云遮，雹雨风驱阻使车"的描述，有在大雨之中听到两山间"乍听高原林堕叶"的声响，看到了河水"即看曲涧浪生花"的景象，也有对边关军人"将校空山未有家"的慨叹。

白马关过往多是商旅、游客、行人，人们南来北往，赶起骡马毛驴，推上小车，装上各类农产品，换回关外的毡子、毡帽、羊皮。古道上常有骆驼往返，城堡内外开有店铺，空场衙门处还开有酒馆，路人众多带来了商业繁荣。即使到了现今，每年秋后，人们依然走在古道上，用收获余下的粮食、农副产品及日常生活用品，换回塞外盛产的土豆、莜麦等。自关口向北十余里，路边有商店，里面柜台摆放着日常百货、土特产品，令人想起几十年前的合作社，依旧沿袭着往昔的习俗。

白马关河蜿蜒地流经全镇，沿河两岸散居着的一百多个自然村，像一串串散落在大山褶皱里的珠子。白马关河像一条银链把这些村子串了起来，而最耀眼的就是保峪岭、西庄子、石洞子、冯家峪、西口外、西白莲峪、三岔口、朱家峪、下营、白马关、番字牌、石湖根、南台子、北栅子、黄粱根、西苍峪、司营子、前火岭这十八个建制村庄。河两岸的人民，日出而作，日落而息，垦田耕种，瓜瓞繁衍。当阳光如金针般地洒满河面，闪烁着粼粼波光，白马关河正在点亮着沿岸的村庄。

二

冯家峪盛产石头，山谷里的石头极多。其形状有扁的、方的、圆的、片状的。方若端正之式，圆类鸡蛋之状，片状呈叠立之姿，各显姿态。石头在山区极易取得，村民用山石垒院砌墙，他们告诉我，石头院落冬暖夏凉，闻惯了石头气味，生活得像石头一样踏实。满山满谷的石头，表面粗糙甚至粗粝，颜色古拙近乎笨拙，实在是一块普通的石头而已，但它以沉默的方式言说着其中的奥秘……

冯家峪的石头，镌刻着千年历史。

白马关往北的番字牌村，散落在白马关河岸，周围高山峻岭，松柏滴翠，景色清幽。河与古道之间有一座东西狭长的小孤山，此山东西长不足三十米，平均高度约五米。在其向阳石面上，刻有三十三组文字，当地居民称之为"番字"。远看每组字好像一块块石质匾额，故称"番字牌"。字的笔画有横有竖有圆，一个也不能认识。这些字是谁刻的？为什么刻的？慕名而来的游客络绎不绝，不得其解。当地民间对"番文"有多种传说：祝福平安的咒语、战争的祷告词、镇妖符等。后经专家鉴定，这些文字有梵文、古尼泊尔文、蒙文、藏文，内容重复写着佛教的"六字真言"，即唵嘛呢叭咪吽。还有一些小字落款"军队造""孛马"，或元代的"阴火兔三年"等。绵绵不息的风，从山谷吹来，那些铭刻在石头上的真言，仿佛是千古梵音在吟诵，祈佑着军旅、商人、百姓等过往行人的平安吉祥。

冯家峪的石头，浸染着红色的印迹。

抗日战争时期，冯家峪村人民积极参加八路军十团，建立白马关游击队。1940年秋季，丰滦密军民粉碎了日伪军对丰滦密根据地发动的七十八天"大扫荡"。在日军打算分途撤兵时，十团团长白乙化派王亢率领一营在冯家峪村南的南湾子设伏，击毙日军九十余人，是平北抗日根据地创立以来最大的一场胜利。为纪念这一重大胜利，丰滦密联合县县委书记胡毅、县长倪蔚庭，联名为冯家峪战斗树立"还我河山"纪念碑。冯家峪村的八路军战士刘云鹤，在上峪村西北的石崖上，用白石灰刷写抗日标语："反正杀鬼子给东北同胞报仇才是好男儿""反对日寇集家修人圈不给鬼子卖力气"。两条标语至今依然清晰可辨，警醒着世人。

冯家峪的石头，是致富的宝贝。

秦汉时期，冯家峪是渔阳郡通往塞外的要道之一，渔阳郡以盐铁之利闻名天下。有资料显示，北京市95％的铁矿石储量在密云，铁矿石储量达十亿吨，工业储量为3.88亿吨，在全国两千多个县中居第十九位。而这95％的铁矿石储量却有一大部分被淹在了华北地区最大的人工湖——密云水库的水底下，这也是密云水库的水是天然磁化水的由来。冯家峪地区储量为大，也因为北京市最大、投资一个多亿的铁矿石采挖加工企业——冯家峪铁矿就坐落于此。

冯家峪铁矿场，1986年开始筹建，两年后建成，已经开采了二十多年了。当年方圆几十里的大山现在已成为几百亩大小的平地，而且还在深挖，预计还能挖采二十年。铁矿的生产能力是年产铁精粉三十多万吨，这得需要多少万吨铁矿石？二十年呢？四十年呢？这仅仅是一座山啊，还有周边的座座大山呢。矿山的经济效益也非常了得，据说最红火的时候每分钟的利润就是几万元，以分钟计利润，有几家企业敢为？当年的一位县领导曾给冯家峪铁矿题词"开一矿，带百业，富一方"。二十年来，矿山带给地方的经济收入和给予地方的基础设施建设支持是非常可观的，仅冯家峪地区就有近千人在铁矿上班，还有那些从事与矿山相关的开采业、运输业、餐饮业等等，归根结底，还是石头的恩赐。

"有水库，难致富。"这是二十世纪七八十年代密云当地老百姓的一句流行语，当密云水库遇上密云铁矿，实际上是"保水"的责任与追求经济发展的欲望短兵相接了。原本在其他区县可成为经济支柱的采矿冶金业、水泥厂、化肥业等重工业，在密云各项生产条件皆具备的情况下，却在时刻因节能减排指标而经受着"关、停、并、转"政策的炼狱之苦。如何在"保水"和"保工业"之间寻找平衡点成为密云经济发展的最难选择，旧企改造、新企设限、规划谋局，这一切都成为密云打造生态发展路径的必要考量，而它们都殊途同归于绿色生态。

密云一直在寻找着方法，使"保水"与发展为两端的"跷跷板"趋于平衡。经历了波澜壮阔的"关、停、并、转"的阵痛期，用逆向思维为密云孕育了新发展的胚胎，密云将无暇"临渊羡鱼"，因为收之东隅的时刻已悄然来临。

三

冯家峪，在"跷跷板"上作出关停铁矿的抉择，转向绿色农业和休闲旅游。而飞舞在山野里的精灵，成为平衡"跷跷板"上的制高点。

在冯家峪镇的西口外村悬蜂谷上百米的崖壁上，悬挂着六百多箱中华蜂，赫然成了崖壁蜂场。在悬蜂谷的广场上，矗立着养蜂鼻祖姜岐的雕像。姜岐，东汉时期甘肃天水人，是我国第一位养蜂专家："以畜蜂、豕为事，教授者满于天下，营业者三百余人。"与他同时代的渔阳太守张堪，鼓励渔阳百姓人工养蜂。其方法为砍下附有野生蜂窝的树干（即原始天然蜂窝），放在院里的木桶里，或屋檐下，蜂窝所放置的方向与原树干生长的自然姿势保持一致，渔阳开始了由野蜂变成蜜蜂人工饲养的历史。相传，张堪亲自品尝人工所采的蜂蜜，甘醇可口。见蜂蜜白如凝脂，采蜜山地紧邻潮河，潮河古称鲍丘水，遂命名"鲍丘白蜜"。

满族人入主中原后，依旧承袭先世喜食蜂蜜甜食的习惯，且用蜂蜜制作各种糕点食品。随着承德避暑山庄建成，康熙、乾隆等皇帝几乎每年都来此避暑和处理政事。密云有白龙潭、瑶亭等四处行宫。据《盛京通志》记述，宫廷所用的"蜂蜜出于河北诸山中"。漫山遍野的荆条，长于山坡沟岭，耐旱，耐瘠薄，夏季一到，开着蓝紫色的碎花，有"天然荆条蜜库"之誉。1771年，乾隆皇帝前往承德驻跸瑶亭，品尝了当地所产的荆条蜜。见色如琥珀，口感绵密，遂把荆条蜜赐名为"琥珀蜜"。荆条蜜易结晶，结晶后呈细腻乳白色，后以"潮河白蜜"称之，成为皇宫贵族上贡的珍品。《密云县志》云："1921年密云县产潮河白蜜，在北京永丰蜜蜡行专售。"是北京地区优质蜂蜜的代表性产品，久负盛名。

据《密云蜂业》记载，民国初年，我国引进了意大利蜂种，简称"意蜂"，开始了活框蜂箱和养蜂新技术。二十世纪三十年代初，密云王庄子、北省庄村民从北平引入意蜂，采用新法养殖。新中国成立后，密云养蜂逐渐兴盛，蜂农首先发现蜂胶的作用，农村开始集体养蜂，养蜂技术和蜂产品质量逐渐创出名气。

七十年代初，全国养蜂生产交流会在密云召开，各省区市和商业部等部门来到密云研讨养蜂事业，向全国推广了密云的养蜂经验，首次提出生产蜂王浆和蜂花粉的经验和方法。

新世纪之初，密云养蜂业逐步走上了规模化、组织化模式。2016年，养蜂扶贫的"密云模式"被写入国家标准，各类蜂产业、蜂产品，都将围绕"蜂盛蜜匀"打造出品质高、叫得响的品牌。密云现有蜂群11.5万群，养蜂户两千零七十二户，养蜂专业合作社二十五家，蜂群总量占北京市蜂群总量的44%，蜂产品年产值近1.2亿元，居全市首位。其中高岭镇奥金达蜂产品专业合作社生产的"花彤"牌、太师屯镇京纯养蜂专业合作社生产的"京纯"牌蜂蜜，成为著名的蜂蜜品牌产品。密云被中国养蜂学会评为"中国蜜蜂之乡"，"一盆净水"成就了养蜂富民"大蜜罐"。

蜜蜂有着严格的采蜜范围，密云东部潮河流域的太师屯、高岭、北庄等镇，放养的是意蜂；而在西边白河流域的冯家峪、石城等镇，放养的是中华蜜蜂。中华蜜蜂简称中蜂，又叫"土蜂子"，在中华大地繁衍生息已经七千万年，是东方蜜蜂的一个亚种，为我国独有的蜜蜂当家品种。中蜂善采分散零星小花，采百花蜜、传百花粉，对于高海拔深山区、晨昏雨雾时开花植物的繁衍生息极为关键，是保持地区生态平衡的"生态之翼"。与中蜂相比，"意蜂"偏向于采集单一品种的花蜜，在某一种花盛开的季节，在田间看见的密集蜂箱，绝大多数都是"意蜂"。

"意蜂"每年可以取十几次蜜，传统养殖的中蜂一年只取一次蜜，饲养"意蜂"效益突出，产量大、成本低，其年产量往往是中蜂的五倍以上，如果频繁地追赶花期，超过十倍也很常见。

"意蜂"与中蜂,针"蜂"相对,在"意蜂"被大量引进后,这些体形更大、每群数量更多的外来蜂种,开始侵占中蜂的领地。如果发生交叉,就会引发"战争"。中蜂在与"意蜂"的争斗中,个头和数量都完全处于劣势。在南方,中蜂躲进了山林,而在北方,尤其是华北平原,没法躲进山林的中蜂很难越冬,大批量死亡。据《北京科技报》报道,北京地区原本繁盛的中华蜜蜂,从二十世纪五十年代的四万多群,减少到了本世纪初的不足四十群。在2006年,中华蜜蜂被列入农业部国家级畜禽遗传资源保护品种,成了大熊猫一样的濒危物种。

幸运的是,在冯家峪镇北栅子、西口外等村的大山深处,隔绝了"意蜂"的侵袭,村民们或出于习惯,或出于传承,零散地饲养着中蜂,给中蜂提供了一小块世外桃源。冯家峪镇地处燕山山脉北部的高山峡谷,是首都水源保护区、生态涵养区的腹地。谷深峪长,耕地面积少,人为蜜源少,林木覆盖率达九成。野生蜜源植物高达上千种,其中,中草药蜜源植物近百种,非常适宜中蜂养殖,当地素有"一箱蜂一亩田"的说法。镇域内的自然资源禀赋优质,有野生椴树、山杏和荆条,以及榛、柴胡、黄芩、丹参等名贵中药材,还有山桃、木兰芽、红果、荆芥、益母草、各种山花等,为中蜂饲养提供了优良的蜜源,是中蜂最佳的"天然蜜库"。

在西口外村的小山坡坝台地上,蜂农刘大姐正在清理蜂箱,她从蜂箱中抽出一个挤满蜜蜂的活框,只见身体细瘦、头胸部黑色、腹部黄黑色、全身披黄褐色绒毛的中蜂嗡嗡地蠕动着。刘大姐一边查看一边介绍,中蜂飞行灵活,不易被胡峰、麻雀、蜻蜓捕食,耐寒又耐热,出巢早,归巢晚,抗病能力强,适合山区家庭饲养，缺点就是酿蜜少。她家以前就养蜂，由于养殖方法老旧，产量低，便搁置了。后来镇里给低收入户出了帮扶政策，给她家配齐了养蜂器具、摇蜜机和几十群中蜂。家门口的保峪岭养蜂合作社招聘他们当社员，老两口开始重操旧业。如今，她家的中蜂已发展到一百四十多群。北栅子村低收入户老彭，五十箱中蜂为他"酿"出了新生活，换来了甜日子。她要继续做大这份"甜蜜"的事业，将蜂群发展到八十群。镇领导介绍说，像刘大姐、老彭这样的，全镇入社的蜂农一百八十多户，解决劳动力一百六十余人，七十八户脱低，直接收入七百五十万元；创建"益窝蜂""大熊"两个蜂蜜品牌，开发了二十余种蜂产品，建成"中华蜜蜂特色小镇"。小蜜蜂，做出了大文章。

我好奇地询问，蜂箱为何要悬放在悬崖上呢？合作社的负责人道出了其中的缘由。原来，在悬崖壁上养蜂有诸多好处，根据中华蜜蜂的习性，放在岩壁上，小蜜蜂出去采蜜比较方便。它可以从上面飞到下面去，蜜源就分布在崖壁的周围；悬崖壁上可以防风雨，防潮，减少老鼠、胡蜂等侵扰，是中蜂安全的"避风港"，渐渐地也成了参观旅游的一道景观。

风从长城的垛口徐徐吹过，布谷鸟的叫声从山巅飘到沟底，整个山谷笼罩在各种野花氤氲的气息中。世界蜜蜂日，西口外的悬蜂谷，举办一年一度的"割蜜节"。拴着安全绳、身着防蜂服的"蜘蛛人"，从山顶缓缓垂下，从一个个蜂箱中割取蜂蜜，山谷中弥漫着百花蜜的淡淡清香。正午的太阳西斜了，天上飘着些微云。而此时，悬蜂谷向西的缺口，一束束阳光从云缝里照射下来，恰好映照在悬蜂谷的崖壁之上，像琥珀色的蜂蜜在流淌……

金匣罗

一

金匣罗村的梦,是被一声嘹亮而悠长的鸡叫惊醒的;而我重新亲近土地和五谷的梦,是从认领金匣罗农场"开心菜地"开始的。

薄雾随着太阳升起一点点退去,远处的青山像抹上了一层黛色。细软的风,刚刚吹动春姑娘的裙角,她就迫不及待地跑到附近的山坡上去了。趁着春意渐浓,我带着家人,去金匣罗农场摘菜。菜畦里的菠菜、韭菜沐浴着春晖,大棚里的樱桃小萝卜、茼蒿嫩绿嫩绿的。儿子问我,这个村为啥叫这个奇特的名字?我对他说,你看村子周围都是浅山丘陵,起伏环绕,形似过去盛粮食的笸箩。加上这个村盛产谷子,谷子成熟后,整个山谷金灿灿的,所以叫金笸箩。时间一长,被村民叫成了金匣罗。

和煦的阳光照耀着山村,篮子里是裹着光泽的青菜,散发着淡淡的清香;新起的白薯垄,有节奏地俯仰着,仿佛是苏醒土地的"潮汐"。一岁多的孙子，在春耕的土地上蹒跚着，留下一行深深浅浅的脚印……

金叵罗土地的年轮，就是这样被踩出来的。

村里的老人说，村子形成于宋辽时期，有着千年的历史。登上农场前仅有二三十米高的龟山，整个村庄尽收眼底。金叵罗村地处北京东北部的密云区溪翁庄镇，紧邻密云水库白河主坝。其三面环山，分前街、中街、后街，居住着一千多户，三千多口人。远处山峦上长满松柏、杂树，缓坡栽植着樱桃、板栗，村子错落于山间盆地，整个村庄显得很有立体感。蜿蜒的小路，一头系在村庄的"衣襟"，另一头向田野的"怀抱"逶迤而去。

金叵罗的村口向西敞开，恰好西风把细小的沙尘吹来，在缓坡上经过亿万年的沉淀，发育成厚厚的黄土层。其土质均匀、细小、松散、易碎，有机质含量高，并有良好的保水性，具备"自我加肥"的性能，适宜黍、谷子、大豆、高粱等农作物的连续种植，并培育出抗旱、产量高的大黄粟与青粟等优良品种。当地流传这样的民谚："密云有三宝，金叵罗的小米，黄土坎的鸭梨，坟庄的核桃好剥皮。"其所产小米，色泽金黄，颗粒饱满，味道醇香，久负盛名。清初，金叵罗为镶黄旗的皇庄，秋天一收完谷子，庄头赶着插着小黄旗的马车，直接上交皇家粮仓，金叵罗小米由此成为贡米，是密云八大特产之一。

二

  金叵罗是一块田，一个劲地生长着；村里的村民是一田禾，一个劲地生长着，村民的日子从来就是"粘在土地上的"。可不知从什么时候开始，村民开始疏离于土地，与土地产生了隔膜感、陌生感。心思活泛的农民开始走村串户做起了小生意，或者到城镇里去打工。他们发现了耕种之外的生活方式，同时也发现了更方便、更容易的生存之道。于是，年轻的农民后代一拨一拨地奔向城镇，有的成为"四不像"的边缘人。农田不再受到重视，庄稼地里的杂草丛生，有的田地干脆撂荒了。而有些村民，把自己的田转包给乡邻，有的给了亲戚，有的则被开发征用。

  回到金叵罗的伊书华也是一株禾，也一个劲地生长着，长成村民心中的"小米哥"。他是土生土长的金叵罗人，上大学改变他的命运。他曾在台资企业工作过，也经营过商务会馆、旅行社，人到中年事业有成。每每走在回村的路上，看到上了年纪的村民大都深深地弯下腰，匍匐于田地上，总会涌出许多酸楚。他们离土地最近，不仅是身体上的，更是心灵上的。只有他们是真正敬重土地，把土地当作了命。他们依赖着有限的田地，不停地劳作着，土里刨食，养家糊口；有时看到坐在门口晒太阳的老人，农事爬满了眼角的皱纹。他想起顶着草帽出门的日子，声声牛嘶的日子，曾经富裕的金叵罗变成了"金破罗"。心里在想：

为什么别的村能搞得好？为什么金叵罗就不行呢？试一试的念头在脑海里萦绕。2012年春伊书华的这个念头变成了现实。当时乡镇领导力邀他回村当支部书记改变金叵罗村的面貌。虽然家人强烈反对，但他接受了这个职务。

英国古典政治经济学之父威廉·配第说：土地是财富之母，劳动是财富之父。任何制度的设定和调整，目标都一定是让社会总体财富增加，回归到根本就是——"人"和"地"。即使有灿烂的阳光，清新的空气，如果没有土地，也不会有真正的人类；即使稻谷黄了，豆子熟了，如果没有劳动，也不会生出可口的美食。古语言："地诚任，不患无财。"极为简短的七个字，却道出了土地的重要性。土地既是人类最宝贵的财富，又是国家赖以存在和发展的物质基础。如果人类通过劳动，充分开发并合理利用一切资源，就会创造出无穷的财富。

伊书华上任伊始，正赶上国家出台涉及农业大政方针的中央一号文件，在不放松粮食生产的同时，强调要重视农业的生态转型和绿色发展，重视农业生态环境效益，将农业生态转型纳入了国策。金叵罗村抓住契机，本着村民自愿的原则，进行土地流转，盘活"沉睡"的土地，全村九成以上的土地以及部分果园都流转到了村集体，总面积达一千四百多亩。随之，伊书华带领村民先后成立樱桃合作社、农业种植合作社和民俗旅游合作社，依法依规地将农民闲置土地、农宅、果园进行流转，统一管理，实现规模经营，农民组织程度明显提高。合作社让传统农业种植村，向都市现代农业发展，而绿色生态农业是金叵罗村发展的"金钥匙"。

三

人们为什么要"慈悲地对待土地"？因为土地病了，人也就不健康了。

一年年、一次次用化肥农药毒害土地，种得西红柿变味了，种得粮食不香了，种得土地板结了。带着毒素的土壤产出的农作物，必然会有化学残留，人吃了焉能不得病？

2018年早春时节，我在微信群偶然得知金叵罗农场，为城市居民提供认领菜地的活动，每块地约六十平方米，期限为一年。承诺所有蔬菜施农家肥、不打农药，让蔬菜自然生长，可以吃上放心菜。我立刻认领一块属于自己的菜地，但疑问随之而来，金叵罗农场说的是真的吗？吃着从金叵罗农场采摘的青菜，我和家人感觉味道真的不一样。我再去摘菜时，留意起金叵罗农场是怎样种植蔬菜和庄稼的，有时抽空和农场职工聊一聊。苏桂秀是山东潍坊人，二十年前嫁到金叵罗村。从2013年就开始在金叵罗农场工作，是跟着农场一起成长起来的本村技术员。她中等个儿，皮肤有些黝黑，这是她在田间地头，整日风吹日晒留下的。她介绍说，农场有四百五十多亩地，职工六十多人，村民以资金或以土地参股率达百分之百，是共同致富的"宝地"。农场主要种植谷子、玉米、豆类、白薯、高粱和各种蔬菜。村里搞绿色生态农业，一开始她和许多人一样，不理解、不认可。村里老人说，新书记让所有的土地不用化肥、不用农药，粮食和蔬菜更不让打杀虫剂，这一看就是没种过地的人。没有这几样东西，庄稼它能长得好吗？

我生长在农村，知道农村人安身立命的就是粪土，土和粪相依为命。我问她，不用化肥用啥作肥料呢？她说，自己是一点一点学习，一步一步摸索，加上专家指导，慢慢成长起来的。堆肥是一个低成本改土的"好药方"。把秸秆、杂草、菜叶等剁碎，用土掩埋，经过近一年的发酵。春天播撒在地里，用犁深翻，刨垄调畦，蔬菜和谷物在含有丰富的有机质、酸碱度适宜的土地上生长，品质自然得到了保证。环保酵素则是改良土地的"营养液"。制作方法相对简单，在果皮、瓜果、菜叶或秸秆中，按照一定的比例，加水和红糖或糖稀，经过两到三个月的发酵而成，有时加入大蒜、薄荷、青蒿等，防虫杀菌。酵素可以浇菜的根部，也可喷洒在菜叶上，变废为宝，一举多得。

苏桂秀告诉我，过去的十年简直就是与各种病虫害不懈斗争的十年。她绞尽了脑汁，采用各种办法防治病虫害。比如黑光灯、杀虫灯、黄板、蓝板、草木灰等物理防治，放养赤眼蜂生物防治，烟草、辣椒液防治蚜虫、红蜘蛛；轮作、间作、驱虫植物等栽培防治，等等。每年病虫害各异，程度不同。有一年黏虫爆发成灾，成串的黏虫，几乎把谷子、玉米吃成"光杆"了。她和农场职工用棍敲，用脚踩，用土埋，蔬菜和粮食仍大幅度减产，他们心疼地掉下了眼泪。他们也曾灰心动摇过，想用农药化肥，但都被书记毫不妥协地阻止了。坚持这些看上去既原始又笨拙的方法，把更多的主动权交回给自然。

金叵罗村与密云水库只有一山之隔，众多的库区村庄，早已淹没在碧波之下，而水库周边的村子，保水一以贯之。事实证明，一种好的生态农业，绝对不会污染或侵蚀当地的水资源。因为对水好的，一定对地也好；对土地好的，一定也对植物好；对植物好的，一定也对动物好；对动物好的，一定也对人好。

金叵罗成为一方"净土"，疫情期间，我受《中学生时事报》主编薛静之邀请，给城里学生上"劳动云课堂"的网课。置身农场的田间地头，为学生讲农场的堆肥、酵素、生物防治，讲西红柿、茄子等蔬菜栽培常识。当我讲到怎样栽培大葱时，从地里随手拔出一棵，展示讲解完之后，轻轻抓了一把土，摊开手掌，对学生说：看，这土，多松软呀！这土，多肥润呀！这才是土地该有的样子。

雨残红芍药，麦老樱桃熟。金叵罗每年都要举办樱桃节，我和"樱桃姐姐"进行了"日不落"直播。在樱桃树下，讲解农事知识，介绍金叵罗樱桃。"樱桃姐姐"原名黄成晏，是一名从重庆市巫溪县远嫁到金叵罗村的村媳妇儿。原本和爱人在北京上班，一场大病改变了她的生活轨迹，未等病愈就在村里从事民俗旅游宣传，带领城里学生体验农事，推广农产品。用她自己的话说，这是一种宿命，不早不晚地赶上了村子发展的好时机。金叵罗村需要年轻人，而她的未来，属于金叵罗，这是一种"双向选择"。

早晨，村东边的天空晕染上了一层薄薄的胭脂色，金叵罗农场职工喝着一碗热乎乎的小米粥，就着馒头，外带一碟小咸菜。吃完饭后，转身就到农场干活去了。有时，在摘菜的间歇，我和他们闲聊着家长里短，从他们身上闻嗅到了一种辛劳、笃实、清甜的生活气息。

金匚罗村用了十年的四季轮回，以"良知"的力量，"像保护大熊猫一样保护耕地"，让土地获得了勃勃生机。

四

毗邻金匚罗的"飞鸟与鸣虫农场"，是金匚罗农场的升级版。

有朋友说：要知道鸟怎么飞的，虫如何鸣的，就去飞鸟与鸣虫农场吧。

两个农场相较而言风格迥异。一进飞鸟与鸣虫农场大门，便是"比萨"式的田园。正对大门的是一块稻田，东边是一片向日葵。周围是黄色的金盏菊、肥绿的芋头、粉色的凌霄花、紫色的牵牛花等点缀其中。城里来的七八个孩子撒欢地跑着，荡秋千、走原木、玩沙子。农场主对植物、动物的了解与对自然的爱渗透在每一个温暖的细节中：手写的木牌子"莓果区""蔬菜区""香料区""花生沟""小鸡幼儿园""蚯蚓食堂"随处可见，那些在农艺书中常看到的经典设计，如食物森林、香草旋转花园、锁孔花园、昆虫旅馆，每一处都朴素真实自然，透露着对自然有机、环保可持续理念的践行。

飞鸟与鸣虫农场的创始人是两位女硕士——李一方和王婧，在创办农场之前，她俩都从事环保工作，并致力于环境与食品安全。2017年李一方提出要辞职创业，她喜欢盐见直纪《半农半X的生活》，想创办一个"哲学之田"式的农场。

北大法学系毕业的王婧，曾在一家国际组织工作，公司坐落于北京繁华的市中心。朝九晚五的工作，化精致的妆、喝咖啡、组织各类会议是她生活的常态。但日复一日的重复也让王婧心底开始有了其他的"渴望"，能不能干点更有意义的事呢？多年食品与环保方面的工作经验，能不能创造更多能与他人连接和分享的价值？琢磨、酝酿、再琢磨……"打造一个生态农场，向人们呈现一种从土地到餐桌的绿色生活方式，带动乡村发展"的想法诞生了。

她们之所以选金叵罗，就是看中了村里的合作社连续七年不使用农药和化肥。她们来这个村子的第一件事，就是秉持之前的职业习惯，去检测了水和土，发现这里的环境接近自然保护区的标准。2018年6月，李一方她们与金叵罗村合作社签署了战略合作协议：合作社提供土地、投资基础设施以及固定资产建设，李一方她们负责经营，取得的收益将来按四六比例分成，合作社拿四成，剩余归李一方她们所有。

一棵椿树矗立在主屋前，树下萱草茂盛。早就听说飞鸟与鸣虫农场中有一个北京唯一的、堪称台湾建窑大师抹香鲸在全球第27号作品的罗马式柴炉面包窑。透过玻璃得见它的真身，还不知道面包好不好吃，但炉子敦厚的弧线与奶白色的皮肤，光是静静地看着它都觉得浑身放松。这种用石头垒成的面包窑，古法自然发酵，用果树剪下的树枝晾干成柴火，通过热能让面包沾染上柴火香气，颇受客人青睐，并通过网络订单销往各地。

农场建立之初，种田新旧理念时有冲突。她俩要求农场的土地要符合检测标准，除草尽量用人工，防虫不喷农药，剪枝种树要讲科学。村民就会问:"树就跟人一样,人得病要吃药,树不打农药不就死了吗?"但随着时间长了,村民们也渐渐认同绿色生态农业的理念。2003年,金叵罗村从山东引进六百亩樱桃品种,村里许多农户都栽有樱桃树,果实都为自然生长,个头大、色泽好、甜度高、无公害,可有的樱桃树缺乏科学管理。阳春三月,是修剪果树的好时节,王婧邀请来有机樱桃的种植专家李立君,请他给村民们做樱桃修剪培训。当天一大早,村里的大喇叭就开始广播了。拥有实战经验的大爷大妈们对邀请来的专家半信半疑。当李老师拿起剪子和锯,娴熟又专业的操作和通俗易懂的讲解,让乡亲们对请来的这个专家刮目相看。村民们纷纷举手提问,培训结束后,村民用自家的拖拉机、电动车拉着请来的老师,到各家果园去当场"把脉问诊"。

二十几名农场职工,大多是本村人,相处时间越久,她们越能感受到村民身上那种最朴实的情感。有他们的存在,让农场充满了烟火气。乡村清晨的市集,周边农户早早就把地里现摘的小葱、香椿拿出来卖。王婧走在熙攘的集市,停下来,在菜农的摊前买一把青菜,挑几斤小酥梨。那一刻,王婧觉得自己就是金叵罗村的一员。王婧爱戴着一顶卷边的小草帽站在树旁,目光追随着嬉闹的孩子们,笑意盈盈。她留着短发,素面朝天,能看到脸上的小雀斑。"以前没有,可能这些年总在外面晒的。"宽宽松松的裤脚处沾了些泥土,她随意拍了拍,笑着说:"穿着舒服,防晒。"

水循环生态营地位于农场的西侧,池塘的高低深浅处生长着不同生物,李一方称它为"我们的瓦尔登湖"。水循环生态营地由飞鸟与鸣虫农场的朋友——自然之友，盖娅设计工作室（FON.GAIASCAPE）的创始人秦山设计。它不同于任何一个营地，它全部用水都经过在地的过滤沉淀，汇入生态水池；人和动物产生的排泄物都经过堆肥，回归果园。生态水池有四级，不同深度生长不同的植物。它让鸟儿有地方喝水，蜻蜓可以产卵，青蛙吃掉害虫，小鱼小虾净化水质，从而维持有机农业重要的生态平衡。生态系统由每个来到这里的人参与设计、建设和保护，和飞鸟与鸣虫一起，构建这个"最大"的小小农场，一个有机循环、共建共享的温暖社区。

范晨静是一家企业的经营者，她自己的公司设在北京。一次偶然的机会，她了解到飞鸟与鸣虫农场的理念后，主动要求成为这里只有资金投入、无经济效益回报的共建人（众筹），并带着女儿一起来到了农场体验。这些生态环保理念，就像蒲公英的种子一样乘风而去，又像谷子的种子一样，在这里生根发芽。

在水循环生态营地旁，搭建了十几顶帐篷，供亲子家庭露营。有天晚上，我开车路过飞鸟与鸣虫农场，停车下来，隔着篱笆栅栏，看到帐篷透出的光，把农场氤氲得童话一般。仰望满天星斗闪烁，深邃而神秘；银河横贯长空，像只在海洋中缓行的庞然长鲸，赫然眼前，神话一般恍惚，几度怀疑眼前不真实，却又是真真切切。静寂之中，似乎听到农场后面山坡上成熟的栗子，在星光下"啪、啪"落到地面的爆裂之声。

五

金叵罗的"老友季"民宿,透视着精品民俗的"文化感"与"在地感"。

金叵罗村有一口古井,名为北井,有十三丈深,村里的老人也说不清它究竟有多大年龄了。而北井小院是金叵罗开办的首家民宿,民宿的建筑是村民闲置的老房子,厨师和服务员是本村的大姐,提供的餐食也都是农家菜。我曾去小院吃过饭,乡村特色浓郁,饭菜原汁原味,但我总觉得它是民宿的"1.0版",急需提档升级。村里的人居环境,也同样面临着窘境。黄成晏给我讲了这样的故事过去村里胡同都是土路,一到下雨天就满胡同和稀泥,村里的西坑蝇虫乱飞、臭气熏天的。她在天坛医院就诊时,结识了一位城里的病友,邀请她们一家人来金叵罗村游玩。那天村北边有一家养牛的村民,赶着哞哞叫的牛群,从北井小院门口路过,路上留下了一摊又一摊的牛粪。病友一家人走进村,女儿看到街上满地的牛粪,说什么也不下地走了,哭嚷要回城里去。

村委会以这事为契机,开始了人居环境的治理。可民宿的提档升级向哪里去寻找呢?老友季精品民宿创始人梁晴的出现恰逢其时。著名作家李青松在《一杯文学的咖啡》有这样的描述:

1975年,梁晴出生于密云溪翁庄镇东智东村,村里到处是疙疙瘩瘩的老香椿树,虬枝横斜,长势健旺。

春光融融中,香椿树醒来,城里早市上叫卖的香椿芽多半都是这里出产的。小时候,梁晴常吃凉拌香椿,那种原生态的味道至今保留在她的记忆中。

梁晴喜欢文学,爱读三毛和木心的作品。十五岁那年,因为读了蒋芸的《迟鸽小筑》,而改变了自己的人生观。之后,她在梦中常常梦到老宅子和一些苍古的东西。2012年,她第四次在梦里梦到类似于《迟鸽小筑》中,蒋芸描绘过的门扉紧锁的一处老宅子。从门缝往里看,那处老宅子荒草丛生,苔藓攀援,蛛网悬浮,蜂飞蝶舞,有鸟叫有虫鸣。老宅子的门口,有一棵香椿树,巢云聚气。

梦中的老宅子在哪里?梁晴要去寻找它。她索性辞掉了在亚马逊担任的高管职务,背起行囊上路了。她行遍了华北大地上千个村庄,就在准备放弃寻找时,一个偶然的机会,她来到了金巨罗村,路过一处废弃民宅的门口,居然发现了一棵奇异的香椿树,在墙边安安静静地生长着。她用手抚摸着树干,像是见到了久别重逢的亲人一般。此时,她不经意地向院里看了一眼,一下惊呆了——此处不就是梦中的那处老宅子吗?她的眼里满含泪水,梦中之地竟然就在故乡。

梁晴在其《老屋,一位老者的接纳》中这样写道:

初见老屋,被他的安详吸引。百余年间,他始终是这个样子，椽子、青瓦、石墙、木窗棂，就像一位老人肌肤间的岁月，纹理清晰。几代家主精心营造的温暖，庭院里曾经的热络烟火，都被老屋完整地记录着、延续着。来而又去，去而复来。2016年的初夏，我无数次地站在院子里，望着他。微风吹过，老瓦垄上摇晃的瓦塔冒出新芽。老屋像一位慈爱的长者，带着安详喜悦的气息说："欢迎回家。"

2015年梁晴的精品民宿开业了，两年后正式入驻金叵罗村。其创办的精品民宿，既有乡村的烟火之气，又有匠心独运的文化内涵，两者结合，成就了老友季精品民宿的品质。百年的老屋，弥漫着卡布奇诺的味道；精致的庭院，散发着鲜花的芬芳，吸引着众多向往乡村田园生活的城里人。

我是老友季的"铁粉"，在老友季的朋友圈乐享游客的留言：

留言之一：老友季民宿，百年老屋，隐匿在密云区金叵罗村。老友季分前后院，上次住在前院，厨房在一层，餐厅在二层，清晨被饭香唤醒，闹铃都不好使。又想起竹篮子里的猪肉大葱包子啦，新鲜食材，一口咬下去，香气四溢。花卷、贡米打包饭、鸡蛋、凉拌菜、咸菜，透着鲜香。豆包里的豆馅也是做饭大姐自己烀的，怎一个好吃了得？

留言之二：初闻老友季在四五年前，那是在友人朋友圈里第一次与老友季相见，说是一见钟情一点不过分，急不可耐地订了房来住，细节让我有了回家的感觉，自此便爱上了它。昨天又来老友季，和晴姐聊了聊民宿的成长，感叹一点没有出来玩的兴奋，就像是来串门，访个亲戚。见面的一杯樱桃水，晚上的千层饼，早晨的包子小米粥，都成了心里惦念的一部分。又种了什么花，又添了什么小食，都在脑子里，仿佛见个面，就踏实了。在这里感受精品民宿的魅力，感受家的温馨。

留言之三：等了将近两个月，终于住上了我梦寐以求的老友季的迟鸽小筑，幸福感爆棚。你怎么也想不到，巨大的空间包括三间卧室、两个卫生间、舒适的客厅和超大的落地窗是吸引我最重要原因之一；这还不包括房间里温馨的布局、细节的暖心，精致的小院，美味的晚餐。白天老人孩子院子里骑木马的骑木马，坐摇椅的坐摇椅，唱歌的唱歌，弹琴的弹琴；晚饭后全家人坐在一起喝茶聊天，动静两相宜，老幼各取所需。还有附赠的细细的微风，满天的繁星，住过一次你就会迷恋她，住一次想两次，住两回想四回，天呐，我真是太爱老友季啦！

老友季精品民宿的经营理念、文化元素、餐饮环境及标准成为金叵罗村精品民宿的标杆。梁晴又在其《院落，向内的心灵空间》里如此说道：

天地围合，院落是属于内心的。

从咖啡馆到花园民宿，从一号院到二号院，老友季经由一个个空间，慢慢走向内在的丰盛与完整。新旧交织，外在的一切在向内成长的融合中，协调一致。老屋改造，我们小心翼翼地保留了珍贵的"旧"。就像小时候握着爷爷奶奶粗糙的手，特别温暖。树屋、跨院、餐厅、阳光房，是在院子里冒出来的"新"。它们簇拥在老屋的周围，构成了新的完整。就像祖孙依偎而坐，活泼又美好。

超过三百种的花草植物在这里生长，年复一年，融入四时之景。北方庭院，也可以呈献这么丰富的植物美学。不少人惊叹："这是我理想中家的样子！"是的，老友季的院子里，安放着一个从我们祖辈那里承袭而来的美好、完整的家。

由此，在金叵罗的土地上，踏出了最安稳的步伐……

六

金叵罗十一队，对于金叵罗村而言，无异于一次"核裂变"。

金叵罗村原有十个生产队，来自城市的创客，在队长梁晴的组织下，成立了金叵罗第十一队。陆续吸引建筑师、音乐达人、亲子达人、文化学者、作家、大学教授等多方人士加入到十一队。十一有着不寻常的意义，代表1+1，城乡在一起，也代表着新农人的两条腿，要勤走动。他们不是乡村的过客，而是新乡村建设的参与者和推动者。有人说，城市很年轻，乡村老了。一个一个城市霓虹灯闪烁的背后，是一个一个的乡村凋零和衰败。如果一个一个农村真的"凋零"了，乡村振兴将无从谈起，金叵罗第十一队为乡村振兴提供了一种新的模式。

我去金叵罗比回老家次数都多，触摸着这里的土地，吃着这里生产的五谷和蔬菜，感觉村庄是我们的根，我们都是土地哺育的孩子。怀着这样的感恩之心，正式提交入队申请。中秋节之前，我被批准为金叵罗十一队的正式社员。

加入金叵罗十一队，有一个"带艺入队"的说法。也就是说入队社员一定是在乡村产业有一个十八般武艺，有独门"绝活"，在这个领域上你可能是第一，或者这个领域上你有无限多的资源，你能够给这个村的乡村产业发展助力，能够通过你的介入带动村民跟你共同进步，带动合作社的社员在某个领域上做技能的提升。我琢磨着，自己"带艺入队"的"艺"是什么呢？

归来笛声满山谷，明月正照金叵罗。中秋之夜，中央电视台制作四十分钟的《中国这十年·金叵罗记事》专题片，在央视新闻频道播出，引起全国关注金叵罗村的发展模式，对金叵罗十一队尤为感兴趣。

我第一次参加金叵罗十一队活动是在微信群里，讨论金叵罗十一队，如何对村里的产业帮扶。金叵罗十一队规定，每个月进行定向沟通，对村里的发展问题进行深度交流，使村庄产业的发展，每个月有一个新进展、新变化和新突破。金叵罗民宿已发展到一百余家，年接待游客近二十万人次，旅游综合收入两千万元；全村人均年收入从2012年的一点五万元，提升至三万元，人居环境得到彻底改观,村民捧起了乡村旅游这只"金饭碗"。各位专家针对金叵罗产业存在的诸多问题,集专家之智、专家之力,共同出谋划策,成为金叵罗产业发展创新的"引擎"。

二十多名十一队社员,各个身怀技艺。社员杨兰,陕西咸阳人,密云围棋协会秘书长。她把围棋引入金叵罗村,在农场举办了首届"田野手谈"精英赛、区少儿围棋级位赛、各围棋俱乐部交流等各类赛事。将传统文化与田野乡村相结合,把室内幽静的纹枰论道,放到了生意盎然的大自然之中,尽享田园乐趣,丰富了乡村文化内涵。

新加入金叵罗十一队不久的刘甜恬,毕业于北京理工大学对外汉语专业。正如她的名字一样,酷爱甜品制作,曾在日本、法国学习,是2018年英国蛋糕大赛金奖得主。她偶然结识了梁晴,并受邀来到金叵罗村,在村西口开办了"西口研食社"。村里为了扶持刘甜恬的西口研食社,不收店面的租金。刘甜恬培训本村大姐,其中三嫂子堪称元老级学员,已经成为刘甜恬的得力助手,而三嫂子的工资则由合作社来支付。她们配合默契,研制出手工山楂棒棒糖、古法手工果酱、应季"马卡龙"等,而主打品牌当属金叵罗小米酥。

在金叵罗"北青乡村振兴直播间",我第二次参加十一队与人民大学公共管理学院、土地管理系副主任夏方舟组成的专家团队,关于"金叵罗村一二三产业融合发展用地保障机制"的研讨。荣振环重点介绍了金叵罗十一队;村党支部书记王义江(伊书华改任第一书记),介绍金叵罗村一二三产业发展融合和用地情况;我则介绍了自己在金叵罗农场的"劳动云课堂",以及正在挖掘梳理的金叵罗村历史文化。王书记说，过去金叵罗有许多古迹，比如古树、古井、古庙、古建筑，可惜都拆毁了。希望把金叵罗历史文化挖掘出来，重建村史馆，激活乡村，保护文脉，助力金叵罗发展。王书记的建议，让我找到了"带艺入队"的方向。

在队长梁晴看来，金叵罗村是一个开放包容、具有共建共享意识的村庄。"新农人"为乡村带来城市生活理念、审美标准，推动乡村建设的同时，也将乡村美学传递出去。未来的金叵罗村，是一个低碳环保、拥有国际化自然教育的宜居乡村，一个用生活来分享田园美学的乡村。

七

开——镰——喽——

随着一声嘹亮的吆喝声，金叵罗"第九届金谷开镰节"拉开了序幕。

顷刻间，锣鼓敲起来了，秧歌扭起来了，欢歌唱起来了。

金叵罗农场大门楼上，几十个笸箩里晒的红辣椒，饱享着秋阳。金叵罗的秋天，就这样晒出来了。门口两旁堆放的南瓜，有的灰白，有的暗青，有的赭黄，有的赤红。挂满谷子、玉米、花生、辣椒的拖拉机，"突、突、突"地拉着一车丰收，一车喜悦，摇摇晃晃地围绕龟山，共同欢庆丰收。四名女村民在车上有节奏地敲着鼓点，后面跟随着舞龙、秧歌、腰鼓队伍，每个村民的脸上都绽放着笑容。

我走在队伍的最后,前面是手里拿着镰刀,肩上扛着铁锹、镐头等道具的村里大姐,她们边走、边舞、边唱:

青悠悠的那个岭
绿油油的那个山,丰收的庄稼望不到边
望呀么望不到边,麦香飘万里
歌声随风传,双脚踏上丰收的路
越走心越甜,越走心越甜……

天空澄澈如明亮的眸子,菜畦中的白菜青翠欲滴,叶片卷着波浪;垄上的红薯秧蔓纵横恣意;田野里的玉米,腰间挎着沉甸甸的收获,站立成一种成熟的父性姿态;而形状饱满、籽粒红润、向心聚拢的红高粱,则呈现了一种母性的风韵。一切的成熟已挺拔成岁月最动人的乐章,所有的果实,都在此时饱满丰盈着。

那一地谷子熟了,把一村人的笑脸都染成了一片金黄。风一吹,谷穗与谷穗之间、谷粒和谷粒之间,相互碰撞摩擦,发出沙沙的声音。村"两委"干部和村民拿着系着红布的镰刀开始割谷。锣鼓声,欢呼声,与"咔嚓、咔嚓、咔嚓、咔嚓"的割谷声,汇成了秋的交响乐。

当开镰节仪式结束后,我登上龟山。几只麻雀叽叽喳喳地飞过去,片刻便消失在远方。环顾金叵罗,形如"聚宝盆",金灿灿的。里面装着人间烟火,装着山川星辰,也装着时代的变奏,更装着未来的希望……

后 记

《金叵罗》散文集的创作过程，是自我认识、找回丢失的过程，也是散文创作重塑的过程。

文学是我追寻的梦，但写着写着，就没有了方向感，陷入了一种疲倦。2018年7月，我参加了老舍文学院在怀柔宽沟举办的教师作家散文培训班，对散文创作有了新的认知。后来，周敏副院长鼓励我，应该进一步挖掘自身潜力，家乡密云有那么多好的题材可写，比如：长城、潮白河、密云水库、新农村建设等。这次培训重新燃起了我的写作欲望，我陆续创作发表了一些散文作品，整理成《渔水谣》（暂定名）散文集，通过老舍文学院专家评审推荐，入选"大戏看北京"北京市文联2022年文艺创作扶持项目。

2022年7月，老舍文学院秉着"结业不结课"的理念，召开《渔水谣》第一次作品改稿会，邀请中国散文学会会长叶梅，《北京文学》期刊中心副主任、编审张颐雯，对散文集作品紧扣时代脉搏，贴近现实生活，关注当下的乡村振兴等肯定之余，提出了有建设性、针对性的建议。张颐雯老师就散文集的结构、篇目设置等给出具体的修改意见；叶梅老师指出散文集主题不是很明确，建议可以重点挖掘金叵罗村，并且在最后讨论书名时，叶梅老师说，就叫《金叵罗》吧，既具象，又独特，还有想象空间。

2022年8月6日，我参加北京老舍文学院基层作家散文培训班，北京市文联党组书记陈宁以"做新时代文学高峰的攀登者"为题，为我们讲授开班第一课。在授课中，陈宁围绕习近平总书记关于文艺工作的重要论述，从"我是谁——校准定位""从哪里来——寻对来处""到哪里去——扛起使命"三个方面进行详细阐述。我深受启发，从"深省"到"升华"，找到修改《金叵罗》散文集的入径。重新去研读、审视散文集中的篇目，舍弃了二十多篇随笔和历史题材的散文。然后用了三个多月时间深入生活，改写、新写十多篇散文。比如，关于长城的《北望燕山》《司马台长城》；关于新乡村建设的《崖蜜》《古井与西邵渠》；关于密云水库生态的《飞过北纬四十度的候鸟》等。

2022年10月13日，北京市文联在密云区溪翁庄镇金叵罗村飞鸟与鸣虫生态农场以"捧起北京文学的金叵罗——用文学缝缀山乡巨变中的时代锦绣"为主题，举办"新时代山乡巨变"创作研讨会暨北京老舍文学院第二届"行走北京"社会实践活动启动仪式。北京市文联一级巡视员田鹏主持会议，他希望广大北京作家从这里出发，挖掘找寻创作的源头活水，涌现出更多反映新时代山乡巨变的优秀作品。

借此之机，我又多次去金叵罗村体验村情、沉浸农事、参与"11队"活动；与村书记王义江、伊书华，老友季精品民宿创始人梁晴、飞鸟与鸣虫农场创始人李一方等深度探讨，创作完成了《金叵罗》。2022年12月9日，老舍文学院组织召开了散文集第二次改稿会（线上）。叶梅和张颐雯老师认为，经过认真梳理、修改，尤其是补写了一些作品之后，这本书有了骨架和血肉。但还可以精益求精，要从远及近，从大到小，突出密云当下的乡村发展和变化，这样散文集就有了"魂"。作家出版社编审、评论家兴安，就散文集的编辑、出版给予指导性的意见。昌平的韩瑞莲、平谷的麦子、海淀的梁丽萍等文学院同学，给予诸多建议。

有些事，只有经历过，才会有更深的体味。《金叵罗》散文集写作也是如此，在各级领导的支持、各位老师的指导、各位同学的帮助下，打磨后的《金叵罗》与原来相比，有了不一样的样貌和质感。全书三十五篇，分为山、水、人、村四个小辑，使散文集结构明晰、气韵贯通了，同时增加了内容的厚度、深度和温度。我想《金叵罗》散文集的创作、修改、打磨本身，就是在践行乡村文化振兴，从某种意义说，是大家共同捧起了"金叵罗"。那里面既装着我真挚的感谢，更装着村庄的烟火、时代的变奏和未来的希望……

作　者

2023年6月3日

图书在版编目（CIP）数据

金叵罗 / 陈奉生著. -- 北京：作家出版社，2023.6
ISBN 978-7-5212-2264-7

Ⅰ．①金… Ⅱ．①陈… Ⅲ．①散文集 – 中国 – 当代
Ⅳ．①I267

中国国家版本馆CIP数据核字（2023）第060831号

金叵罗

作　　者：陈奉生
责任编辑：兴　安
助理编辑：赵文文
装帧设计：平　宇
封面题字：郝润普
出版发行：作家出版社有限公司
社　　址：北京农展馆南里10号　　邮　　编：100125
电话传真：86-10-65067186（发行中心及邮购部）
86-10-65004079（总编室）
E-mail:zuojia@zuojia.net.cn
http://www.zuojiachubanshe.com
印　　刷：唐山嘉德印刷有限公司
成品尺寸：142×210
字　　数：183千
印　　张：8.75
版　　次：2023年6月第1版
印　　次：2023年6月第1次印刷
ISBN 978-7-5212-2264-7
定　　价：58.00元

作家版图书，版权所有，侵权必究。
作家版图书，印装错误可随时退换。